傳

你不能再死一次

陳雪

推薦序

死亡的理由：陳雪小說創作的新本體

陳國偉

陳雪一路從一九九〇年代走來，以酷兒小說家出道，開啟了性別書寫的新局。接著在二十一世紀之交，她展現出鄉土的書寫手藝，重述了自己的起源故事；後來她成了同婚的先驅，也跨足愛情散文的書寫，展現出多元的創作能力。然後時間前進到二〇一五年，她在「當代小說家」這個具有典範象徵的書系，交出了讓讀者與評論家既驚艷但又略帶困惑的《摩天大樓》，自此進入了她全新階段的死亡書寫。

在她過去的創作中，當然不是沒有涉及死亡，但後續一連串《無父之城》、《親愛的共犯》到最新作《你不能再死一次》，死亡被置放在故事的核心，成為運轉小說世界的主要驅動力，甚至在形式上向推理犯罪類型靠攏。這麼劇烈的蛻變，不禁讓人思考起，在進入二十一世紀二〇年代的今天，陳雪書寫死亡的全新嘗試，對於台灣的小說創作，將會帶來什麼意義。

一旦談到小說與死亡，我們總不免想到推理犯罪類型，也總是會聯想到那些經典的名字，

《謀殺與創造之時》、《謀殺巧藝》、《血字的研究》……

死亡是一門學問，但當它被想像成專屬於一個類型，並追求一種美學的雕鑄、技藝式的錘鍊時，其過程與原因往往被謎面化為折曲的探問，彷彿必須遠離死亡才能再回返其自身。而書寫這一切的人，也被想像為擘畫犯罪的藝術家，死亡被暫時擱置哲學式的終極意義探問，而被安放於一個敘事秩序之中，故事最終必得解開死亡的理由，彷彿那便是死者以及環繞在其身邊人物的唯一意義。

然而，這不僅是對小說與死亡之倫理性的蒼白想像，也是對極盡死亡奧義的推理犯罪類型之偏狹認知。因為，正如班雅明在〈說故事的人〉中指出的：「小說人物的『生命意義』只有在死亡的一瞬才顯露。但一部小說的讀者確實是在尋找他能從中獲得生命意義的同類，因此，無論如何他必須事先得知他會分享這些人物的死亡經驗，若有必要的話他們象徵性的死亡——小說的結局。但更佳的是他們真實的死亡。人物怎麼才能使一位讀者明白死亡在等待他們，一個確切的死亡，在一個確定的地點？這是個永保讀者對小說事件濃烈興趣的疑問。」可以說，死亡其實正是小說這個文類的本體，死亡既是小說的第一義，也是其最終意義。

所以，敘事與書寫，作為死亡逃逸策略的隱喻，如《一千零一夜》那樣，彷彿只要故事的歧徑花園足夠複雜，便能幻化為一個又一個的迷宮，抵禦死亡的到來，將其困住拖延，讓讀者能夠期待小說人物的生命旅程抵達到最後。而犯罪推理小說與非類型的差異其實僅在於，一般小說往往將死亡懸置於最後，但推理犯罪類型從一開始就直面了死亡。

也因此，無論是對於故事象徵性的死亡（小說的結局），抑或是小說人物真實的死亡（一個或複數以上的死者），在推理犯罪小說中，為何必須要死？如何會死？就成了敘事的主要關懷。小說人物的生命意義不僅只在死亡的瞬間顯露，而是在整部故事的過程中展演，在「預知死亡紀事」啟動了情節的齒輪後，如何在死亡預演的陰影中，探照出角色生命的每一個角落，無論是透過關係人的陳述，還是偵探或解謎者的偵察與探勘，小說的敘述過程其實是人物生命卷軸緩緩展閱的歷程，而且不僅限於死去的人物，也含括了所有在故事中的角色。所以，推理犯罪小說的聚光燈不是只在偵探、犯罪者跟死者身上，而是如同鏡宮一樣，讓所有角色彼此對映的重層鏡像。

而這，正好是陳雪這一系列死亡書寫中的核心。綜觀台灣純文學與大眾文學領域，要論描寫人物，特別是透過內在的生命與創傷經驗，立體化人物的形象，陳雪絕對是數一數二的佼佼者。而人物，不僅是故事的靈魂，更是推理犯罪故事中，在那複雜的人際網絡間，牽動所有角色行動與情節推演，甚至是決定整個小說世界躍昇或沉淪的關鍵。從《摩天大樓》到《親愛的共犯》，陳雪往往透過結構上角色的自我現聲，架起人性無法匿藏的鏡宮，透過角色之間的相互映照，透亮所有人物生命與性格的暗影與羅網，最終推演出她意圖辯證的罪與罰。然而到了《你不能再死一次》，身為說故事者，陳雪的技藝更為純熟，她以故事整體的經緯，將角色的內在聲音與事件的外在陳述巧妙地鑲嵌，讓複線交織的情節精準地推移，因而無論在小說的內外層敘事，或是人物內面的複雜性上，都創造出更多的意外性與驚喜。

不僅如此，死亡其實是有時間性的。推理犯罪類型中的死者，無論是偵探的再三探問，或是關係人的往復回憶，在那些敘述與對話中，逝者都會重複地再死一次。而即便是生者，也如雷蒙・錢德勒在《漫長的告別》裡的那番抒情的宣言：「告別就是死去一點點」，死亡的時間性在每個角色的任一行動與決定中，其實早已反覆地啟動著。也因此陳雪這次不只描寫一次性的死亡，而是連續的凶案，透過調度生與死的複數時間景觀，讓小說中生者與複數死者相互漸層與浸染的真實生命圖景，以及人性善惡維度的複雜性，隨著連續疊合共構的時間景觀，彼此共振。

然而更重要的是，死亡不必然是最大的傷痛與真正的懲罰，陳雪在這系列的書寫中一直希望傳達的，便是這種在世存有的煎熬與自我試煉，無論是生者或死者，無論是犯罪者還是找尋真相的人，在這個死亡羅網中，那些深埋在生命紋理的慾望湧動、遺憾、後悔、罪愆與懲罰的創傷鑿痕，會隨著時間永遠無限地延滯，不斷地復返降臨。因為許多傷痛、慾望與惡意是沿著血緣而來，因此那些痛楚隨著呼吸反覆震盪，是既想擺脫但又沉溺其中的原初驅動，遺棄／遺忘與欲求／慾望實是鏡像與孿生的一體兩面。

陳雪也許沒有言明，但這一切在小說中其實已經呼之欲出的，是人的怪物性，或者說，惡魔性。

承載死亡的敘事總是能夠透過美學的追尋召喚出人的怪物性，因為殺戮，因為憎恨。但透過「連續死」與「勉強活」的小說人物對位，陳雪讓我們意識到，真正的怪物不只是犯罪者，而是因死亡的理由而催生出的所有存在，那些被愛與恨的糾葛掩映的影子，就是怪物的棲身之所。人與非人不是一線之隔，而是互為主體，隨時轉化。只要點燃愛與恨的動能，就能驅動人流變為怪物，甚至成為惡魔。陳雪希望提醒我們，正如她一直以來的關懷與觀察，家庭其實是怪物與惡魔最原初的產地，那些創傷與犧牲者，總是在以愛為名的惡意中被餵養成怪物，甚至只要你忠實於自己的慾望與傷痛，就可能隨時在鏡像中，看到自己那張惡魔的臉。

最終，唯有面對這一切，救贖與理解才可能到來。當妳／你閱讀到《你不能再死一次》的最後兩個章節，方能懂得陳雪的苦心孤詣。而這，是她書寫死亡真正的理由，也是她對小說本體的新一階段思考，更是她小說創作生涯，讓人期待不已的新境地。

陳國偉，現為文化研究學會理事長，國立中興大學台灣文學與跨國文化研究所優聘副教授暨所長、台灣人文創新學士學位學程主任，主要研究領域為台灣現當代文學、大眾文學、推理小說、流行文化、視覺影像、怪物研究。

目次

序曲

遠遠就可以看見那一片粉霧，薄霧中，微風吹過，樹葉輕輕搖動，花瓣隨著風吹旋轉飄落，林中開滿了桃花，其中花開最盛的一棵，樹枝上張掛許多物品。最上方是樹梢上一件白色輕而薄，隨風吹起猶如旗幡的水手服，在一片粉色花朵中白得醒目，隨著那件水手服飄動，往左可以看見一件藍色百褶裙掛在枝頭，往右看，一件白色內褲以及白色內衣垂在樹枝上，往下看，一個粉色背包勾在樹枝上，繼續往下，兩隻白色長襪一高一低左右垂掛著，那棵樹就像一個少女所有物品的展覽場。

花瓣墜落於發著短草的地上形成一片花毯，花毯中盛開著一張少女的臉。精緻的五官，像是雕像一樣，一雙白色球鞋整齊擺放在她的旁邊。

女孩閉著眼睛，蒼白的臉上有輕微的擦傷，長而捲的睫毛沾著露珠，直挺的鼻尖有點微紅，臉頰散落幾片花瓣，一朵桃花落在雙唇間，看起來像是睡著了，但再仔細一看就會看到她脖子上紫紅色的勒痕。

女孩鼓鼓的雙頰帶著稚氣，長髮筆直從潔白的耳後順下，垂在胸前。女孩全身赤裸，有一些花瓣落在她身上，在花瓣與花瓣間，有幾處綻開的傷口，血已凝固，傷口大小不一，深淺都有，散布在她的雙乳、肚腹、身側。

女孩的雙手在身旁張開，掌心朝天，幾朵花瓣落在她的掌心。

少女身邊圍繞著一些人，遠處有更多人朝這兒急忙走來，有穿著制服的員警穿梭，有穿著便服的刑警跑動，有身著防護衣的鑑識人員蹲下，有人拉開黃色封鎖線開始圍繞，有人拿相機上上下到處拍照，有人拿出長尺這兒那兒逐一在丈量，有人打開各種盒子、試管，拿出棉棒，張開鑷子，戴著透明手套的手在少女身旁做出記號。人群各有任務，拿著各種道具在少女身旁忙碌，遠遠地有警車的鳴笛，更遠處，有人群逐漸朝這裡湧動。

「好像睡了一樣。」

「就像一幅畫。」

「太美了。」

「美得讓人感到恐懼。」

人們細碎的聲音慢慢傳開，鮮血的氣味與桃花的香氣交織成一股濃郁的味道，有個年輕的警員突然嘔吐了起來。

有人企圖衝進封鎖線，有什麼人高聲喊著，呼喊的內容卻聽不清了。

第一部

歸鄉之人

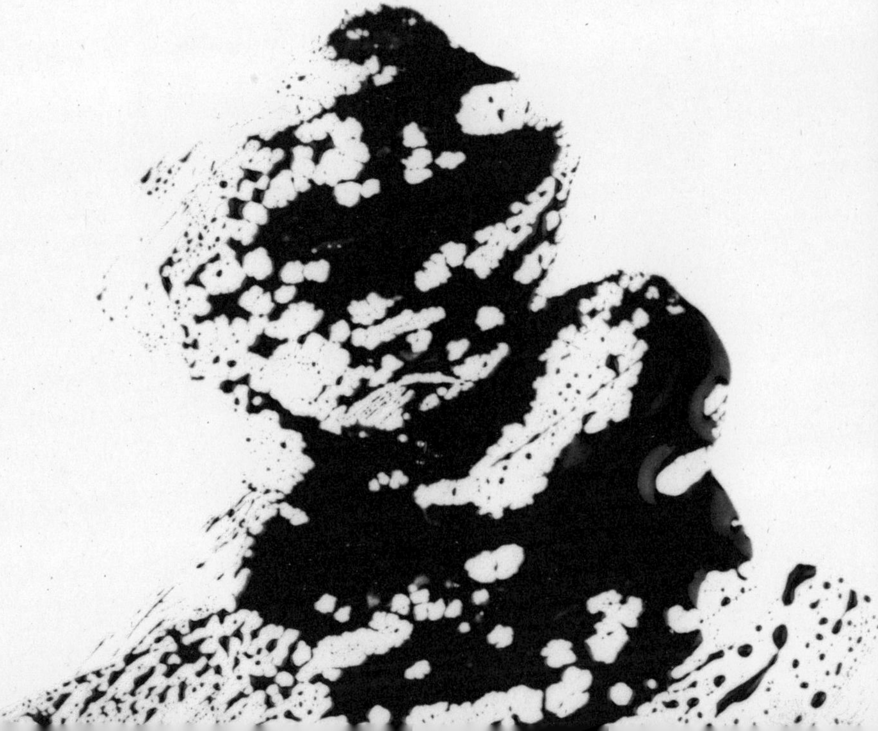

1

李海燕永遠記得那棟樓，位於桃林鎮西區一處平地，小時候那個區域還不發達，沒什麼鄰居，要買東西得走很遠的路。爺爺在荒地上蓋了一棟透天厝，種植了一片桃花林跟一個果園。爺爺去世，父親接手後花了很多時間改建，房屋用古法翻修，既新穎又古風，都是父親的精心設計。父親將荒廢的果園剷除，只留下一個農舍和小塊耕地種植蔬菜，保留原有的桃花林，桃花樹數十棵整齊排列，花開時，一片粉色瀰漫，景色嫣然。

房屋外是一條通向鎮上鬧區的道路，這兒地處郊區，有一班公車可搭，但父母要到市區辦事，都是開著車往返，傍晚時，遠遠地就可以聽見他們回家的車聲。她時常站在窗邊，望著那一片桃花林，春天時看見花朵盛開，花季之後，花瓣隨風飄落，地上落花成毯，母親會將花瓣拾集起來，問母親要做什麼，母親說，她只是覺得落花很美，掉在地上可惜。

有時她會帶著同學回家來玩，尤其是練合唱團的日子，那也是她最期待的時刻，大家努力練唱，唱完就一起搭車，下車後要到她家得走很遠的路，但大家興致很高，走著走著還一路唱著歌。她唱的是中音部，合唱曲有一段女聲獨唱，那是整首歌最重要的段落，她總是屏著氣息，聆聽負責獨唱的女孩那突出於眾人之外的音色，彷彿來自天上的聲音，當那女孩唱著歌，她的思緒整個都被占據了，女孩歌聲裡演繹出的世界，充滿畫面與情節，女孩用歌聲作畫，描繪著歌聲裡的情意，那首歌叫作〈燕子歌〉。

她記得校際比賽那天，他們學校合唱團員是搭乘校車去參賽的，出發前她煮了一壺彭大海，她還帶了枇杷膏，這些都是要給女孩喝的，她記得女孩說受到了風寒，嗓子疼，女孩是負責獨唱的部分，嗓子出問題怎麼得了，當她把彭大海遞給女孩時，女孩對她溫柔地笑了。

那天演出非常成功，台下所有人都為女孩歡呼，獨唱時她醇厚的歌聲，從低音出發隨著旋律漸漸起飛，高音猶如燕子優美地飛翔，她唱歌彷彿毫不費力，像是張口隨著呼吸就能把聲音傳送出來，聲音在空蕩的禮堂裡流盪迴轉，她聽得好心醉。

燕子啊，聽我唱一首我心愛的燕子歌，親愛的聽我對你說一說，燕子啊。

燕子啊，你的性情愉快親切又活潑，你的微笑好像星星在閃爍。

眉毛彎彎眼睛亮，脖子勻勻頭髮長，是我的姑娘燕子啊。

燕子啊，不要忘了你的諾言變了心，我是你的你是我的燕子啊。

那是她最後一次聽到女孩唱歌。

比賽他們得了冠軍，在回學校的巴士上，所有人都在歡呼。到學校後，女孩的男友在校門口等她，她們聊了一會，女孩對她說：「我們先走了，別忘了我今天是去你家做功課喔！」女孩對她眨眼睛，他們彼此有默契，每當女孩跟男友去約會，她就是女孩晚回家的藉口，她好喜歡跟他們在一起，即使只是短短的幾分鐘，三人在校門口聊一聊，她也覺得很開心。

合唱比賽不久後，女孩在某個夜裡出門會見男友，在會合的途中失去蹤影，兩天後被發現陳屍於她家的桃花林。在農舍裡酒醉昏睡的父親被警察叫醒，因為在農舍地上發現了沾有血跡的水果刀，父親被視為嫌疑犯當場被逮捕。

她的世界一夜之間毀滅了。

她想到以前有人說，桃花會讓人著魔，父親或許就是著了魔才會殺人。

是啊，那片桃花林裡，死了一個女孩，就是那個會唱〈燕子歌〉的漂亮女生，鎮上的人們都說是她父親殺了那女孩，可是她不願相信。

深夜裡，她似乎聽到了〈燕子歌〉，她起身去窗邊看，光禿禿的樹林，夜霧瀰漫，有人說女孩死去那天，也瀰漫著霧，霧將女孩赤裸的身體包圍，像一層薄薄的膜，彷彿是保護著她，不讓別人窺看。

那個女孩叫作丁小泉。

燕子歌，丁小泉，桃花林，父親，這些事怎麼連繫在一起呢？她想不清楚，她心亂如麻。

警察一次又一次詢問她，那天發生了什麼事，丁小泉來過你們家嗎？你和丁小泉是好朋友嗎？

她陷入迷惑，不知如何作答，每一種回答都可能讓父親越陷越深，她只知道父親不會殺人，即使父親酗酒，他也沒在酒後做過任何殘忍的事，他唯一的殘忍，只是用酒精長期地摧殘自己，她知道父親是想讓自己感到麻木，可是麻木到後來會不會變得殘忍呢？她突然不太確定了，她越來越感覺父親可能也有她不知曉的一面，但沒想到那一面竟會是那麼陰暗扭曲。

曾經與那女孩並肩的校園，曾經，她家人還一起到過學校，觀看她與女孩合唱團的演唱。有時她會恍惚以為，應該被殺死的人是她，畢竟她是桃花林擁有者的女兒，她也曾睡臥在鋪滿桃花花瓣的土地上。

但死去的人不是她。

燕子啊燕子，是誰扼殺了你的歌聲，抹去你的氣息，使你成為一具死屍，因而再也無法回答問題呢？她屏氣凝神，等待空中傳來一陣歌聲，等待那不可能的回答。

有時她會在夜裡醒來，父親的臉近在眼前，那張早在母親死後就變得頹靡、絕望，甚至變得瘋狂的臉，讓她感到陌生，甚至恐懼。父親說他沒殺人，他只是喝醉酒了。父親狂亂地為自己抗辯，他換了律師，只肯跟律師交談，他說之前的律師騙他認罪，他說他精神正常，他沒有犯罪。

她很想大聲地說，他只是太過悲傷，因而日日買醉，他不會殺人，他臉上的瘋狂不是因為殘酷，而是因為絕望。

但絕望會不會導致殺人，她不知道。

她不知道那將會是她見到父親的最後一面。

2

訪問時，李海燕總會拿著一本黑色的筆記本，本子不大，單手可以盈握，即使後來大家都使用錄音筆，甚至使用手機錄音錄影，她還是帶著她的筆記本，快快寫下受訪者的話語。

她喜歡直接聆聽並且立刻記下人們對她說的話，那種第一手的紀錄帶著直覺般的洞察，即使寥寥數語也可以切中核心，她不信任記憶，正如她也不信任錄音，唯恐因為錄音設備齊全而錯失當場感受到最真實的印象。她的訪問技巧顯得老派，可是握著筆在本子上振筆疾書的她，或許因為沒有時時注視著受訪者的臉，當她偶一抬頭，會發現對方好像卸下了心防，可以侃侃而談。筆記本成了她的屏障、她的保護色，她用耳朵取代眼睛，那些被精心聆聽過的詞語每一個字句都那麼清晰，語調，音色，喉嚨震動，唇齒摩擦，每一個欲言又止，每一次言詞閃爍，或者突如其來的轉折，或有意無意地迴避閃躲，像正在播放的音樂，隨時轉調或音準失常她都可以切實捕捉。

她是個記者，提問，觀察，聆聽，記錄，以及從這些之中將某種言語之外的事物提取出來是她的工作，她會走上這條路，有很多原因。

三十歲的李海燕，隱藏在纖細亮麗外表之下的她，內心有不為人知的祕密。大學畢業後她做過許多工作，考進報社之後，一開始報導社會新聞，後來寫過一件轟動的命案，報社讓她升職做專題報導，她選擇了犯罪主題，主要採訪重大刑案的受害者家屬、偵辦警察，以及律師、檢察官等，她也曾有機會採訪過犯罪人。她的專題做得深入，得過報導獎，總編覺得她有寫犯罪案件的天分，她的報導從各個角度切入，幾乎不帶偏頗，也不被網路或其他媒體輿論影響，自成一格，有她的觀點。報社很重視她的專題，也給她很大的選題自由，上下班時間不用打卡，她寫稿很慢，拖到主編爆炸，可在截稿最後一刻，她又能寫出精彩作品。

她不用每天進辦公室，但只要她一到報社就給大家買咖啡，買給總編、主編與他們組裡兩個編輯，大家要付錢給她她都笑笑說不用，說咖啡店在她住家樓下，老闆都有打折。作為組裡唯一的女性，她感覺自己一定要比別人更賣力工作，她努力做事，拚命三郎似的個性有時會努力過頭，時常採訪到最後，她感覺自己幾乎都崩潰了，遲遲到不了想要的狀態，各種事情陰錯陽差，讓她懷疑自己，但最後總是證明她可以做到。

「接近真相，看見人性」是報社給她的專題下的宣傳語，她覺得很諷刺，但也無奈接受了，她做過很多工作，幾乎都無法超過半年，報社是她的避風港、她的歸屬，她是這麼想的，既然不管去哪都會出錯，還不如留在喜歡的地方。

她喜歡報社嗎？她喜歡寫犯罪報導嗎？她不清楚，到底是喜歡還是依賴，還是有種她自己都不知道的原因，使她必須去接觸那些命案的相關當事人。

她想知道「別人」是怎麼想，怎麼活，怎麼度過接下來的人生，所謂的別人，是指跟她一樣有過特殊遭遇的人。親近的人死去了，他們還有辦法好好度過人生嗎？是不是總覺得自己做錯了什麼，或者少做了什麼？追悔會成為他們餘生的命題嗎？一樁命案可能把一個家庭或數個家庭完全摧毀，還活下來的人，都變成什麼樣子？已經偵破的案子、尚未偵破的案子，受害者家屬感受會有什麼不同？這些事，她都很想知道。但她真正最想知道的，其實是那些凶手為何殺人？可是命案偵破，動機往往很難明確證實，大多是金錢糾紛、感情問題，或者衝動殺人，或者計劃殺人，得到的結論有時簡單得令人傻眼。

他們會像她一樣嗎？

她訪問過的人，有的事發三個月，有的半年或一年，沒有一個人看起來像是正常的，他們或者還在悲痛，或者靠著酗酒維生，或者變得冷漠疏離，不想多談，當然也有心有大愛的，即使遭受痛苦，也還在努力幫忙做志工，加入撫慰受害家屬的機構。可是李海燕知道，那些都是掙扎，都是表象，就是因為死亡的陰影與傷痛還在，所以若不全然放棄生命、自生自滅，就會變得特別積極，好像每一分鐘都在證明自己已經走出來了。

就像她自己。

她掩埋了自己曾經叫作周佳君的過去。

她原本生活在一個很簡單的家庭裡，父親當外商公司主管，母親是家庭主婦，周佳君十二歲那年，爺爺去世，父親辭掉工作，帶著她與母親一起回了故鄉，一家人住進了那棟三層樓房子裡。母親主持家務，父親在家操作股票，夫妻倆都沒去上班，有很多時間跟家人相處，父親在小鎮有很多朋友，他也參加各種公益活動，家裡的桃花林花開燦爛，有時會有鎮民來觀賞，父親會在桃花林裡擺放幾張咖啡桌，招待前來賞花的客人，樓房也在父親手中經過翻修，變成具有特色的建築，他們三人擁有這樣一片天地，彷彿世外桃源。

她十五歲時，有一天母親突然強烈腹痛，檢查出末期胰臟癌，父親散盡家財極力讓母親接受治療，不到三個月母親還是病逝了。母親離世後，父親完全崩潰了，他開始酗酒，漸漸生活失能，後來他幾乎睜開眼睛就是喝酒，整天在桃花林裡遊蕩，他不再與鄰居互動，不工作，桃花林也不打理，他蓬頭垢面徹底成了行屍走肉，有時就睡在桃花林的農舍裡，一身酒臭，彷彿無家可歸的人。

當時還叫作周佳君的李海燕，每天自己做飯，還得照顧父親吃穿，自己搭公車上下課，晚上回家還要做家務，生活簡直大亂，但為了生存她也只能咬牙苦撐。然而十六歲那個春天，有一天，丁小泉在深夜失蹤了，兩天後她在學校上課，警察到學校通知她，說父親遭到逮捕，要帶她去警局問話。她到了警局花了好長時間才見到父親，等待時，聽到警察說有農人早上路過她家的桃花林，發現桃花樹下有一具赤裸的女屍，死者就是小鎮裡失蹤兩日的少女丁小泉，周佳君的父親因為身上有死者的血跡，立刻被逮捕了。

父親的嫌疑重大，血跡、凶器、指紋俱全，父親在農舍地上醉到不省人事，警察來逮捕他時，仍酒醉未醒，他說他不記得有遇到什麼女學生，也沒去過桃花林。附近沒有人可以證實周富的不在場證明，案發現場就在他家的林子，他就是離現場最近的人。

丁小泉是群英高中知名的美女，丁小泉同學作證說有一次周佳君生日招待了很多同學去家裡，丁小泉就是其中一人。丁小泉沒有受到性侵，有專家說可能是因為周富醉酒所以不舉，周富可能因為喪妻悲痛，心生幻覺才誘拐了丁小泉，或許因為丁小泉反抗，才被刀刺死。丁小泉的家人證實幾日前她曾說想要去周家的桃花林賞花，家人才說好要一起去的，沒想到她就遇到了不測。也有鄰居婦女舉報說自己曾在路上被周富騷擾，酒醉的周富，時常在大街上把女人認作是他的妻子，對人拉拉扯扯。這些證詞對周富都非常不利。

周富的供詞反覆，從不記得，喝醉了，慢慢變成好像記得，最後坦承犯案，但後來卻翻供說自己是被警察逼供，說被律師誤導要以精神喪失為理由幫他辯護，所以他才認罪，他堅稱自己有喝酒但沒有殺人。

然而翻供無效，偵查庭上周富仍被求處重刑。

周佳君在父親被捕之後，輿論像潮水在她身邊散開，媒體每天追蹤報導，坊間各種捕風捉影，他們的住家地址被惡意公開，父親的照片也被披露，此後生活就變成了地獄，「殺人犯的女兒」變成她的名字。

無論在學校或在鎮上，她走到哪，大家都議論紛紛，若不是當面指責，就是背後謾罵。偵查期間，有許多記者守在家門口。她去學校上課，書桌上會有寫著「殺人凶手」、「變態的女兒」、「怪胎」之類的紙條，她去上廁所，會被同學圍堵，往她身上丟垃圾，她家玻璃窗被人用石頭打破，大門、牆上、地上被潑漆寫著「殺人償命」、「血債血還」。

殺人凶手的女兒到底是什麼？她不知道自己該怎麼思考，該怎麼做，人不是她殺的，但她必須負責，父親殺了人，她也有罪過，她到底該如何償還？她最愛的父親殺了她最好的朋友，她要負多少責任？面對責罵她想要回嘴，但想起丁小泉慘死，想起丁家人的悲慟，她覺得自己不配感到難受。

血債血還，要如何去還？

她到處都聽到有人在說，丁小泉死得好慘啊，周富是禽獸，殺人不眨眼。父親到底有沒有殺人？為什麼殺人？細節她都不清楚，她根本無法想像那晚在農舍發生了什麼事？如果小泉早就被父親抓到農舍，為什麼她都沒發現？可是父親與她之間早有隔閡，她很害怕靠近那間臭烘烘的農舍，她只是負責煮飯、洗衣，沒有力氣去督促父親洗澡梳頭，那個滿臉鬍渣，一頭亂髮，每天酗酒，隨意嘔吐，無故號哭，在農舍一角蜷縮著的人，已經不像個正常人，她有好久的時間，都不敢與父親對望，因為父親發紅的眼睛裡，已經失去了所有她可以辨識的東西。

父親尚未被定罪，卻已經被大家宣判了死刑。

事發之後，她僅剩的親人只有她阿姨，她執意要去上學，阿姨跟姨丈來家裡照顧她，但就連阿姨也擔心被鄰居得知身分，只好開車繞遠路到隔壁小鎮去買東西，阿姨跟姨丈出門時，周佳君躲在家裡，把窗簾都放下，可是即使那樣，她都還是會聽到外面有人在叫囂，她開始無法入睡，即使睡著也會惡夢連連。有一天阿姨聞到屋子外頭有濃重的汽油味道，「桃林鎮不能待了。」阿姨說，「再下去會出事的。」周佳君眼前好像看到有人已經放了一把大火，燒毀了她生命中的所有。

阿姨跟姨丈商量著不能再猶豫，立刻把她帶到了阿姨位於另一個城市的家。他們落荒而逃，東西都來不及收拾。好幾次他們要去監獄探訪父親，都被父親拒絕。

有一日她接到律師轉來父親的信，不久後父親就在看守所上吊自殺。

父親死後，淒涼的喪禮潦草辦理，阿姨與姨丈收養了周佳君，阿姨說也許改個名字對她比較好，她說想要取名叫海燕，周佳君此後便以李海燕的身分，在W市裡生活，直到她大學畢業找到日報記者的工作，她才從李家搬走，自己到報社附近租房子住。

事隔多年，她越來越少想起那棟透天厝以及那一片桃花林。她變成一個沒有過去的人，直到有一天，她在工作的報社，接到一通電話。

「周佳君，我知道你在哪，你逃不掉的。」

那個聲音聽不出男女，詭異的聲線異常恐怖，說完這句話就掛斷。

此後，李海燕每天半夜就會突然醒過來。

所有的惡夢都回來了。

3

宋東年第一次看到丁小泉，是新學期開始第二個月，宋東年路過校園一角，聽見樹叢後有吵架的聲音，他走過去，看到有幾個女生圍住一個人大聲叫罵，向那人扔東西，宋東年正想要過去幫忙，就看見有個短髮女孩衝進圍觀的人群裡，拉著那個被欺負的女同學，大叫著，「你們夠了吧！再打人我就要去告訴訓導主任。」動手的女生威脅著說：「你也想挨揍嗎？」

「要打架嗎？沒在怕！」短髮女孩說完就往動手的女孩身上撲，兩人倒在地上扭打成一團。宋東年趕緊跑過去大喊老師來了，然後將地上那兩個女生拉開，動手的女生憤恨地罵「多管閒事！」就帶著圍觀的人散去了。

短髮女孩用手擦掉臉上的塵土，對他說：「謝啦！你叫什麼名字，改天報答你。」宋東年拿出口袋的手帕給她，叫她趕快回去上課。被欺負的女孩一直在哭，短髮女孩把手帕給了正在哭的女孩。

「我是丁小泉。一年五班的。」短髮女孩說。

「我叫宋東年，二年四班的。」宋東年說。「那些人是誰，她們為什麼打人？」

「就是幾個自以為是的傢伙，喜歡欺負人，可是我不怕她們。」丁小泉說。

「下次又挨打怎麼辦？」宋東年問。

「來一次我打一次。」丁小泉說。

宋東年發現丁小泉有一雙倔強的大眼睛，雪白的臉龐被泥土弄得髒髒的，短短的頭髮被拉得亂七八糟，制服也被扯歪了，模樣有些狼狽，但她奮不顧身地幫助同學的姿態顯得勇敢、正直、帥氣。丁小泉揮揮手跟他說再見，便拉著挨打的女孩離開了。

那天之後，宋東年有時就會到一年級的教室走廊看一看，看看丁小泉有沒有遭到那群學生報復，看見她跟同學們有說有笑，他才安心離開。一次在走廊上相遇，兩人寒暄幾句，丁小泉問他：「宋東年，下課要不要去吃冰。」宋東年點點頭說好，下課後他們就一起去校園附近的冰店吃冰。

那時是秋天，丁小泉穿著白衣黑裙，她的裙子比別人都還長，幾乎蓋到膝蓋了，穿著學生襪跟皮鞋，露出白淨勻稱的小腿，許多男同學都在看她，她卻什麼也不在意，只顧著跟宋東年開心地聊天。

「我是合唱團的，你呢？」丁小泉說。

「我在校隊打籃球。不過我爸爸要我專心準備學測。」宋東年回答。

「你將來要讀什麼科系？」

「我喜歡歷史，但我爸爸說文科沒前途。你呢？」

「我不喜歡讀書，我喜歡唱歌，喜歡跳舞。幾年前我媽因為外遇跟我爸離婚，從此我爸就把我當男生養。」

「為什麼？」

「他怕我跟我媽一樣，長大變成狐狸精。」

「你爸爸怎麼會說這種話？」

「我爸超凶的，在我家根本是軍事訓練，每件事都要管，不合他意就挨打。他說我長得像媽媽，怕我會學壞，或許我爸每天看到我都很痛苦吧！看到我就會想起我媽媽。」

宋東年聽到這裡，感覺心裡有些東西堵堵的，這個仗義又帥氣的女孩，也有她自己難以言喻的煩惱。

「我媽媽之前上班時出過一些事，得了憂鬱症，她有自殺傾向，吞過安眠藥。有時我下課回家，看到她躺在沙發上，我都以為她已經死了。」宋東年說，「我爸為了照顧我媽，整天都是提心吊膽的。我們家的氣氛就是媽媽很難過，其他人也別想開心，整天愁雲慘霧，小時候在家裡看卡通大笑幾聲就會被我爸揍，在飯桌上，每個人都是低著頭扒飯，從來不聊天。吃完飯，我媽就在沙發上躺，我爸在她旁邊陪她，後來他們就是整天看電視。我煩的時候就出門打籃球，不然感覺自己也要憂鬱了。」宋東年一口氣說了好多。

「父母真是全世界最奇怪的生物。我們家開茶行，我爸是面惡心善那種人，他賺了很多錢，我媽很愛買東西，我爸很縱容我媽媽，可是一張嘴巴說不出幾句好聽的話，一生起氣來就會摔東西。聽說我媽以前很多人追，她會選擇我爸爸是因為跟男朋友賭氣。我爸媽離婚後，我爸跟我們店裡的會計結婚，但是對我還是那麼嚴格，你看我的頭髮，像狗啃的一樣，就是我爸生氣的時候把我亂剪的。十三歲之後我就沒再看過我媽了，有時我想著她，就會大聲唱歌。以前我媽很喜歡唱歌，她總是說，如果當年沒生下我，她就去當明星了。」

「你喜歡唱歌啊，那你也想當明星嗎？」宋東年問。

「我不知道，我想要到外地去讀大學，離我爸越遠越好，我想要自由，我想去找我媽媽。」丁小泉說。

宋東年看著她，心想，這個女孩真漂亮。她頂著一頭亂亂的短髮，依然遮掩不了她的美，她一切中性化的舉止打扮反而讓她有一股英氣，顯得更為特別。

他們似乎很快就能理解對方，將對方視為知己。

後來他們時常在學校相見，有時宋東年下課會送她走一小段路去搭公車，兩人逐漸熟悉起來。小泉直率，卻也有她細膩的地方，她從家裡帶來好喝的茶葉泡的冷泡茶送給他，他去打球，她在場邊給他加油，他去看她合唱團練唱，練唱完小泉帶著一個女孩介紹給他，說女孩叫周佳君。周佳君是她最好的朋友，他們三個一起去福利社買飲料，在大樹下喝飲料聊天，小泉說周佳君他們家有片桃花林非常漂亮，約好假日一起去周佳君家裡玩。

有一天小泉問他，要不要當我男朋友？宋東年用力點頭說好。他們的戀愛開始得很自然，彷彿第一次相見就註定要成為戀人。小泉的爸爸管得很嚴，他們假日要見面，小泉藉口說要去周佳君家寫功課，一開始約會幾乎都是周佳君陪著小泉出門，然後宋東年再去某個地方跟她們會合。周佳君很識趣，時常會自己走到一旁，好像不想成為電燈泡，反而是小泉怕冷落她，會刻意將她拉到身旁。三個人的聚會很快樂，但他們更期待單獨相處。

丁小泉升上高二之後，長得更高更美了，她終於把頭髮留長了，烏黑柔亮的頭髮及肩，顯得皮膚更白。其他女生都開始化妝，染髮，打耳洞戴耳環，渾身叮叮噹噹，可是小泉除了學生制服，就是一身T恤牛仔褲。小泉有幾件洋裝，都寄放在周佳君家，他們一起出去玩時，會先到周家換衣服，穿著洋裝的丁小泉，多看幾眼就會讓宋東年感覺到呼吸急促。

青春躁動的他，渴望著擁抱親吻丁小泉，就像飢渴的旅人走在沙漠裡渴望一杯水。他十七歲生日那天，小泉夜裡偷偷跑出來跟他碰面，她送了他一只卡西歐電子錶當生日禮物，他們跑到無人的桃花林裡，在桃花樹下顫抖著親吻，撫摸彼此的身體，他們笨拙地摸索著，被欲望燒灼得不知如何是好，身體是無邊的海洋，讓他們一點一點地陷落著，不敢超越界線，又捨不得放開對方。

他們陷入瘋狂熱戀，一找到時間就會在夜晚相約，深夜裡，當父母都睡了，丁小泉就跟宋東年傳訊息，偷偷摸摸離開家，為了怕她父母發現，他在她家附近的巷弄裡等著她來。小泉都是跑著來的，他們在小鎮裡到處尋覓，想要找到可以獨處的地方，他們會在無人的農舍躲藏，迫不急待地相會，焦渴地擁抱，宋東年笨拙地嘗試，丁小泉大膽回應。他們的身體就像是生來就要結合在一起，彼此鑲嵌，互相纏繞，總是要糾纏著彼此到不得不分開。

那時，宋東年愛丁小泉愛得發狂，丁小泉也對他展現出無比的熱情，他們隱密的相會，連周佳君都不知道，他們討論著要去哪個城市讀什麼大學，發誓要努力讀書，將來一定要在同一個城市裡。因為宋東年會先畢業，他唯恐自己熬不過分離的那一年，那時候對他們來說，最可怕的事就是畢業後短暫的分離。

熱戀從冬季持續到春天，兩人慶幸著終於天氣漸暖了，再也不用在冬夜裡冷得發抖。丁小泉變得越發美麗動人，宋東年在球場上充滿活力，燦爛的春天裡，他們每隔幾天就會相會，桃花開了，他們在深夜的桃花林裡，丁小泉裸裎的身體像一張網，將宋東年完全籠罩。

那天夜裡，約好要見面，小泉傳簡訊說她出門了，宋東年在她家附近的小巷子等待，等了好久她都沒出現。他打電話，小泉沒接聽，他心想該不會被她爸抓到了吧？他跑到丁小泉家外面張望，屋裡一片安靜漆黑，看起來不像被她爸抓到的樣子。他再打小泉的手機，電話已經不通了，不會出了什麼意外吧？小泉的簡訊明明說她出門了。他完全不知道該怎麼辦，如果吵醒小泉的家人，私會的事就會曝光，她爸爸一定會大發雷霆，但如果不弄清楚，他根本無法放心，左思右想，情急之下，他按了丁小泉家的門鈴。

那個晚上，丁小泉的爸爸帶著一些朋友到處找，找了一整夜都沒找到人，丁爸爸就報警了。第二天警方翻遍了桃林鎮，還是沒有發現丁小泉。

第三天早上，丁小泉被發現死在周佳君家裡的桃花林。周佳君的父親被抓進了警局。

青年時代起，宋東年就長期失眠，每次偏頭痛發作，那種疼痛彷彿被針刺穿，嚴重起來會痛到想吐。

他常在夜裡不能睡，就索性起床做事，總是要累到不能再累，才昏沉睡去。他習慣在各種地方補眠，搭公車，看電影，或者開車到某個地方停下，在車上睡上兩個小時。大學時他曾經跟一個學妹交往，可是交往越深他越感到茫然，有時明明相處得很好，感覺到快樂的時刻，他總是會突然陷入恍惚，某些閃現畫面，猶如幻覺，使他分神。學妹問他愛不愛她，他一思考這個問題，腦子就像遭到撞擊，陷入癱瘓。他保持沉默，學妹覺得他冷淡，問他是不是喜歡上別人，他的頭開始痛了起來。分手時學妹哭著對他說，「每次我看著你，總是覺得你心裡想著別人，我以為久了之後你會變好，可是我等了又等，你始終沒有改變，你活在往事裡，可是我想要的是現在，是一起共度未來，這些你無法給我。你真的不太正常，你需要看醫生。」

學妹說的好像都對。宋東年離開學妹時，在路口抽了兩支菸，他把菸熄在手心裡，沒有太痛的感覺。他需要看醫生嗎？那年出事後，他爸爸用籐條打他，打到籐條斷裂，爸爸眼淚縱橫聲嘶力竭地吼著：「你為什麼要做出這種事！」母親哭著求父親別打，「你會把他打死的。」父親恨恨地說，我自己打死總比去害人好！父親心情激動，與母親拉扯，宋東年爬起身往客廳的牆壁一頭撞上去。他沒死，甚至沒受到大傷，只留下一條疤痕在髮際，甚至也不明顯。

與學妹分手後，他沒有去看醫生，他沒有想要變好。

他總覺得自己與其他人之間隔著一層看不見的膜，不管那是刻意為之或自然形成，都好，那層膜保護著他，不讓別人有機會觸碰他的內心。有人需要他幫忙時他都會努力去做，宿舍大家一起喝酒他也喝，大夥開玩笑時他會勉強哈哈幾聲，聲音聽來自己都覺得突兀。當大家都在跟女生聯誼、約會的時候，他都在讀書跟運動，他用最嚴酷的方式苦練身體，警校各種體能訓練他都高分通過，他把精力都消耗在身體的訓練上，每一次練到筋疲力竭，肌肉痠痛，他內心的疼痛反而可以得到紓解。

後來他在S市當刑警，他沒日沒夜地工作，升遷得很快，放假的時候，他會與偶遇的女人一起喝酒，去女人的住處過夜，第二天清晨醒來，他立刻開車回家，把女人的電話刪掉。二十七歲時他在酒吧認識一個女人，本以為只是如過往他尋求的短暫溫存，到了她家，才知道女人帶一個女兒生活，夜裡女人睡得很熟，他聽見有孩子的哭聲，發現隔壁房間有個四、五歲的小女孩，孩子哭個不停，他把小孩抱上床，哄她睡覺，他唱兒歌，講故事，輕哄輕拍，把小孩哄睡了。

他們交往了一陣子，女人的溫柔讓他感到放鬆，他對她也有一份淡薄的情感，那已經是他所能感受到最強烈的感情了。女人問他想不想結婚，他說他沒辦法。有一天，小女孩問他，可不可以當她爸爸？看見小女孩期盼的眼神，宋東年想了幾天，如果跟誰都沒辦法，至少也可以為了給孩子幸福而結婚，就答應跟女人登記結婚。

婚後他買了房子，女人跟孩子想要什麼，他都盡量滿足，放假時他會帶孩子去公園玩，睡前給她講故事，女兒不是他親生的，可是每次跟孩子一起玩，看著她快樂的笑臉，他感受到冰冷的內心有久違的暖意，他感覺成為一個女孩的父親，可以是他活下去的動力。女兒去上幼稚園，宋東年為她添置了上學的物品，親自帶她去學校，因為這個孩子，他對妻子言聽計從。妻子婚後就沒有去工作，宋東年發現她花錢很凶，問她都做些什麼，妻子說跟宋東年在一起很無趣，宋東年總是在忙，所以她需要購物，跟姊妹淘吃吃喝喝，才能排遣孤寂。婚後他發現對妻子毫無所知，也不想深究，夜裡他依然睡不著，望著床上妻子的背影感到恐慌，為什麼他無法愛人，為什麼有一個家，他內心依然冰涼，他走去小孩房，望著女兒安睡的小臉，他想，至少他可以做一個爸爸，他可以用某一種方式去愛一個人。

有天妻子說孩子的生父要來搶奪孩子監護權，需要用錢擺平，宋東年任她予取予求，不久討債公司上門，宋東年發現妻子在外面欠下大筆債務，還跟前男友藕斷絲連，原來妻子時常帶著孩子去跟生父見面，她借錢給前男友，每一筆錢都像丟進水裡沉了。

宋東年提議離婚，妻子鬧了一陣子，宋東年還想留下孩子，又堅持了幾個月，一夜她在外頭喝了酒才回家，哭鬧著說宋東年根本不愛她，都是因為寂寞她才跟前男友復合，宋東年將她的衣物打包扔在門外，把房門關上，在屋裡用手掄牆，砰砰砰的聲響，把孩子嚇哭了。宋東年想抱起女兒安慰她，女兒哭著說，「你不是我爸爸。」

宋東年感覺自己每件事都做錯了。他賣掉房子，付了女方要求的贍養費，簽字離婚。離婚後有時他會思念那個不是他女兒的女兒，跑去她上學的小學外頭等待，遠遠見了兩次面，他感到內心有種鈍重的疼痛，就沒再去了。

他的人生只剩下工作。

宋東年沉浸在工作裡，讓自己忙碌於各種案件的追查，每當他負責偵查謀殺案件，為了追緝凶手時常令他不眠不休，死亡彷彿是他的死敵，也是他的摯友，死亡是他揮之不去的惡夢，也是他生命裡想要緊緊抓住的事物。宋東年心知肚明，自己在警局裡是孤狼一匹，雖然他之前破獲重大案件有功，但性格衝動固執，時常不服上司領導。宋東年總擔心刑警生涯隨時會結束，因為他的雙手指關節每到雨天就會疼痛，嚴重起來手指僵硬，無法好好握槍，他一直對旁人隱瞞這個問題。夜裡睡不著他會出去跑步，他家附近有一個小學，跑完步時他經常沿著圍牆，用手背一路刮著牆壁走過去，回到家整個手背都是血。他總是拿他那雙手出氣，家裡的門被他捶壞過好幾次，他習慣用手背手掌的疼痛讓自己清醒，每次受傷，他就得用袖子遮。他知道只要被送去精神科鑑定，就會發現他嚴重失眠，長期罹患憂鬱症，可能會被調離勤務。

他跟誰都保持著距離，後來遇到一個搭檔王忠，性子也有點古怪，王忠理解他的孤僻，兩人惺惺相惜，下班後會一起喝點酒，王忠說話很玄，時常夾帶各種哲理，宋東年很喜歡聽他說那些自己不懂的事，王忠說話的時候臉上會有一種狂熱，讓宋東年神往，好像那股狂熱也可以點燃自己荒涼的生命。王忠從來不拿情緒或感情上的事情煩他，知道宋東年有些難言的過往，也從不多問，那些靜靜的長夜裡，宋東年與王忠可以坐上一夜，喝光兩瓶酒。他們都是拚命三郎，搭檔破案率特別高，跟誰都合不來的兩人，成了彼此的知己，與妻子鬧離婚的那段時間，都是王忠陪伴著他度過。他二十九歲那年，王忠在執行跟監勤務時兩天兩夜沒睡，在車上突然猝死，宋東年感覺自己如同災星，誰跟他在一起都會遭遇不幸。

某次追捕行動中他擊斃嫌犯，卻因為開槍時機有爭議受到了調查，雖然最後證實他確實有開槍的必要而不予處分，但那之後局長就對他多有微詞。不久後故鄉的縣警局有職缺，局長暗示他可以轉任，他沒多想就答應了。宋東年於三十歲回到故鄉，在C縣縣警局刑偵隊工作，常與小組長丁雄搭檔。丁雄是資深刑警，是土生土長桃林人，宋東年到隊上任職，丁雄就對他頗為照顧，知道宋東年性格孤僻，對他也多所包容，兩人搭檔日久，產生一股默契，宋東年不求升遷搶功，只負責努力破案，其他社交事務都有丁雄幫他擔待。日子就在辦案與辦案間度過，節假日時他偶而回家，看見父親老邁，母親滄桑，他們除了工作之外，很少與外人往來，兩人相依為命，母親唯一的憂慮是宋家無後，但父親總說，不要讓他去耽誤別人。

老家庭院荒廢，宋東年回到家就是在庭院裡鋤草澆花，一向喜愛園藝的父親，近年來也荒廢了庭園，宋東年努力整理那些枯死的盆栽，砍掉枯枝，剪去敗葉，換土換盆，施肥加水，總有些能救回來的。心想若生命也能如此整理該有多好。

十二月二十六日這天早晨，聖誕節剛過，C縣派出所接到一通報案電話，說是西區的一處果園發現一具女屍，派出所將案件轉給縣裡的刑偵隊，宋東年與其他員警立刻趕往現場。

那是個已經廢棄的果園，冬季裡樹葉凋落，一片蕭瑟景象，宋東年穿過那些果樹，來到一棵樹下，他才看了一眼現場，就感覺自己快要發狂。

那棵果樹上東一件西一件地吊掛著物品，上面掛著一件紅白相間的毛衣，一件牛仔褲，一件白色內衣跟一條白色內褲，果樹下的泥土地，躺著一具赤裸的女屍。

宋東年渾身發冷，他摟緊了身上的外套，慢慢走過去，那是個很年輕的女孩，睡著似地閉著眼睛，一張姣好的臉上有一點塵土，旁邊擺著一雙白色球鞋。他終於走到了那女孩身邊，他蹲下身，他看得好清楚，她閉著眼，眼皮上有兩片樹葉，她像在午睡一樣，臉上沒有驚惶，她臉頰上有些擦傷，頸子上有明顯的勒痕，烏黑的長髮整齊收攏在耳後垂放胸前，赤裸的身體纖瘦，小巧的雙乳之間有一道很深的刀傷，側腹也有刀傷，那些凌亂的刀傷這裡一撇，那裡一劃，像是小孩子任性的塗鴉，女孩的肚臍像小小的漩渦，有些露水沉積其中，她被整齊地擺放，兩手在身側張開，小小的手掌翻著，上面有些細小的字跡，女孩的陰毛與下體沒有任何遮掩，正如她光潔筆直的雙腿，像冬天葉子落盡的白樺樹。

一切，都像當年。

宋東年顫抖著戴上手套，俯身探看她手掌上寫的字，字跡寫於右掌之上，像是油性筆寫下的鏡像字，字跡歪斜，但可以清楚辨認，寫著「七日之內，我將再來」。

宋東年的頭腦像被雷擊中，很多記憶在閃現，那整個景象太過熟悉，他還以為自己看到了丁小泉，那女孩好像只是靜靜睡著，她周圍發散出奇特的氛圍，女孩當然不是丁小泉，只是感覺相似而已，但她也是個美麗的少女，皮膚很白，宋東年不認得這個女孩。

即使過了十四年，那一切都還像在眼前似的，怎麼也無法抹去。十四年前的那天早晨，丁小泉的屍體躺在桃花林裡，據發現屍體的農夫說，她全身籠罩在霧色中，彷彿在發光。宋東年趕到的時候，桃花林早已被警察密密地包圍，四周拉起黃色封鎖線，有許多鑑識人員在蒐證拍照，宋東年不顧警察阻擋，想要衝過封鎖線，直抵那棵樹下，但是不可能，他被警察擋住，無論如何嚎叫、乞求，警察就是不讓他進去。

周圍的人都在耳語，有人看到了，說丁小泉就躺在林中最美的那棵樹下，已經斷氣身亡，她赤裸著身體，臉上與身上散落花瓣，皮膚白得像雪，身上有多處刺傷，長髮垂在胸前，她雙手攤開放在身體兩側，掌心向上翻開，面容猶如天使。

圍觀的人低聲交談，都在描述丁小泉的屍體，聽說第一個發現屍體的農夫受到震驚，久久無法動彈，過了好一會才有辦法報警處理。他們說，丁小泉全身赤裸，被刀刺死。

宋東年聽到這幾句話，感覺身體每個地方都在痛。人們的描述讓他看見了那畫面，丁小泉死了，就死在她最愛的那片桃花林。他們不讓他接近她，他沒辦法看到她。

十四年後，宋東年目睹了少女棄屍的現場，立刻聯想到丁小泉命案。

當年他雖然沒有親眼看到丁小泉的屍體，但是後來不論是各種新聞報導或四散的流言，以及事後丁家人的描述，都提到樹上掛有衣物，屍體全身赤裸，長髮垂胸，兩手在身旁張開，還有放在頭部旁邊的鞋子等幾個重點，與如今他看到的陳屍方式幾乎雷同，宋東年感覺自己好像就看到了丁小泉的棄屍現場。

趕來的同仁有人認出死者是鎮上餐館涵月樓老闆的女兒，名字叫吳月涵，她也是十六歲。

宋東年想著，死者吳月涵與丁小泉身分背景相似，家人都是做生意的，年齡相當，連就讀的學校都一樣，差別是桃花案與吳月涵命案相差十四年，桃花案的嫌犯周富早已自殺，是不是有人仿效，但仿效理由為何？

吳月涵手心上的字跡寫著「七日之內，我將再來」是什麼意思？那意味著一週之內會有少女再度喪命嗎？

死亡是那樣殘酷，摧枯拉朽將一切全部泯滅，丁小泉的死讓宋東年此後的生命如同被困在荒原，無論如何努力，都會陷入荒蕪。

如今，死神回來了。

那是永恆的一天，只要一想起，生命就會陷入冰凍，腦子彷彿全被蛀空。

當年丁小泉是為了跟宋東年見面才在深夜外出，失蹤當晚宋東年在丁家的客廳下跪磕頭，丁小泉的爸爸拿椅子砸他，後來為了找人要緊，丁爸爸壓著宋東年一處一處去他們常去的地方找，之後警察介入，出動好多人，都沒找到，他們沒日沒夜地找，什麼也沒找到。

第三天他在學校上課，聽到校園裡轟轟鬧鬧，有人說看到新聞播報，鎮上桃花林發現女屍，大家都說死掉的是丁小泉。

「丁小泉被人殺死了，棄屍在周佳君她家的桃花林」，這消息一下子傳遍了校園，他飛快趕到桃花林，那時警察已經圍起封鎖線，不讓任何人靠近，他拚命想衝進去，卻一直被堵在外面，隔著封鎖線遠遠望向棄屍現場，那道封鎖線彷彿生死兩隔的界線，他已經永遠跟小泉隔開，連屍體都看不到，他不知道正確的訊息，可是他知道出事了，大家都在議論，說丁小泉死得好慘，耳語在四周傳開，他被那些聲音淹沒，他發現自己突然聽不見任何聲音，因為耳朵鼻子都被眼淚塞堵，他甚至不知道自己在哭，只感覺喘不過氣來。

他忘了接下來自己做了什麼，他在桃花林一直待著，圍觀的人潮久久不散，他見到一些認識的人來到現場，他看到丁小泉的父母哭得聲嘶力竭，到後來是他爸爸跑來找他，說警察上門了。

警察懷疑他涉嫌，因為法醫初判說丁小泉沒有被性侵，但生前有過性行為。宋東年跟警察承認他有與丁小泉發生關係，警察訊問了他很久，法醫判斷丁小泉死亡還不到十二個小時，宋東年與丁國柱之前找了丁小泉一天兩夜，丁國柱等於就是宋東年的不在場證明。

宋東年的父母壓著他，全家人跟丁國柱下跪，宋東年哭著說，他們是真心相愛，丁國柱甩了他幾個巴掌。

有很長一段時間，宋東年走到哪，都被人指指點點，人不是他殺的，卻是因為他而死。他爸爸把他關在家裡好一陣子，之後恢復上學，下課後也不讓他出門，宋東年不吃不睡，像個瘋子一樣瞪著眼睛，他會在深夜裡嚎叫，被腦子裡的幻覺弄得哭哭啼啼，他總是看到丁小泉，丁小泉還在那條小巷子裡等他，他一下子瘦了很多。後來他爸爸要把他送去軍校，他選擇去了警校。

4

十二月二十六日，李海燕睡到十點多才起床，她拿出冰箱備好的三明治跟豆漿，轉開電視，沒想到一打開電視，三明治都還沒吃，就看到電視新聞快報在轉播「桃林鎮少女命案」，她將聲音轉大，專注看新聞。

電視上女記者以誇張語氣報導死在桃林鎮果園裡的少女屍體。

「今天早上位於C縣桃林鎮一處荒廢果園發生少女死亡事件，果樹上掛著女性衣物，死者全身赤裸，雙手擺在身旁，掌心朝上張開，長髮垂於胸前，一雙球鞋整齊擺放在身旁。這個案件幾處都讓人聯想到十四年前的桃花案，但當年桃花案的凶嫌已經自殺，如今的案情是不是代表出現了模仿犯，或者意味著當年桃花案的凶手另有其人？目前警方持續搜索調查中。另外警方說明嫌犯在死者掌心有寫字，留言為『七日之內，我將再來』。警方呼籲年輕女性，最近盡可能小心安全，出入由家人陪同，不要落單。」」

記者還沒說完，李海燕腦子裡就嗡嗡作響，她連轉幾台，新聞播放的都是這個案子，每家電視台記者的腔調與口吻都讓她想到當年，新聞快報已經有現場屍體的模擬示意圖，記者播報的口吻，以及採訪附近民眾的發言，每一句都讓她頭皮發麻，十六歲吳姓少女死於果園樹下，屍體被整齊擺放，連頭髮好像都被梳理過，某台記者描述屍體「雙手掌心朝上擺放身旁，彷彿天使飛翔」。李海燕覺得腦子裡嗡嗡鳴叫，突然頭痛不已，有很多畫面在眼前跑動，警笛、哨聲、喊叫、哭聲，以及人群推擠的喊叫聲，父親被人用手銬反銬雙手於背後，兩個警察幾乎是用架的，把父親往前推，推進了警車裡。不，這個畫面她沒看過，是她的想像。父親當時被捕，她並不在現場。

李海燕心亂如麻，過去太多事都已被她隱藏在記憶深處，一下子掀翻起來，彷彿會掀起滔天巨浪，她想起當初命案發生之後，生活裡的各種混亂，在學校被欺負，在鎮上被孤立，後來她不敢出門，沒辦法去上學，阿姨跟姨丈來她家照顧她，她想不通很多事，也沒有時間好好思考，生活像被巨大的火車輾過，變得支離破碎。她看著電視新聞裡播報的內容，當年她根本不知道小泉夜裡跑出去跟宋東年見面，更不明白為什麼父親會殺死小泉，她想過，難道是小泉跟宋東年曾經來過他們的農舍約會，被父親發現了嗎？父親長期酗酒，精神狀況很差，他有可能產生幻覺，把小泉誤認為別人嗎？可是再怎麼誤認，也不至於拿刀殺人。況且小泉當時失蹤兩天，父親若真的抓了她，要把她藏在何處？當時警察在農舍裡發現很多證據，都指向父親殺人，李海燕本來就對每天酗酒的父親感到失望，母親死後，父親墮落，對她不聞不問，一再地讓她傷心，後來涉嫌殺人，讓她變成殺人犯的女兒，受盡欺辱，她一方面擔心父親，可是另一方面卻也開始懷疑他，父親早已變成她不認識的人，他會做出什麼事，她根本不知道。

後來父親自殺了，人們都說他是畏罪自殺，但李海燕不知道原因，她只知道她要活下去就必須離開桃林鎮，必須變成另外一個人。

阿姨將她帶離了桃林鎮，收養了她。搬到阿姨家之後，有很長的時間裡，李海燕每天早上洗臉刷牙，看到鏡子裡的自己，她的眼睛長得跟爸爸很像，一雙單眼皮，總是被人說很古典秀氣，可是她看著自己，全身突然不能動彈，阿姨走過來問她怎麼了，她說不出話來，那種感覺來得很快，先是麻痺，然後是一種無力感襲上全身，過一會她就會開始呼吸急促，頭暈目眩，阿姨將她扶到椅子上坐下，她用手摀著脖子，說，好痛，好痛，我沒辦法呼吸了。

阿姨帶她去看醫生，各種科別都看過，轉到身心科，醫生說那是恐慌症，給她開了藥，後來又轉去大醫院精神科做心理治療，她跟醫生說，看到自己的臉會害怕，醫生問她為什麼，她說，她痛恨自己的臉，因為那是一張殺人犯的臉。

恐慌與解離反覆發生，李海燕變得很憔悴，一直無法復學。阿姨跟醫生討論了很久，醫生用各種方式引導，都沒有效果，吃藥讓她昏昏沉沉，她也開始抗拒，後來阿姨想到辦法，或許讓她整容，換一個全新的樣子，能夠幫助她擺脫過往，精神科醫師覺得可行，阿姨授權，李海燕也答應了，先是做了雙眼皮，然後整了鼻子，墊了下巴，後來還做牙齒矯正，整容的過程裡，雖然有恢復期的疼痛，李海燕的精神狀態反而慢慢變得穩定，她好像透過這些手術擺脫了某些障礙。

李海燕深切記得，當她看到自己的臉逐漸轉變，即使是動刀過後的瘀青紅腫，甚至是術後的疼痛，都讓她感到一種難以言喻的平靜，因為疼痛讓她有感覺，她的麻痺感慢慢消失了，她知道自己的臉正在改變，好像每次動刀，都是在修正她生命的錯誤，她正在遠離她父親，遠離丁小泉的死亡。

手術恢復後，她到了一家私立高中上學，她本來功課就很好，此時更是以一種想要重新做人的心態傾盡全力讀書，在新學校裡她每天都在學習，用一種外人看不出來，但她自己知道非常扭曲的方式，學習做一個正常人，她待人親切，對誰都很好，她在腦子裡為自己塑造一種身世，那是完全虛構的人生，她催眠自己，那件事沒有發生過，她就是李海燕，她跟周富毫無關係。

順利考上大學，結束了心理治療，她變成一個大部分的人都會稱讚的「漂亮女生」，成績優秀，外表出眾，她甚至變得健談，有很多人都想跟她做朋友，可是她內心深處知道自己有個部分故障了，但那不要緊，她隱藏得很好。只要不被人發現，她就可以繼續安全地生活，她成為了一個優秀的記者。

然而有一天，有人打了電話給她，那人知道她是周佳君。

幾個月之後，電視上播報著一樁少女命案，她在電視機前面又感到全身不能動彈，恐慌症沒有痊癒，發生過的命案也沒有因為她的改頭換面而消失。

李海燕感覺記憶在湧動，很多被壓抑的情緒不斷冒出來，多年後這樁命案的發生讓她痛苦的記憶又全面回復。她感覺自己呼吸急促，喉嚨發脹，空氣越來越稀薄，感覺快要不能呼吸，她趕緊跑進廚房拿一個紙袋，如醫生指示的，把紙袋套住口鼻，靠著袋子裡的空氣調整呼吸，她的恐慌症又發作了。

李海燕套著紙袋，一口一口慢慢呼吸，大學畢業以後，她當上了記者，先是做人物採訪，後來一個偶然的機會，她訪問了罪犯的家人，當時是主編指定的題目，起初她非常抗拒，她不能向主編說明她的過往，要如何拒絕。後來她是硬著頭皮才接下工作。研讀資料時，她有幾次都感到自己恐慌要發作了，可是等到她看見殺人犯的母親，那個女人神情好悲傷，她說自己的兒子失業、失戀，被同居女友趕出門，回到家裡每天喝酒，「那時我只以為，讓他靜一靜，過一段時間他就會好了。」結果兒子衝到女友的辦公室樓下等待，把剛下班的女友當場殺死了。

殺人犯的母親不知道兒子為何殺人，殺人犯的父親被公司辭退，殺人犯的姊姊被男友家人排斥、婚事受阻，整個家庭都毀了。

那時，她感同身受。感同身受，聽來多麼容易，對於已經用最強的意志改頭換面，掩埋了自己過往的李海燕來說如同奇蹟。

她訪問家屬，悉心聽他們說話，每個字都撞擊著她的心，長久以來她第一次感覺自己內心有什麼跟別人可以產生共鳴，她感覺有一個真實的自己，會在書寫那些報導時出現，完成報導後，殺人犯的家屬寫信感謝她說，多年以來，第一次有人說出我們真正的心聲。李海燕熱淚盈眶。

此後她開始寫作犯罪專題，她感覺自己終於有機會碰觸到自己藏得很深的心，李海燕這三個字不再只是一個用來躲藏的名字。

想到這裡，她放下紙袋，深深呼吸，她還不清楚自己到底是什麼，被她隱匿的往事到底會在她身上產生什麼作用，可是她想要去面對。她想要試試看。

她把窗簾拉開，窗外一片安寧，陽光灑進屋來。她慢慢深呼吸，十四年了，當年的少女已經長成了一個記者，她從周佳君變成了李海燕。

她花了一些時間整理自己，然後慢慢吃完早餐，打開電腦把新聞再爬梳一下，多年來她有一套自己工作的流程，她每一到兩週寫一篇報導，遇上大案子可能花費更久，如何選題是最重要的，這是她長期專業訓練的結果，她讓自己冷靜下來，回到一個專業報導人的身分，她敏感嗅到這是一件值得報導的新聞，更何況這件事還與她父親有關，自己不該再像當年那樣退縮逃避。

李海燕打電話給主編，說她想到桃林鎮採訪這個新聞，她承諾一定會寫出精彩報導，主編一向器重她，總編也非常重視這個報導，答應讓她去桃林鎮做採訪，還事先幫她聯絡了一些關係人。李海燕立刻收拾行李，訂好旅館，就開車出發了。

到達桃林鎮的時候是下午三點鐘，李海燕第一印象是，桃林市區變得更熱鬧了，以前就是富庶的小鎮，現在看來更現代化。車站附近開了一些連鎖商店，蓋了幾棟她以前沒看過的大樓，以前鎮中心是火車站附近的幾條街，而如今那些街區逐漸往外擴大，各種商店、銀行、餐廳，吃喝玩樂都有，李海燕猜想，或許仍如當年一樣，桃林有兩個面貌，富裕的桃林，以及荒涼的桃林，熱鬧與荒涼只相隔二、三十分鐘車程。

她先到一家商務飯店登記住宿，之後到附近餐館吃東西，她聽見鄰桌客人正在議論桃花案與吳月涵命案。

「你還記得丁小泉命案吧，那時候桃花季才剛開始，命案就發生了，當時新聞鬧得多大啊，桃林鎮第一次變得那麼有名，想不到十多年後又出現殺人案。」說話的人是個中年男子，「我聽說這次的案子跟桃花案有些相像，你不覺得毛骨悚然嗎？」

「光是想到命案就夠恐怖了，如果兩件案子有關，那不是更可怕？」另一個身材微胖的年輕男子接著說。

「聽說發現屍體的人嚇得魂不附體，我想桃林鎮又會有一陣子人心惶惶，就像當年一樣。」中年男子說。

「我們桃林鎮好山好水，怎麼會出這種詭異的殺人案？聽說可能是連續殺人案，我以為那種事只有電視劇才會演。」年輕男子說，李海燕繼續聽。

「現在一堆媒體在涵月樓外面打聽消息，想靠近一點都沒有辦法，我在想是不是吳老闆得罪了什麼人，仇家殺她女兒報復？」中年男子說。

「我看新聞說屍體擺放成那樣，可能不是報復殺人，怕的是那是連續殺人犯啊！那就表示可能還會殺人啊！」年輕男子說。

「可是如果是連續殺人犯，為什麼隔了十四年才犯案？」中年男子說。

「有可能是搬到外地啦，或者，坐牢了，或是生了重病。影集都是這麼演。」年輕男子說。

男人們你一言我一語討論案情，但據新聞報導，吳月涵案發生至今毫無線索。

李海燕吃完餐點，付了帳，要離去前，餐館老闆問她，「小姐你是本地人嗎？」李海燕回答，「我是外地來的，是記者，來採訪最近的命案，老闆有什麼消息可以打電話給我。我姓李。」李海燕遞上名片。老闆說：「你看起來真面熟。好啊，我們這裡小道消息多，有機會我就給你通風報信。當年桃花案的受害人，是我遠房表親，那些事我都還記得啊。」李海燕心想桃林鎮這一帶很多人都是親戚，誰跟誰不是有點沾親帶故，她又細看這人，約三十五歲的男人，自己印象裡也有點熟悉，她想起來了，這個人是以前路邊擺攤賣烤香腸的王媽媽的兒子王俊國，李海燕的爸爸常去他們的香腸攤買烤香腸下酒，有幾次還是李海燕去跑腿，王俊國比李海燕大幾歲，下課時常在攤子旁幫忙，想不到他長大後開了餐館。李海燕還沒有準備吐露自己的身世，這樣對她採訪一點幫助也沒有。

她在市區裡轉了轉，走在陌生或熟悉的街道，已經被壓抑的記憶，原來一直都在那兒，就像她逃離了小鎮，可是小鎮依然繼續生長，當時受到傷害跟牽連的人，後來都怎樣了呢？她感覺莫名的心痛，可是能夠感到疼痛是好的，她走在馬路上，臉上流著眼淚，路人都在看著她，她趕緊用手抹去眼淚，她用力吐出一口氣，想到死去的人，想到活著的人，為什麼，那麼多人付出了慘痛的代價。為什麼有人要殺害少女？十四年前與現在，她都有太多疑問。

5

位於C縣的桃林鎮，鄰近縣政府，交通便利，以食品工業聞名，鎮內有多處桃花林，盛開時節非常美麗，鎮上有許多工廠，各式食品公司，蜜餞廠商，也有紡織廠，小鎮繁榮富庶，產業發達造就許多富人，所以鎮上的市區商店特別多，販賣著高級手錶、珠寶、金飾，大街上常會有名車經過，火車站附近的街道，開設了許多銀行。

這許多年經過，宋東年再回到桃林鎮時，周遭景物多有變化，他卻感覺自己的時間在此停止了，許多個轉角都仍停在十七歲時的光景。

即使熟悉的街道有許多新開的連鎖商店，有許多老舊的房子翻新，郊區也有以前少見的大樓，但不變的是，小鎮彷彿從市中心一刀劃成兩半，東半部熱鬧發達，西半部住家減少，都是工廠跟林地。西區多山，有很多人家種植桃花林，桃花盛開時，鎮上會舉辦桃花節，吸引一些觀光客前來，但桃林鎮一直不是什麼觀光景點，桃花季熱鬧一陣，花朵凋謝，鎮民又回歸到以前原有的生活。桃林鎮好山好水，有很多工廠可以上班，鎮民生活寬裕，即使交通發達，好像也沒有必要特別到外地去。宋東年成年後到外地讀書，在大城市工作，他沒有見過其他地方的人像桃林人這麼自得其樂。但他成年後才發現桃林的貧富差距，那種截然二分的感覺令人心驚，最漂亮的山與桃花林都在西邊，最醜陋的工廠也在那邊，有許多人賣掉田地蓋工廠，還有人賣掉祖傳的土地，發了財，就搬到市區去住。桃林這幾年一直在蓋房子，土地水漲船高，慢慢或許西半部也會熱鬧起來。

宋東年沒有搬回父母家，而是在桃林鎮市區租了一個公寓，在城裡習慣了疏離的生活，回到故鄉，雞犬相聞的日子反而讓他害怕。宋東年每天開車四十分鐘上下班，早出晚歸，有時還睡在警局裡，他做事賣力，辦案像拚命，好像不這麼做他就活不下去。

他發現自己無止盡的贖罪人生裡，只有在抓到歹徒，銬上手銬那短暫的一刻，內心可以稍感平靜，心中甚至有著久違的，如釋重負的感覺。可惜，這種感覺來了又去，他就像薛西弗斯推動石頭，日復一日，推上又滾下，只是徒勞。

他陷入這般徒勞的情緒，沒有辦法去愛誰。

他無牽無掛，以便更加投入查案，升遷加薪什麼的他都不需要，他需要的只是如現在所擁有的，一間小小的公寓，一台破車，長年就是幾件衣服輪替，身上一件破夾克，手上戴著丁小泉送他的電子錶，錶面已經磨損幾乎看不清楚時間。

他破過很多大案，得到許多表揚，但他都不在乎，腦子裡想的就只有破案，查案破案、追人尋凶成為他生命的重點，他喝很多咖啡，晚上再喝一點酒，他濃縮睡眠，盼望著如此一來，可以真正深睡，他渴盼倒下去如同死亡般的睡眠，唯有如此他才不會在深夜裡驚醒，發現自己一臉是淚。

死去的人已經超脫凡俗，活著的人卻難以釋懷，沒有誰可以給予他們救贖。

二十六日早晨吳月涵屍體被發現後，縣警局立刻成立了「吳月涵案」專案小組，由刑偵隊小組長丁雄負責，開會時丁雄主張桃花案的檔案應該全都調出來看，因為兩個案子相似之處太多，但刑偵隊隊長告誡丁雄，當年桃花案周富被視為畏罪自殺，局裡就以周富作為唯一嫌犯定案了。主事的警官升官嘉獎，此後步步高升，如今已經是C縣警局局長，萬一當年抓錯了人，那局長顏面何在？宋東年向隊長極力爭取，說桃花案與吳月涵案有太多相似點，這是明眼人都看得到的，想掩蓋也沒辦法，如果不一併搜查，恐怕錯失破案良機，當年辦案人員都已盡力，時空背景不同，現在鑑識技術已經改進，只要翻了案，就是大功一件。丁雄與宋東年和隊長辯論許久，隊長才願意讓他們重啟桃花案，與吳月涵案一併調查。

媒體已經繪聲繪影在討論「連續殺人還是模仿犯？」、「凶手預告殺人？下一個受害少女會是誰？」、「少女殺手鎖定桃花節大使？」，各種說法隨著媒體的傳播，一下子就飛得滿天都是，「少女殺手」成了殺人犯的代號。宋東年非常討厭這個詞，凶手就是凶手，為什麼要取什麼代號，他知道有很多凶手恨不得留名青史，媒體越是關注，他就會越凶殘。但是媒體跟大眾都喜歡聳動的內容，想要遏止根本沒辦法。

當年宋東年還只是個少年沒能來得及參與丁小泉的案件調查，丁家人恨他入骨，連喪禮都不願讓他參加，是他父母苦苦哀求，丁國柱才讓他進去靈堂上了一炷香。離鄉前，每年他都會去小泉的墓地，早期她的墓地上每年都有人來供花，後來漸漸少了，宋東年自己到外地讀書工作後就很少再去，離婚後他又回到桃林鎮來，這一年多來，偶而他還是會去丁小泉的墓地上香，他不敢買花，因為鮮花簇擁，會讓他想到當年。

這次發生吳月涵命案的地點，跟桃花案棄屍地點都在西區，地緣上有點關聯，不過桃林鎮西區本來就比較荒涼，有廢棄的工廠、果園、桃花林。桃林鎮有錢有能力的人都想往東區住，那邊交通便利，生活機能又好，治安也比較好，早年沒有買房的人後來地價上漲也買不起了，就都在西區買屋或租屋，工廠有些外地人，也都住在西區的便宜平房。

丁雄對宋東年說：「你沒看過丁小泉的檔案吧！你把檔案看一下，之後我們去一趟吳月涵家。」丁雄拍了拍宋東年的肩膀，似乎也知道查看丁小泉的檔案對他來說是多麼痛苦的事。

當時宋東年認定是周富酒後殺人，周富死後，案件就像自動冰存，成了所有人的傷口，或許宋東年心裡也有逃避的傾向，要去打開那個有著小泉屍體照片的檔案盒，他怕自己會承受不住。

宋東年去檔案室找出桃花案的所有檔案，那些積滿灰塵的紙箱異常沉重，宋東年感覺自己過去一直在逃避這件事，但要打開那些檔案箱也只是一瞬之間的事。他拆開紙箱蓋，拿出資料夾，逐一翻閱。他翻開那些照片，第一張是從正上方拍攝的丁小泉屍體，小泉全身赤裸，身體好白好白，他記得小泉皮膚白皙，但照片的她是慘白的，她還是那麼美。第二張照片是身體近照，小泉的胸部柔軟地隆起，可是左右兩邊乳房上各有一道明顯的刀傷，暗紅色的傷疤很明顯。第三張照片她的肚子上也有兩道刀傷，一刀是正刺，另一道斜切，刀痕深淺不一，看起來就好痛。

以前他從沒有在白天看過小泉的身體，他們總是在幽暗的地方約會，他曾在黑暗中凝視過她的身體輪廓，他也曾就著皎潔月色細看她，他每次想看她，小泉都會笑著躲開。他曾經在各種明暗光度裡看過她的身體，曲線優美得讓人迷醉，他怎麼看都看不膩。他沒想過生平第一次真正看清她全部的身體，會是在這種狀況下，他看得那麼慢，時間變成凌遲，那些照片一張一張都是傷害，十多年來，他夢過她，他那麼想念她，他以為小泉的死已經讓他很痛苦，沒想到真正可怕的是看到她變成屍體的照片。

他的雙手顫抖，翻開第四張照片，有一道傷口劃過她的大腿，那道傷口幾乎斜切過她整條大腿，傷口綻開，露出還帶著血的肌肉組織，宋東年突然覺得視線模糊，喉嚨哽咽，他才發現自己已經淚眼模糊，淚水讓他喉嚨發苦。小泉太可憐了，她在深夜裡被人抓走，她受到那麼多傷害，她死前不知道有多害怕，宋東年癱在椅子上，無法動彈。那些照片每一張都在宣告她死了，她被殘忍地殺害了，是真正的，徹底的死掉了。

他用力闔上檔案，雙手放在檔案夾上，那些照片反覆在他眼前播放，小泉，他唸著，小泉，他好久好久沒有叫喚這個名字了，簡單兩個字，要說出來卻如此艱難，小泉我錯了，我不該讓你一個人在深夜出門，我不該讓你落單，我不該做那些事，小泉，你一定很痛吧，太痛苦了，你不痛了吧，他想起鋒利的刀刺進她的肌膚，穿透她胸膛，劃開她的大腿，他感覺自己也像被千刀萬剮那麼地疼痛著。小泉，對不起。

小泉。對不起。

他無聲地痛哭著，全身疼痛不堪，他在腦中呼喚著小泉的名字，就像這才是真正的告別，十多年的淚水彷彿要一次流盡。過了好久，他才逐漸清醒過來。他告訴自己不管有多痛苦，他已經逃避了十多年，他應該要承受這些痛苦，他要凝視著這些照片，不可以轉身逃避。

他花了很長時間才平復自己。他努力轉換刑警視角，又再度打開照片繼續查看，他看到一張小泉臉部的特寫，小泉的臉上有許多花瓣掉落，她的額頭、鼻子、臉頰與嘴上都有粉色的花瓣，他反覆看著那張照片，小泉眼睛閉著，彷彿在睡覺，可是臉上毫無血色，已經失去了生命跡象。

他覺得這張照片有說不出來的奇怪之處，他左看右看，卻不知道是哪裡奇怪，他用手機拍下照片，把照片每個細部都放大，當他看到小泉嘴巴上那朵桃花時，他發現了那是一朵完整的桃花，甚至還可以看到她的嘴裡有一點點花梗。

宋東年驚覺那朵花不是落花，而是被人刻意插進她嘴裡的。

意識到這件事時，他想到吳月涵眼皮上的樹葉也是被人黏上去的，嘴裡的桃花，眼皮上的樹葉，這兩個特點有不可思議的相似處，這可能就是凶手做案的特徵，宋東年驚覺這兩件案子極有可能是同一個凶手所為。

宋東年繼續翻閱照片。丁小泉案的現場照片有很多，遠景近景，各種角度，各個細節都有，有兩張不知道誰拍下的照片，角度是站在離屍體稍遠處，遠遠就可以看到那棵樹，樹上像長滿巨大而怪異的果實那樣，在花瓣與樹葉之間，生出了那些少女的衣物，他發現每一件物品的擺設似乎都是精選過的，顏色的配置，白色上衣，藍色裙子，背包，襪子，看似東一件西一件，但整體看來卻很和諧，與樹下擺著的屍體形成完美的構圖，吳月涵的命案也是如此，那場景好像就是丁小泉案的精緻版，果樹比桃花樹矮小些，吳月涵也比丁小泉嬌小，春天的桃花，冬天的果園，一個燦爛繽紛，一個蕭瑟淒清，相同處是那畫面都非常美麗，彷彿美少女臥睡於樹木之下，他幾乎感覺得到，凶手在布置現場之後，站在稍遠處，滿足地望著自己的作品，看著這個自己創造的景象，他一定感到很陶醉。

目前只在吳月涵棄屍現場找到做案的凶刀，以及一塊沾有殘餘氯仿的手帕。當年在桃花案現場發現的手帕只是一塊普通的褐色男用手帕，警方查出在周富家附近的日用品店就有販賣，而今吳月涵命案的手帕是桃林鎮的觀光發展科開發的，很多商店都有販售，上面印有桃林鎮老街的圖案。桃花案的凶器是一般市售的水果刀，吳月涵案的凶刀則是德國名牌廚具的水果刀。吳月涵的身上沒有任何殘留的指紋，屍體被清理得很乾淨，凶刀上沒有任何指紋殘留，也沒有任何相關嫌疑人的跡證。

初步相驗結果吳月涵是胸前中了數刀，流血過多致死，而脖子上的勒痕是死後產生，死因與丁小泉相近。令警方不解的是，為何刀刺致死後還要將被害人勒頸，但犯罪心理學家宣稱這可能是歹徒因為性無能的替代宣洩，也可能只是為了確保受害者完全死亡。

線索跟當年差不多，但目前並沒有任何嫌疑犯。

宋東年非常清楚，當年警方以為丁小泉的衣物吊掛桃花樹上是周富酒後任意所為，但如今兩個案子一起對照，可以看出那不是一個酒鬼做得到的事，凶手非常清醒，極度冷靜，棄屍與現場擺設一定有要傳達的意義，凶手把陳屍現場布置得極為工整，完美，讓美麗與恐怖同時在一瞬間呈現。

死亡怎麼可能是美麗的？宋東年用力蓋上檔案，雙手緊握，多年後他終於看到了丁小泉的屍體，他閉上眼睛，在椅子上坐了一會，他一定要抓到那個凶手，無論如何，他都要抓到他。

第二部

夢土

1

李海燕開車在街上漫遊著，她以為自己會憎恨這個小鎮裡的一切，但真的踏上這片土地，心裡的感覺卻是百感交集。她在多年後回到桃林鎮，剛開始走在路上還會擔心被人認出，但如今她蓄著長髮，一雙彩妝後閃亮的大眼睛，潔白的皮膚，鍛鍊過的修長身材，誰都會認為她是長得不錯的女子，再也不是那個單眼皮、近視眼、駝背、長相普通的女孩，她慶幸自己變得漂亮，漂亮是一個保護色，讓人忘掉她原本的身分，她可以順利從殺人犯的女兒，變成一個亮麗的女記者。

但她記得那通電話，有人知道她改名換姓，還搬到外縣市，變成了記者，那人到底是誰？

她首先去到以前她家的桃花林，她聽說那塊地已經改建了樓房，老家樓房與桃花林全消失了，變成一片三層樓高級別墅，她沒想到那塊地有這麼大，別墅樣式新穎，家家戶戶一樓都有花園，想不到桃林鎮已經發展到這一帶了，以前這邊的土地不怎麼值錢，當年周家為了補償受害者，廉價賣掉了所有房產，剩餘的錢，就交由阿姨代管，供李海燕讀書與生活。李海燕看到那些房舍，不免好奇當初老家是賣給了誰，誰又會想到在那一塊凶地建起一片高級住宅，直覺告訴她，內幕不單純。

她看到一個中年男子走出其中一戶家門，她跟上去想跟男子攀談，男子進商店買菸，結完帳，李海燕上前去搭訕，「先生，不好意思，請問你知道這個社區是誰蓋的嗎？」

男子瞄了她一眼，反問她：「你問這做什麼？」

「我覺得這裡房子蓋得漂亮，環境又清幽，想打聽一下還有沒有空房要租或賣？」她回答。

「小姐，這個你問我就對了，這片房產都是集團自建自售的，對外沒有其他銷售管道，我親戚就在集團做房屋銷售。聽他說過好像還有一間空屋，不過價格很高，你得自己掂量一下。」男人穿著不俗，從頭到腳把李海燕打量了一番。

「大哥麻煩幫我介紹好嗎？我真的很有興趣。」李海燕對男子微笑求助，這種微笑是她職場上練習而來，對陌生人非常有用。變成李海燕之後，她很多地方都在演變，慢慢地她才察覺到，她無意間在模仿丁小泉，丁小泉微笑的樣子，她的眼神流轉，她笑起來頭會微傾，她會瀟灑地把頭髮一甩，也會小女孩似地用手指捲自己的頭髮玩。點點滴滴，她在復刻已經死去的丁小泉，那曾經是她最好的朋友，是她最喜歡也最崇拜的女孩，丁小泉美麗、率真、大方，很多人喜歡她，可是她一點也不驕矜。周佳君高中時就擅長寫作文，比賽得獎時老師把她的作文張貼在布告欄，結果惹來班上一個女同學的嫉妒，開始找她麻煩，那時，周佳君一臉黯淡，只有文字會發光，是丁小泉把她帶在身邊，去哪都罩著她，後來那個同學才慢慢開始接受她。李海燕發現自己回到桃林鎮，就開始不自覺想起往事，體內的周佳君蠢蠢欲動，她得努力壓抑，才不至於被往事吞沒。

男子對她說，「你可以叫我老謝，叫謝大哥也行，我是住在B棟的住戶，以前在市區開文具店的，店面後來租給一個開餐廳的，我光收租就夠過日子了，才會有閒錢來這裡買別墅。我們桃林鎮這幾年地價上漲啊，很多人就到處買別墅，這一帶有山有水成了風水寶地，你來對了，買這裡會發財啊，做什麼都旺，連店租都上漲了好幾倍。我幫你打個電話給我親戚問問，高茂集團你知道吧，高茂建設這幾年收購土地重新規劃，做了好幾個大案子。你看我們這邊本來就是一塊雜木林和一棟老房子，沒啥價值，高茂他們買了地，申請改建，一整片雜木林鏟掉，才知道這片地很好啊，雖然在鎮郊，可是自從西區快速道路蓋好之後，這裡四通八達，交通好便利，喜歡清幽的人都來這裡住，房子大，視野又好。這附近安靜，到市區開車只要二十分鐘，想要自然風光，散步五分鐘就有，你看後面那一大片竹林啊，竹林旁本來是個小水坑，建設公司把它規劃成一個荷花池，附近生態竟然就改變了，還會有白鷺鷥飛來，你知道那塊地養起來以後值多少錢嗎？三千坪土地改建地，簡直就是金礦。」謝先生滔滔不絕。

「我就是覺得這一帶風水很好啊，感覺特別舒服，才跟你打聽。」李海燕對他淺淺微笑說著，希望男子可以多說一點。

「風水啊，那就難說了，看你怎麼想啦，我自己是不忌諱，這塊地上出過事，所以賣的大多是外地人，也有像我這種不怕的，在剛開始推出還很低價的時候就買了。水坑改造以後，帶動我們這邊房價漲得很高，所以我覺得沒事啊，就看你怕不怕吧。不過，這裡房價還會再漲，先買先賺，誰會怕鈔票，你說是不是？」謝先生越說越得意。

「出了什麼事，謝大哥可以先告訴我嗎？我也好有個心理準備。」李海燕柔聲問道。

「你不知道啊，十幾年前赫赫有名的桃花案啊，就發生在我們這塊地，也就是後面那幾戶，原來是個桃花林，有個女孩死在那兒，是被殺死的。」謝先生說，「但真的不要緊，集團派過很多厲害的人來看過，說這裡地形有龍王鎮地，不怕，另外我們家家戶戶地底下都有壓鎮山石，屋內也有八卦陣，一般人看不出來，還以為是擺設呢。說真的，這麼多年來，一點事也沒有，就是房價猛上漲，那一戶空著的人家，是為了小孩的教育才要辦移民、賣房子。風水師都算過了，這裡旺主旺財啊，出點事影響不了。」謝先生說完，就給他親戚打了電話，幫李海燕約了面談，「他說十五分鐘後到。要不我陪你先轉轉，我們去看一下那個水榭亭跟荷花池。」

李海燕沒想到曾經出過命案、他們一家住過的那片桃花林，後來竟然成為建商口中的金雞母，不但地價上漲，還帶動了附近的土地價值，那個水坑李海燕很熟悉，是一次地震造成的窪地，後來變成了水坑，謝先生帶她走向水坑時，她看到眼前一片竹林，然後是一個古典的水榭亭，水坑被改建成漂亮的池塘，塘裡有荷花，有水鳥飛過，蜻蜓飛舞，整塊地水色映著荷塘，周圍竹林環繞，氛圍非常美。看著這一片美景，她有一種奇怪的感覺，她記得曾經有人來跟父親洽談想要買他們的地，但被爸爸趕走了，如今眼前的這一切，難道真的跟當年的命案有什麼關聯嗎？

2

宋東年將丁小泉口中有桃花的發現跟丁雄報告，丁雄看著照片說，「這可能就是破案關鍵，看來重新啟動桃花案勢在必行。」

吳月涵命案發生後，偵查組全體動員展開調查，鑑識單位分析了現場所有線索，與丁小泉案不同的是，這次的棄屍現場非常乾淨，懸掛在樹枝上的衣物、現場的球鞋，連手帕跟凶刀一點指紋也採不到，果園可能並非第一現場。

宋東年個子很高，一頭捲髮亂亂的，瘦削的臉上有短短的鬍渣，兩隻眼睛瞪大起來連小孩都怕，年輕時長相算是好看，這幾年瘦下來，倒顯得很凶。他話很少，整天就是埋在案件裡，他總是最早進來最晚離開，不管誰跟他搭檔都覺得壓力很大，不過他跟丁雄合作得很好。

他跟丁雄一起走訪吳月涵家，丁雄是丁小泉家遠房親戚，在警局是老資格了，宋東年回到縣警局工作後跟他搭檔過幾次，他們默契很好，一起破過幾個重要的案子。丁雄身材壯碩，頭髮花白，一張方臉顯得五官很小，他手段好，人面廣，三教九流都吃得開，據說年輕時當過臥底，在一個販毒集團窩了兩年，曾被人打斷肋骨也沒鬆口，此後大家都喊他鐵雄，宋東年向來尊敬鐵雄，鐵雄也很包容他的古怪。

吳月涵父親吳東明是鎮上的名人，急公好義，人緣極好，警局以前慶功宴也常到他們家餐館去吃。宋東年他們到了吳家，餐廳歇業，屋裡氣氛哀戚，鐵雄一見到吳東明，拍拍他的肩，吳東明跟鐵雄都是高個壯漢，兩人惺惺相惜，一旁的吳太太看起來很憔悴。

鐵雄說，主要是想了解一下吳月涵的交友狀況，看看她身邊有沒有可疑的人。

宋東年補了一句，「吳月涵有交男朋友嗎？」

吳東明發怒，「我家女兒不是那種不檢點的人！」

鐵雄忙安撫他，「不是，就是看看有沒有可疑的人，同學、朋友，只要是認識的都可以。你回想看看命案發生那天，月涵有沒有什麼不尋常的地方。」

吳東明說：「我這個女兒，乖得很，沒男朋友，就一、兩個要好的同學常來往而已。她作息很固定，假日除了補習，就是會去拍照，月涵很喜歡攝影。但是不論參加什麼活動，只要晚歸，她都會提前跟我們說，真的是讓我們很放心的孩子。所以二十五號晚上她說要去同學家，我也沒多管她。」吳東明答。

「她二十五號去哪個同學家？」宋東年問。

「她說二十五號要去賴小玉家一起過聖誕節。」吳東明說。

「她是下了課直接去賴小玉家嗎？」宋東年問。

「月涵那天下了課就直接去了賴小玉家。」吳太太接話說，「她從小就很獨立，性格很不愛人管，我們就只有這個小孩，平時很疼愛，也很寵她，她跟賴小玉很要好，小玉她爸爸是我們餐館的廚師，兩家人很親近，小玉有時也會來我們家住，所以那天她說要去小玉家，我們也沒多想就讓她去，沒想到後來會出這種事，我真的好後悔。」吳太太哭著說，「那天晚上睡前她還有傳簡訊給我。」她拿出手機簡訊給宋東年看，簡訊寫著，媽媽晚安，我要睡覺了，明天家裡見，不要太想我。「想不到那是我們最後一次聯繫了。我真不應該讓她在外面過夜的。」吳太太雙手握著手機邊說邊哭。

「我們有打電話去小玉家，她父母說小玉受到很大的打擊，現在沒辦法接電話，他們說月涵二十五號確實有去他們家，但今天早上家人起床就沒看見月涵，小玉說月涵先去上課了，結果小玉到學校才發現她沒去上學。」吳先生說。

鐵雄示意宋東年繼續問話，他到一旁打電話聯繫賴家。

「除了小玉，吳月涵有沒有要好的男性朋友，或許她沒告訴父母，但你們有沒有觀察到比較常來往的男同學。」宋東年又問。少女失蹤，大多與男友有關。宋東年想到當年丁小泉也是為了跟他約會，才會半夜外出。

「她有個國中同學，姓陸，叫陸建安，一直跟她走得比較近，這個建安是個好孩子，很乖很斯文，他們是從小一起長大的，我們也就沒反對他們來往，只是我私下跟月涵說，談戀愛可以，不可以超越底線，但月涵說陸建安不是她男朋友。我一直以為我可以當她的好朋友，她以前總跟朋友說，她跟自己的媽媽是無話不說的好朋友。我真的好捨不得她，那麼好一個孩子，怎麼會被人殺害？想到她身上的傷，想到她受到的驚嚇，我的心就痛得不得了。」吳太太說著說著又哭了。

「是哪來的變態做出這種事，警察先生請你們一定要查清楚。月涵實在太可憐了……」吳先生越說越氣，可能自己也傷心吧，眼眶泛淚，哽咽著沒繼續說下去。

宋東年想請吳先生吳太太節哀，但他說不出口，現在唯一能帶給他們安慰的就是盡快破案，找到凶手，他說：「我們一定會盡力追查。可以給我陸建安的聯絡方式嗎？」

吳先生給了他陸建安家的電話，宋東年又說想看一下吳月涵的房間，吳家夫妻便帶他去查看。小小的房間，非常文青風，宋東年說想要帶吳月涵的筆電回去檢查有沒有線索，夫妻倆也說好。他發現房間有很多大大小小的攝影照片，都是風景跟建築，他問：「這些照片是不是吳月涵拍的？」吳先生說：「對啊，去年我送她一台單眼相機，她就開始迷上攝影。」

鐵雄講完電話上樓來跟宋東年一起查看房間。宋東年看到很多照片拍的都是廢墟、工地、流浪漢，他問：「吳月涵是不是很喜歡拍一些荒廢的地方。」

吳太太說，「這孩子就是喜歡那種荒涼的地方，廢墟啦，老宅，沒完成的工地，跟她講過很多次不要去那些地方，那邊陰氣重，可能還會有些不好的人出入，後來她就少去了。不過，說到拍照，她會瞞著我們的，大概就是去拍廢墟照片吧，現在想想，真的不該送她那台相機。」

宋東年細看其中幾張廢墟照片，他認得那個地點，那是桃林有名的一個廢墟，那一帶因為廢棄已久，龍蛇雜處，說不定吳月涵是去拍照時出事的。

離開吳家時，鐵雄對吳先生說：「有什麼消息我們會跟你們聯繫，請節哀，保重身體要緊，我們一定會找到凶手的。」

回警局的路上鐵雄告訴宋東年：「我剛打去賴家，賴小玉現在狀況不好，好像受到太大的刺激，問她什麼都不肯說，只是一直哭。不過我跟她父母確認過了，他們都不知道吳月涵是幾點離開的，只知道早上起床就沒看到人，我們再找時間去問一下賴小玉。」

鐵雄跟宋東年約訪了陸建安，陸建安是由父母陪同來到警局，他長得白淨秀氣，感覺教養很好，若要說跟吳月涵是情侶，卻有點不相配，可能陸建安看起來太小了吧。

「你跟吳月涵是男女朋友嗎？是不是常陪吳月涵去拍照？最後一次看到吳月涵是什麼時候？」鐵雄問陸建安。

「我跟月涵不是男女朋友，我們小時候就認識了，是我自己偷偷喜歡她，她只是把我當朋友。月涵喜歡拍照，但常去一些荒涼陰森的地方，小玉不敢去那種地方，我又不想要讓月涵落單，所以她拍照都是我陪著的。我最後一次看到月涵，是二十五號白天在學校裡，我知道她晚上要住小玉家，沒想到後來她就出事了。」陸建安難過地流淚。鐵雄等他稍微平靜，接著問他說：「二十五號到二十六號你人在哪？」

陸建安擦乾眼淚，接著說：「這兩天我自己就是正常上下課，去補習，其他時間我都在家打電動。我本來就比較宅，都是為了陪月涵，才會到處走。」

「吳月涵是不是很喜歡拍廢墟，事發前她有去過嗎？」宋東年問。

「月涵也不知道為什麼喜歡拍廢墟，特別是一個叫盧舍的廢墟，她去拍了好幾次，上個週末我們先去了城南公園，然後又去了盧舍。」

陸建安看起來就是個可靠的男孩，看他哭得那麼傷心，宋東年核對了他的不在場證明，就讓他回家了。

宋東年跟鐵雄說：「我覺得盧舍可以查查看。」

屍體在果園發現，但殺人卻不一定在果園，發現屍體那天，警方已經把附近的果園跟農舍都查遍，沒有任何可疑線索，而且盧舍離果園並不遠。「盧舍」說是廢墟，其實是二十多年前一個姓盧的商人買下的三層樓老宅，本來要翻修改建，動工不久，工程就突然終止，一直拖延，商人也沒有轉賣這塊土地，最後逐漸就廢棄了。謠言很多，有人說那塊地煞氣重，盧姓商人買下後就染病了，也有人說那塊地出過事，前任屋主是被毒死的，也有說這塊地產權不清，買賣不易，所以一直擱置在那，時常都有傳聞說被誰買走要改建，最後也沒下文，坊間各種說法都有，共同點就是，大家都說那是鬼屋。宋東年的記憶中他少年時那個屋子就在改建，始終沒建好，未完成的工程造成漏水，屋子慢慢塌了，宅內開始生長出植物，旁邊的大樹樹根把房屋鑿穿，變成樹纏屋的奇怪合體，非常詭異，偶而會有年輕人去探險，也有廢墟愛好者去那兒拍照。

宋東年與鐵雄決定去盧舍查看。盧舍的玻璃大多破裂了，有幾扇大窗用報紙跟廣告看板隨意遮擋，屋內已經長滿雜草，不過有幾處地方好像有人整理過，像是客廳的區域，地上還鋪著幾個睡袋，感覺應該是有流浪漢在這裡睡覺。

鐵雄在二樓一個流浪漢的被窩裡，發現了一件女用的外套，是粉紅色的羽絨外套，已經有點髒汙了，但看起來並不破舊。

廢墟內部已經被不明人士破壞得很厲害，牆壁跟地板滿是塗鴉噴漆，家具幾乎都被拆散，滿地都是泡麵空殼、啤酒罐空瓶跟破玻璃瓶。

宋東年仔細看那些塗鴉，有些顏色鮮豔，看起來是新噴上的，大多是一些圖騰，有卡通人物，也有聳動的英文字母，但他在一片牆壁右下角，發現一句奇怪的文字，是鏡像字，他用手機拍下，翻轉照片，那句話寫著，「走過黑暗之路，必能與你相見」。字跡扭曲，看起來非常詭異，宋東年發現那句話的下方好像畫著什麼小小的塗鴉，他走上前細看，那是一隻雙手遮著眼睛的猴子。宋東年說：「雄哥，你來看看這個。」鐵雄走過來看著牆上的字句跟塗鴉，低聲說：「有點意思啊，這個。」

3

從小她都認為自己是個平凡的人，生長在一個平凡安康的家庭，父母都很好，一般小孩會遇到的困擾她都沒有，父親勤勞可靠，母親慈祥溫暖，他們家境中上，不愁吃穿，還有自己的桃花林，感覺是所有人夢想中的美麗生活，可是母親一倒下，全都亂了套。她很小就知道父親與母親相愛，超過了一般的夫妻，她甚至覺得父母兩人即使生了小孩，也還在戀愛，她時常為父母的情深感動，但有時也會因此感到孤獨，尤其是對於父親，他太愛她的妻子，到了幾乎是迷戀的程度。

母親豐滿美麗擅長烹飪跟家務，她把家裡打理得井然有序，父親很依賴她。她的父母就像是那種沒有生小孩的夫妻，他們會一起上街看電影，父親會給母親送花，她時常看到母親跟父親在桃花林賞花，父親放棄高薪的工作，回到故鄉，就是因為母親想要住在桃花林裡。她想，她是有點孤獨的，她感到既幸福又孤獨，那份孤獨感很難言傳，她從來沒對誰說起，有時她會懷疑，她的父母並不真的愛她，因為他們太相愛了，他們的世界裡，容不下一個小孩。

她知道她得有些什麼屬於她自己的東西，朋友，對，就是這種東西，一種不是天生就有，但是努力可以獲得的，所以當她跟丁小泉變成好朋友，她才會那麼珍惜。

跟小泉親近之後，她才知道，每個人都有自己的煩惱，即使小泉那麼美，小泉有那麼好的男朋友。小泉因為被嚴格管教感覺到窒息，她總是想離開桃林鎮，她想逃離所有會束縛她的東西，她想要更大的舞台，更寬闊的空間。

「我說不清楚，我只知道我不屬於這裡。」小泉對她說。

「考上外地的大學，世界就會變得開闊了。」她對小泉說。

小泉搖搖頭，「我不像你們功課那麼好，我有學校讀就不錯了。可是我不想等那麼久，我想到大城市裡發展。」

小泉總是會說很多話，小泉說而她安靜聆聽，至少小泉對她好，喜歡她，除了她的男友，小泉最喜歡她。這是小泉親口說過的，「周佳君，你不許對自己沒自信，我最喜歡你了。你比誰都好看，你看你細細的眼睛多有氣質，看你的皮膚那麼白，你的嘴巴是最小巧可愛的，男生看了都會想親一口。你老是戴著眼鏡，別人怎麼看得到你美麗的眼睛？」說得她臉都紅了。

小泉教她打扮，帶她去配隱形眼鏡，小泉還給她畫口紅，她覺得害羞也覺得開心。

戴上隱形眼鏡後，她覺得自己變得漂亮了，不是最美的，但也算清秀了，她一直想要有人愛她，像父親愛母親那樣，是絕對、不可取代、獨一無二的愛，可是母親去世後，她才知道那樣的愛要付出多少代價，父親因此失魂落魄，消沉絕望，生活全然沒有重心，每天只是喝酒，父親好像有一部分已經隨母親死去了。

後來父親成了殺人犯，她不敢讓人知道她早有預感，母親死後，父親的改變讓她害怕，因為父親總是說不想活了，父親怪醫院沒治好母親，怪命運，有時他無人可怪，會憤憤地說，最該死的人都沒死，她會驚恐地想，最該死的人是誰？最擔憂的時候，她甚至害怕父親會放火燒了桃花林，先殺了她再去自殺。

李海燕見到了謝先生口中的羅先生，圓圓的大盤臉，很福泰的一個男人，羅先生跟謝先生一起帶李海燕去看那棟房子，是那一片別墅裡最靠近荷花池的，別墅都是一個樣式，三層樓帶車位，外觀頗洋氣，內部有簡單裝潢，羅先生對李海燕說：「我們公司是蓋豪宅起家的，每一個建案都是精挑細選，你看這個地磚，冬暖夏涼，也不用打蠟，作客廳最氣派了。小姐你是打算幾個人住呢？我們一樓安排的孝親房，浴室裡都有安全扶手、無障礙設備。我們再往二樓上去看，主臥跟客房都在二樓。」他們順著樓梯往上走，她不自覺想起他們家以前住的樓房，樓梯扶手父親更換過，那木質扶手觸感極好，是她爸爸認識的木匠親自打磨的。

這棟房看起來沒有什麼特別驚豔之處，所有美感都是刻意造作的古典奢華，但品味也就一般，建材也沒看出什麼特殊之處。三樓規劃了兩間房間，還有一間儲物間，露台很寬敞，可以晾衣服，從那兒遠望，就能看到池塘那一片景色，比較起來三樓確實吸引人。

「我們的別墅最特別的地方，是有個半地下室，有通風跟採光，充分利用空間，因為加強了隔音，有很多人選擇改裝成視聽室或卡拉ＯＫ，也不怕吵到鄰居，非常舒適，等於又多了一個空間。」

謝先生搶話說，「我們家的半地下室，就是給我兒子搞樂團用的，半夜練習也沒人抗議，不像以前我們住老公寓，我女兒練個鋼琴都會被鄰居投訴。」

參觀完三樓，他們回到一樓客廳沙發坐下，羅先生問李海燕覺得房子如何，她說還滿喜歡的，她又說：「不過想到當年那個命案，我心裡覺得有點怕，我很怕住在治安不好的地區，鬧鬼什麼的我也沒辦法。」

羅先生說：「李小姐，我跟你打包票，這裡乾乾淨淨，都處理過了。當年確實有命案，可是犯人被捕，後來還死了，也算申冤了，我們公司買下這塊地，不但出了買地的錢，還給了受害者家屬一筆慰問金，連續三年都請大師來做法鎮魂，我們興建之前，有先蓋了一批工寮，找來的都是八字最重，最有男子氣概的工人，讓他們住了半年，再加上這些別墅的方位，裡面的結構、梁柱、地磚拼接，都是有講究的，還有謝先生說過吧，我們在一樓底下埋了鎮山石，這是千里迢迢從外地運來，請大師加持過的罕見玉石，鎮在屋裡，什麼怪東西都不敢侵擾，而且你問問老謝，住在這兒是不是賺了錢，地價上漲不說，本業也都會很興旺，這間屋主就是發達了才移民的。」

李海燕比較在乎的是「家屬慰問金」這一部分，「想不到公司這麼心善，那家屬慰問金是怎麼給的，對方不會繼續糾纏吧。」

「我們老董給的大方啊，就是看人家是獨生女兒，死得那麼可憐，所以給家屬一筆錢，數目還不小，其實命案跟我們也無關，無非就是圖個吉利，安心罷了，我們有跟家屬約定，希望他們往後別到這一帶來緬懷孩子，因為難免觸景傷情，住戶看了心裡也不好受。所以你放心，不會糾纏，這邊的住戶也早就忘了那件事，我們是不迷信的，你也別覺得介意，土地翻新過，原本的地上物一點不留，真的，這裡乾淨得不得了。」

當時父親被認為是「畏罪自殺」，後來家屬爭取賠償，法院判決要給受害家屬一大筆賠償金。父親之前為了給母親治病，簡直是散盡錢財，根本沒留下多少錢，所以後來要付賠償金時，阿姨不得不賣掉他們的房子跟林地。

「買賣過程我沒參與啦，不過，當時，對方死了嘛，處理財產的是親戚派來的律師，說是除了作賠償金，也有要留給小孩的教育基金，另外，家族的人也不希望留著這個現場，讓鎮民看了發愁。你不知道，那一陣子，真的沒人敢經過這條路，尤其是那棟老房子，裡面看起來陰森森的，真的恐怖。」

李海燕又與羅先生聊了一會，兩人交換了聯絡方式，李海燕說，她改天帶先生過來再看一次，就離開了。

上了車，李海燕才讓自己的情緒真正出現，剛才是費了多大的力氣才遏止了想吐的感覺，是啊，當時她幾乎是落荒而逃，只簡單收拾了必要的東西，她最後悔的是她沒帶走家人的照片。後來賣屋的過程她都沒參與，她再也沒回到那個家。

那曾經是一個樂園啊，那片桃花是整個鎮子裡最美的。那時他們的屋子後半部每一扇窗戶都可以看到桃花林，每一年春夏秋冬，她看到綠樹發芽，開花，結果，然後到了落葉時節，一切變得蕭瑟，有一次他們全家在窗前看落葉，父親去清掃葉子，把樹葉堆起來燒掉，她覺得悲傷，父親卻對她說，「冬去春來，人生就是這樣輪迴轉換，所以遇到壞事不要緊張，春天一來就會萬物復甦了。黑夜總會過去的。」她不知道曾經那樣愛物，那麼豁達的父親，卻在母親病逝後徹底地頹靡，迷失在酒精裡，是為什麼呢？但這樣的父親就可能殺人嗎？小泉曾經跟她一起回家吃過飯，爸爸媽媽都很疼她這個好朋友。

李海燕回到旅館附近，總編輯給她介紹了一個警察，看看能否給她一些資料寫報導，那個警察叫丁雄，是老總以前跑社會線新聞時認識的，她約好丁雄晚上十點見面。

她走進一家氣氛安靜的店吃晚餐，這家店有賣酒，也開到比較晚，吃完晚餐，在等丁雄的時候，李海燕上網搜尋了高茂集團的背景。高茂集團是桃林鎮的富商高家所有，早年是地方的食品工廠，後來變成知名品牌，二十多年前就開始默默買下桃林鎮非常多待開發的土地，逐一開發，幾年後高茂集團早已成為橫跨食品與地產的大公司。老家那一個建案叫作萊茵河畔，池塘周邊那一塊地，據說高茂要興建一個超大的別墅群，至少三十棟建築，圍繞著池塘邊而建，小池塘也會擴成人工湖，「戶戶面湖」是他們的構想，案名叫作「荷塘月色」。

她再細查高茂集團負責人高東亮，覺得眼熟，再一詳查，高東亮的妻子戴美華，他們倆都是群英高中獎學金贊助者。

李海燕把手靠著桌面上，支著下巴發傻，好奇怪的牽連，有些記憶太模糊了，但她似乎記得戴美華的臉，可能以前高中某次校慶活動見過她吧，一種說不上來的奇異感覺，但暫時還沒有頭緒。

丁雄看起來約五十歲，皮膚黝黑，外表粗曠，一到場就說自己不能待太久，還得趕回警局。李海燕點威士忌，丁雄只要了一杯咖啡，兩人就開始進入正題。

「丁大哥好，我叫李海燕，報社派我來做吳月涵命案跟當年桃花案的報導，總編想要請你幫幫忙，吳月涵命案跟丁小泉案有很多雷同，桃花案有重啟的可能嗎？」李海燕問。

「我們目前偵辦重點是吳月涵命案。」丁雄講話斬釘截鐵，頗有威嚴。

「但是兩位死者的屍體擺設有很多相似之處不是嗎？樹上掛著衣物，屍體旁邊擺著鞋，況且吳月涵眼皮上黏著樹葉，這很像是做案的簽名吧！另外，凶手選擇的對象都是十六歲少女，而且都是群英高中的學生，這些都太相似了啊。」李海燕問。吳月涵眼皮上黏著樹葉這件事是總編花錢買來的情報，李海燕想讓丁雄知道自己也掌握不少線索。

「就算有相似，也沒到可以重啟調查的地步。」丁雄還是不鬆口。

「那我們就談談吳月涵命案。目前有什麼進展嗎？」李海燕軟硬兼施。

「偵查過程不公開，你應該懂吧。」

「拜託，至少給我一些線索吧。不然我空手而回會被罵的。」

「你目前掌握到什麼資訊，你自己也得做點功課吧。」

「我有查到當年桃花案的地點，現在變成了一片別墅，真的滿奇怪的，當年那邊很荒涼吧。而且現在那兒不只是別墅，附近還有一個更大的建案，都是同一家公司開發的。我調查過，當初建商要跟周富買地，周富一口回絕，是等到他死了，家屬才賣掉的。我覺得命案跟開發中間可能有什麼關聯。」

「你真的做了功課啊，沒錯，當年法院判賠，周富家人賣地賠償，中間人去安排賣地事宜，反正那塊地也是凶宅，周家只剩下一個女兒，不可能留在那間屋子裡，放著也是白費。那塊地賣掉之後，空了很久，後來開始動工時，大家議論了一陣子，原來是要蓋別墅。你說，發生過命案的地方改建成高級別墅，大概也只有財團做得出來，不過我記得那排別墅當時蓋好可轟動了，人都是健忘的，看到新房子，就忘了那個死在桃花林的女孩了。不過這也沒什麼可疑的吧，我們桃林鎮這幾年地價上漲，到處都有人因為都市更新案發財的，土豪一大堆，可惜我家就沒塊祖產讓我發達。」

「問題是，我去看了建案，感覺改建別墅，是為了後面荷塘月色那一塊更大的地，當年那邊可只有個水池啊，如果周富那塊地沒有改建，荷塘月色不太可能養地成功，因為周富還擁有荷塘那邊一小塊地，他要是不肯賣，連外道路就開拓不起來，那就只是一片荒地跟一個破池塘吧。」

「你是搞房地產的啊，對土地開發頗有一套見解。這我可是沒去細想，難道你覺得桃花案跟土地開發有關嗎？」

「大哥，我來問你問題的，怎麼你倒反問我了。」

「那你說說，你打算怎麼發展這篇報導？把兩案並在一起討論嗎？吳月涵命案可是跟土地開發沒什麼關聯啊，目前也還沒找到嫌疑犯。」

「我還在思考方向，主要還是先採訪受害者家屬。我會在桃林鎮住上半個月，甚至更久，丁大哥如果有其他線索也請通知我。另外丁大哥能不能帶我認識丁小泉的家人或親友，我想跟他們談談。」李海燕說。

「丁小泉真的很可憐，她死後，父母陸續病倒了，幾年前相繼死了。倒是丁小泉有個初戀情人，是我局裡的同事，那個人很痴情，他跟我現在都在查吳月涵案，叫宋東年，不過我不確定他是不是願意談桃花案，畢竟那時他也才十七歲，我是聽同事說的，說當年丁小泉就是為了跟宋東年約會才會半夜跑出去。你說這種事發生在他身上，他能不內疚嗎，日子能好過嗎？我可以幫你跟他說一聲，至於他要不要跟你見面，就要看他自己的決定。」鐵雄說。

李海燕聽到宋東年的名字，心裡一陣激動，她還記得那個五官深刻的少年，她記得她陪丁小泉去看宋東年打籃球，她看到宋東年騎單車載丁小泉，她又羨慕又嫉妒。

李海燕曾經偷偷喜歡過宋東年，有幾次宋東年來找丁小泉，小泉還在忙，她跟宋東年站在一旁等，她緊張得不敢開口，宋東年反而很自然，問她這個那個的，有時還給她買飲料喝，感覺就像一個親切的大哥哥。想起往事，李海燕感覺自己身體裡缺少的那部分記憶都回來了。

「那就拜託丁大哥了。這個案子上面很重視，我一定要寫好。」李海燕懇切地說。丁雄把宋東年的手機號碼給了她。

丁雄離開時，李海燕感覺自己肚子像被打了一拳似地，宋東年，這三個字跟丁小泉一樣，曾經是她生命裡的重點。她曾經好羨慕丁小泉，她是學校最美的女孩，所有美麗的女子身旁都一定會有個長相平凡的女子當對照組，她就是用來映襯丁小泉的那個人。她還記得宋東年，但宋東年記得她嗎？

她最喜歡跟小泉在一起的時候，還記得當時她為了幫小泉跟宋東年掩護，總是會陪小泉去找宋東年，有時她為了不想當電燈泡，會識趣地走開，但小泉總是會拉著她一起。小泉體貼，細心，她沒有把自己當婢女使喚，她是真心喜歡自己的，甚至她覺得小泉很喜歡三個人一起去吃東西或者做什麼事的感覺。小泉喜歡交朋友，她很重視友誼，說不定宋東年覺得當年的周佳君是電燈泡，因為丁小泉喜歡跟她在一起，但自己卻是那麼不起眼的女孩啊！

夜裡，她躺在旅館的大床上，感覺屋裡一陣霉味，桃林冬天多霧，空氣總是潮溼的，年底時常下雨，如今的空氣也好像當年一樣。少女時期她的夢想就是到大城市讀大學，年輕人總是以為生活在他方，她跟丁小泉都是那種想著離家很遠很遠的人，想到可以到遠方去，她就願意努力讀書。後來她跟著阿姨真的到了大城市，住在寬敞舒適的公寓，她很少再聞到那種潮溼的空氣了，但夢裡卻時常回憶著，在薄霧的時刻，她穿過朦朦朧朧的樹林，爸爸媽媽在林子另一頭，擺著桌子喝咖啡，在霧中談天說笑。

李海燕心裡有著不真實的感覺，她竟然回到了她以為永遠不會再回到的故鄉，有次她夢見父親，夢裡爸爸喊她海燕，海燕啊海燕，像哼歌一樣，那是現實裡沒有聽過的聲音，父親呼喚她，她不回答，父親就走到她身旁，他們靜靜坐在屋後一塊大石頭上，那是父親不知去哪運來的奇石，那個位置賞花最好，他們安靜地賞花，看花瓣掉落，看見母親在撿拾花瓣，然後她看見丁小泉躺臥在樹下，母親拿起一朵花，放進了她嘴裡。李海燕從夢中醒來，她不知自己的夢境意味著什麼，她想起電視新聞裡提到這次命案有可能是模仿犯，也有可能當年的命案是冤案，她不知道該怎麼去想這些事，因為長久以來，她已經接受了父親是殺人犯的事實，她感覺內心深處有些記憶在搖晃，她再次閉上眼睛，以驅趕那種恐慌的感覺。

4

去完廢墟隔天，宋東年再看了一次桃花案的資料，查到當年在現場蒐證的人員，其中有一名鑑識科人員是他熟識的前輩陳長德，大家都叫他德哥，他是縣警局鑑識科的一把手，現在是鑑識科的組長。宋東年跟德哥說，想找桃花案中是否也有猴子的相關物品。

德哥打開電腦裡桃花案的檔案，將照片點開一張一張瀏覽，農舍的照片，周富家的客廳，二樓女兒的臥室，三樓的儲藏室，宋東年請德哥跳回周佳君臥室那張照片，臥室有個五斗櫃，櫃上有一些加框的照片，還有一些紀念品，宋東年請德哥把照片放大，紀念品之中，有一隻小小的猴子玩偶，猴子的嘴巴上縫上了一條紅線。這隻猴子模樣詭異，根本不像小女孩會收集的玩偶。他想到廢墟的猴子遮眼的塗鴉以及五斗櫃上的猴子玩偶，這太詭異了，不可能是巧合。宋東年請德哥把照片列印出來，他把列印的照片拿給鐵雄看，鐵雄臉色一沉說：「這張照片只是當初數百張照片之一，那堆玩偶根本沒有被列入調查。」

宋東年心中焦慮不已，心跳快得幾乎想嘔吐。他走到警局外頭想冷靜一下，鐵雄也跟出來，他點了一根菸，宋東年本來已經戒菸兩年了，也跟他要了一根來抽，這種時候，不抽菸太難受了。

鐵雄抽著菸，皺著眉，鐵雄問宋東年：「這案子你怎麼看？難道真是那些猴子的比喻嗎？」

「你是說三不猿嗎？」宋東年說。

「對啊，很難不去聯想。聽說是出自《論語》，想不到這些殺人犯還這麼會讀書，還會用象徵。」鐵雄接著說，「如果不是你心細，真的還沒看出這些小猴子間的關聯。只怪當時周富罪證太明顯了，局裡又有破案的壓力，大夥一心只想著要定周富的罪，沒想到其他可能，想不到那隻小猴子就在那個櫃子上，可是啊，如果當年我有看到那隻猴子玩偶，鐵定也是聯想不到，因為那天丁小泉的身體上也不只有一朵桃花，那天落花灑得到處都是，一朵花落在她嘴上，大家都以為就是恰巧而已。」鐵雄回答。

「這兩個案子一定有關聯。當年丁小泉被發現的時候，桃花樹上掛滿了她的衣物，而吳月涵案的果樹上也是，我覺得凶手把現場布置得很精細，我回去看丁小泉案的照片，發現凶手可能自己設計過，哪處該擺什麼，樹上張掛的衣物好像都精心算計過距離，有幾張站在遠處拍的全景照特別漂亮，那個凶手就像是站在一定的距離欣賞著他構造出來的畫面，那不可能是一個酒鬼做得出來的事。」

宋東年內心有難以言說的焦躁感，畢竟他當年只是個少年，對刑案沒有任何了解，這些年來他也碰過不少大案，如今再回想，當年屍體擺放的方式與某些細節，想來都是極具象徵意義的，只恨當時承辦的警員太快將周富定罪，因為鎖定了嫌犯，就沒有細思屍體被呈現的方式，可能是凶手想傳達的訊息。

樹上的衣物，廢墟的塗鴉，櫃子上的玩偶，加上丁小泉嘴裡的桃花，吳月涵眼皮覆蓋著的樹葉，再次把丁小泉跟吳月涵案連繫在了一起，這些都可以看作是凶手的犯案特徵，完全可以推翻了模仿犯的可能性，這是連續殺人事件。宋東年突然想到，吳月涵掌心的字，以及後來發現的猴子記號，倘若真是三不猿的比喻，那麼，就意味著還會有第三個受害者，當年真如周富說的，他沒有殺人，他是被冤枉的。

宋東年很清楚，這個凶手自以為高人一等，他不但要在現場布置，還忍不住在廢墟留下線索，他可能知道吳月涵喜歡到廢墟拍照。他在跟警方玩捉迷藏，他精心將棄屍地點的跡證全部清除，這次也沒有嫁禍給任何人，或許當年他也等待著警方發現藏在周佳君房間的玩偶，只是無人注意。他心想著，無論凶手多麼小心，多麼刻意留下線索，即使是為了誤導，依然暴露出凶手的某種心態，以及少部分的痕跡，他彷彿越來越可以感受到這個凶手的所思所想，即使他根本還不知道嫌犯是誰。

「三不猿代表的是非禮勿言，非禮勿視，非禮勿聽。我們得去查吳月涵跟非禮勿視有什麼關係。」宋東年說。

「或許她看到或拍到了什麼不該看的東西？」鐵雄說。

「那麼丁小泉也可能說了什麼不該說的話嗎？」宋東年自問。

「你有什麼印象嗎？以前你們交往的時候，丁小泉說話得罪過誰嗎？」鐵雄問。

「小泉以前很仗義，學校裡有喜歡欺負人的女同學，她會去跟人理論，保護被欺負的人，或許也有得罪人吧。」宋東年回想著，他跟丁小泉認識就是在一次霸凌現場，但後來那些學生也都不敢惹她了，雖然凶手很難想像是女性，但仍值得查一下。

「吳月涵那邊的交往狀態我們再確認一下，學校裡或生活周邊也多查一下。」鐵雄說。

看到不該看的，說了不該說的，只因為這樣就殺死兩個少女嗎？宋東年想起以前他跟丁小泉在夜裡約會，他心痛地想著那晚小泉或許因為害怕被父親發現，所以面對危險時也不敢大聲呼救吧。而凶手在她嘴裡插上桃花，會不會也是跟他們夜晚的私會有關？會不會，宋東年想著，他們私下尋覓，躲在暗處約會的事，凶手曾經目睹？但到底是誰？他心裡一點概念也沒有。

警局氣氛很緊繃，外頭輿論壓力很大，所有人都繃緊頭皮日夜奔忙。

吳月涵命案發生後，宋東年辦案有時會時空錯亂，彷彿掉入時間漩渦，有時開著車，看著四周景色變換，會恍惚以為他還騎著單車載著丁小泉。這樣的時候他會搖搖頭，用手確認一下身體，慢慢讓自己回到現實。他與丁小泉戀愛不到兩年，他不知道丁小泉會在他生命裡占據多久。

宋東年將兩張有猴子的照片並列，貼在他的辦公桌前方的隔板上，兩隻猴子長相不同，材質各異，但一個眼睛摀住，一個嘴巴縫上紅線，那奇特的細節如此吸引他，讓他看得入神，他覺得這裡面藏著什麼訊息，自己一定知道，可是卻想不出來，想得頭好痛。「七日之內，我將再來」，這兩句話帶來的時間壓力，讓警局呈現高度緊繃。宋東年感覺體內有個炸彈正在倒數計時，滴答滴答，每過一分鐘都讓人焦慮。

鑑識科的同事送來檢驗報告，廢墟查到的粉色羽絨衣有吳月涵的ＤＮＡ，吳月涵的父母也確認她確實有一件相同的羽絨衣。

廢墟裡查到很多指紋和ＤＮＡ還要一一比對，既然外套是吳月涵的，就不排除當天她是在廢墟遇害的可能，撿到外套的流浪漢立刻被請來調查了，其他另有三名露宿者也一併被帶回警局問話。

流浪漢自稱叫陳茶，是外地來的，比對指紋，並無犯罪前科，核對資料後證明他確實叫陳茶，查詢到最後一份工作是在桃林鎮的鞋廠當作業員，他說因為一次工作意外受了傷，失去了工作。他開始沉迷賭博，後來妻子跟他離婚，他就靠著打零工度日，因為愛賭，荒廢了工作，沒有錢租房子只好到處流浪，現在住在廢墟裡，靠著收回收物品換錢度日。他看起來衣著襤褸，但說話滿有條理，他說住在廢墟已經一年多，他正在戒賭，也努力打工存錢想要租房子，想回歸正常生活。

「你去哪弄來這件外套？」宋東年問他。他鬚髮都留得很長，渾身髒兮兮，一般女孩看到他會害怕吧。

「我撿來的。很多年輕人會來廢墟探險，他們會留下各種東西，我不只撿過外套，連牛仔褲也有，真不知道那些男女把衣服脫了怎麼回家？」他說前兩天半夜有幾個男女來過廢墟。但他都在睡覺，沒留神看清是誰，也不清楚他們做些什麼，可能是他們丟的吧。他又說，有些人會拿鞭炮嚇他，甚至會拿噴漆罐噴他，很愛捉弄人，也有拿著相機對他猛拍，事後還給他一百塊的年輕女子。那個女孩他有印象，長得很漂亮，她的相機看起來很昂貴，老是跟一個男孩子一起過來。

「是這個人嗎？」宋東年給他看吳月涵的生活照。陳茶看了許久，才點點頭，「但我看到的她是長頭髮。」他喃喃自語。宋東年才發現他給的是吳月涵短髮的照片。吳月涵愛拍照，自己的照片卻不多。

「她什麼時候來過？跟誰一起？」宋東年問陳茶。他搖頭，說沒印象，宋東年拍桌問道：「這件外套就是吳月涵的，你說沒見過她，卻撿到這件外套，怎麼可能？」

陳茶不說話。

這時鐵雄進來了。

「陳茶啊，好久不見啦，還是在廢墟混啊。」鐵雄對他說，兩人似乎相識。他對宋東年說，「這個陳茶啊，以前就是愛賭，缺錢的時候就偷家裡的東西，最後他連老婆的金戒指都偷來賣，才會被離婚。」

「我勸你還是老實說，你不說我們也查得到。」鐵雄補上了一句。

「我真的沒看到，說實話，那天半夜，我睡得頭昏昏的，他們來的時候，我只覺得很吵，感覺又是那班愛噴漆的傢伙進來了，我就躲到二樓的小房間了，我睡了很久，隔天下樓的時候看到地上丟了一大堆東西，其中就有這件粉色外套，我覺得很香，顏色又好看，就自己偷藏起來了。你知道我們廢墟這邊有老大在管的，好東西都是老大先拿走，那天我才趕緊把外套藏起來。你們想知道什麼事，可以問問萬老大，他消息靈通說不定知道些什麼。」陳茶回答。

羽絨外套雖為吳月涵所有，但外套上沒血跡，陳茶雖有嫌疑，卻也還不足以將他拘捕。宋東年想多扣留他一點時間，盤問看看。

宋東年知道萬老大，警局的人都知道他，也大多跟他交過手。十多年前，萬老大是桃林鎮的幫派成員，一次跟人鬥毆，被砍斷一隻手，為了報復，砍傷了仇家，蹲了幾年牢。出獄後他離開幫派，自立門戶，獨臂的他，以凶狠詭詐出名，不到幾年他成了桃林鎮地下世界的頭頭，他發放高利貸，掌管西區與南區公園的攤販，桃林鎮市區幾家夜店酒吧都是他在圍事，他手下有一群大小乞丐，都窩躲藏在各個廢墟，盧舍就是其中一個據點，廢墟這一類的地方龍蛇雜處，有很多黑戶與地下交易。說他瘋，瘋掉的萬老大比清醒時可怕，他用劣質私酒與毒品訛詐這些流浪漢跟站壁的妓女，他訓練小乞丐跟觀光客推銷口香糖和面紙，小孩順道偷東西，他也負責銷贓，據說他也曾用流浪漢的身分證進行詐騙，還批發仿冒的茶葉跟假的寶石給商家，各種違法的事他都做了，可幾次查案都沒辦法查到他本人實際犯罪的罪證，他早就都推給手下小弟，推得一乾二淨。

「那萬老大有沒有可能有嫌疑？」宋東年問，既然又瘋又壞，又老在廢墟一帶出沒，盯上到此地拍照的吳月涵也不無可能。

他們還在討論萬老大的涉案可能，警隊的同仁已經把萬老大跟一個矮小的男子帶來問話了。

「找我幹嘛我已經沒在道上混了，跟你們警局扯不上關係。」萬老大一臉鬼見愁的模樣，他滿臉鬍渣，卻是個光頭，右眼上有個很長的刀疤，臉上坑坑洞洞，一口燻黑的牙齒缺漏參差，說起話來橫氣十足。

「十二月二十五到二十六號，你去過廢墟嗎？」宋東年問萬老大。

「廢墟是我的地盤，怎麼不能去。我兩、三天都會去一趟。」萬老大渾身酒臭，一開口就熏人。

「這幾天你的行蹤交代一下。」鐵雄說。

「幹嘛跟你們交代？廢墟出了什麼事要勞動偵查隊？你們把陳茶找來幹嘛？」萬老大一副不肯配合的樣子。鐵雄遞了一包菸給他，「你仔細交代，對你有好沒壞。」

「我就給雄哥個面子吧，這幾天我都在公園那一帶，沒到廢墟，不過小劉去了廢墟，看到陳茶撿到一些好康，陳茶給了他一台名牌相機，他就帶回來給我，我拿到手就當掉了。」萬老大說。他指名小劉，他旁邊的矮個子馬上點頭如搗蒜，說道：「是我拿到的相機，我看還很新，就進貢給老大。」

「是這台相機嗎？」宋東年把吳月涵拿著相機的照片給他看，萬老大看了一會，說，「這個女孩我見過，她是涵月樓老闆的女兒，死得真可憐。那台相機看起來跟這台很像，不過誰知道那是誰的啊！」

「撿到東西不會送警局啊，小心被告侵占。」宋東年大喝，但萬老大不吃他這套。宋東年又問，「你怎會見過吳月涵？什麼時候見到的？老實交代行蹤免得罪上加罪。」

「那個女孩老是在廢墟那一帶拍照，她就喜歡這種廢棄樓房，城南公園那邊有座舊的鐘樓，她也常去，她還幫我拍過照片呢，說我英勇，要我把斷臂展示給她看，那個女孩腦子有點怪，看到殘缺的人眼睛都發亮呢。上週吧，上週末我還在城南公園見到她，身邊就跟著那個媽寶，媽寶穿著學生服，一張臉白得跟什麼似的，他每次見到我，就嚇得渾身發抖。不過吳月涵不怕我，我跟她說，喜歡廢墟跟破公園，我可以帶她去，要多破舊都有。」萬老大說。

「後來你們還有見面嗎？」宋東年問。

「沒有啊，連電話號碼也不肯給我。沒意思。」他回答。

「就這樣嗎？二十五號跟二十六號你人在哪？行蹤交代清楚。」宋東年又問。

「我啊，你問小劉就知道，我們那一陣子都在南區公園訓練員工，你知道吧，就是街上賣口香糖那批小孩，現在的小孩真難管，不好好看著，就使壞。二十五號晚上我們調教完小孩，就回老巢去喝酒了，你可以去打聽，我一般開喝沒喝到掛不會離開，我的老巢啊，就是南區公園東出口轉角的巷子裡，有一間卡拉ＯＫ，是我的女人林愛嬌開的店，我幾乎每天都去，累了就在後面找個包廂睡覺，整家店的人都可以為我作證，我從晚上九點喝到凌晨三點，店還沒打烊我就睡了，第二天睡到中午，下午就跟小劉去公園那邊，我一般下午會去那邊下棋，你們也可以去打聽，南區公園的棋盤區，五子棋誰下得過萬老大？我是下棋下到一半，有人來說涵月樓出事了，我也沒去現場看，就派小劉去看一下，你們不用調查我，命案跟我無關。」

「相機賣到哪去了？」宋東年問。難怪他們在吳月涵家找不到吳月涵常用的相機，相機裡面或許有線索。

萬老大沉默了許久，才說，「你們去文化路找董老闆，我就是賣給他的，但他有沒有轉手我就不知道了。」

宋東年又問了小劉除了相機還有沒有發現什麼東西，跟吳月涵有沒有接觸。

「我是去廢墟拿點東西，碰上了陳茶，我看他身上披了件粉色外套，不倫不類的，就問他東西哪來的，他很寶貝似地緊抱著那件外套，死也不肯脫，他自己把一堆東西交上來給我，裡面有一個相機，一個皮夾、化妝包和一些雜七雜八的東西。我都交給老大了。老大看了說，只有相機值點錢，皮夾老大留下自己用了。」小劉說完又看了萬老大，萬老大掄起拳頭作勢要揍他。

「萬老大，把皮夾交出來。所有東西我都要看。」宋東年說。

「交就交，不就是一個皮夾嗎？裡面又沒錢！」萬老大啐了一口。從口袋裡拿出皮夾。

鐵雄跟宋東年讓陳茶跟萬老大等人都先回去候傳，勒令他們暫時不許離開桃林鎮。

鐵雄把皮夾交給鑑識組，就和宋東年直接去文化路找董老闆要相機。董老闆把相機交給他，可惜檢查之後發現裡面並沒有底片。

宋東年跟鐵雄討論著，凶手把吳月涵的東西丟在廢墟，是不是因為他刻意要引導警方到廢墟，發現那個猴子的塗鴉？相機裡是不是拍到吳月涵不該看到的東西？

5

和丁雄見面後的隔天，李海燕給宋東年打了兩通電話，他都沒接，李海燕留了話，希望他會回覆。

她去了趟吳家，但根本沒機會接近，吳家門外很多媒體在守候，一個C縣地方日報的記者看了看李海燕，突然問她：「小姐，你以前來過桃林鎮嗎？我覺得你好眼熟，可是就想不起來哪見過。」

李海燕立刻回說：「我沒來過桃林鎮，我是從外縣市來這裡寫報導的。」

對方跟她交換名片，那個記者叫劉偉，劉偉看起來很老練，大約四十歲，他說自己是桃林鎮人，後來到地方日報上班，就搬到C縣市區了，「真的覺得你很眼熟。」劉偉看著她的名片，不斷重複著。

「可能你看過我寫的專欄吧，有時專欄上會有我的照片。」李海燕說。

「你是專寫犯罪報導的那個李海燕？」劉偉問。李海燕點點頭。

「難怪覺得好眼熟。」劉偉說，「你文筆很好啊！可以寫專題報導真是不簡單。」劉偉似乎想跟她搭訕。李海燕決定轉移話題：「你說你是桃林人，請問你對十四年前的桃花案還有沒有印象？」

劉偉激動地說：「怎麼會忘得掉？我剛畢業時還在桃林鎮居住，認識丁小泉的爸爸丁國柱，他熱心公益，在鎮上很活躍，我們桃林鎮比較活躍的就是那些人，那時候大家在發動要城鎮改造，推動觀光，十幾年前我們就在做了，那時我們有個桃林鎮文史計劃小組，丁國柱跟他太太也是成員，有陣子我們常一起開會，丁太太是做會計的，幫了我們很多忙。我也見過丁小泉幾次，很活潑一個女孩，想起來真是唏噓，前幾年丁國柱跟他太太陸續病死了，唉，想來這家人真是命苦，這麼多波折跟艱難啊。」

「丁小泉當初的新聞鬧得多大啊，警方一下就鎖定了嫌犯，不過周富這個人我也認識，他本性不壞，以前老婆還在的時候，他是很有氣質的一個人，就在家玩股票，可是他很大方，他給我們文史小組捐過錢，滿大一筆數目，對桃林鎮的古蹟他也很熟，基本上是個有教養的人，我不知道後來他怎麼會變成那樣子。剛開始我還不相信，真的是凶刀、指紋、血跡都有了，還加上周富的自白，才不得不信，如今想來一切都是命，吳月涵怎麼會跟丁小泉命運那麼像呢？我們桃林鎮每年春天辦桃花節，丁小泉當選第一屆的桃花大使，十多年後，吳月涵也被推薦去選拔桃花節大使，當選後她的照片登上了花車、廣告，還上過報紙，我一直在想，或許殺身之禍就是這麼惹上的。人就怕出名啊！以前我只覺得那是好玩的節慶，但後來這些年鎮公所為了宣導觀光，加強了桃花節的宣傳，一年比一年盛大，第十屆的桃花大使，後來就變成了簽約藝人，還被找去演電視劇。後來桃林鎮的女孩大家都夢想要當選，桃花大使變得很競爭。可是這次吳月涵的死，大家都很害怕，丁小泉跟吳月涵，死了兩個桃花節大使，屍體的擺放還那麼像，人家都說屍體擺得像天使，可是我看來啊，這明明是詛咒啊！」劉偉激動地說。

李海燕腦中突然有個想法揮之不去，如果凶手鎖定了桃花節大使，那麼兩件命案可能真的有關係，那麼，凶手會不會真有其人，父親當年有沒有可能如他所說的沒有殺人，他是真的被冤枉了？

6

忙了兩天，鐵雄叫宋東年回家休息，宋東年回到家，把以前的舊手機翻找出來，查看他與丁小泉當年的簡訊對話紀錄。這支手機當初被警察列為調查對象，扣留了很久，等到他洗清嫌疑，才還給他。

這支手機他一直保留著，老舊的款式，裝上卡片不知道還能不能通話，但他要撥到何處，才能跟丁小泉對話？

宋東年看著他與丁小泉過去的簡訊，彷彿回到那些握著手機一字一句努力寫著簡訊的戀愛時光。恍惚中他接到鐵雄來電，說賴小玉情緒已經好多了，明天可以接受詢問，鐵雄已跟賴家約好約訪時間。

第二天宋東年與鐵雄來到賴小玉家。賴小玉個子小小的，長得很可愛，宋東年問她吳月涵那幾天的行蹤。看得出她努力振作精神，想要配合調查，但她神情還是很難過，她用有點虛弱的聲音說：「月涵說二十五日要來我家過耶誕節，以前她也常來，我就沒多想，我們兩個感情很好，一起寫功課也可以互相討論。但月涵來的時候，感覺心神不寧，我問她怎麼了，她跟我說，晚上要去見一個人。」

「吳月涵跟誰約見面？」宋東年問。

「一個叫作李大衛的網友。這個人她之前也提起過。」

「這個李大衛是誰?吳月涵為什麼約他見面?」

「李大衛是一個攝影師。月涵說李大衛在臉書上看到她的作品很喜歡,就傳訊息跟她聯繫,說要將她的攝影作品刊登在攝影雜誌上。李大衛自己也有一個攝影網站,他們好像很欣賞彼此的作品,很談得來。」

「你知道李大衛的攝影網站嗎?」

「月涵跟我說過,好像叫作魔術時光。」

「魔術時光?他們那天約在哪裡見面你知道嗎?」

「月涵跟我說她跟李大衛約在火車站附近的星辰咖啡見面,我說我要跟去,可是月涵說不方便,不肯讓我跟。」

「你記得吳月涵是什麼時候去的嗎?還有她什麼時候回來的?」

「月涵說他們約八點,她大概七點半出門的,她跟我說九點就回來,後來九點半她就回來了。回來後她很興奮,跟我說了好多話,她說大衛隔天要帶她去一個很神祕的地方拍照,我問她去哪,她卻不肯說,可是她對我向來都是什麼話都不隱瞞的。那天月涵很興奮,她說她對李大衛有心動的感覺,我很驚訝,月涵向來對其他男生都沒興趣,她跟陸建安很好,他們算是青梅竹馬,她對陸建安也就像朋友一樣。可是她很迷戀李大衛,她說李大衛真的好有才華,長得又很帥,到睡前她突然跟我說,她覺得她戀愛了。我嚇死了,見面才一個小時,為什麼她有戀愛的感覺？我再問她，她說他們在網上很談得來，他們志同道合，見面時就感覺到彼此喜歡。我真的太笨了，那時候我就應該警覺事情不尋常。」賴小玉突然哽咽，有點說不下去，她呼吸幾次，接著說：「月涵很有主見也很聰明，那時我想勸也勸不了，我想說隔天再多勸她一下，心裡還想著下次她跟李大衛見面我一定要跟去，沒想到第二天我醒來她就不見了。」說到這裡，賴小玉哇的一聲哭出來。

「那吳月涵是什麼時候離開你家的你有印象嗎？」宋東年問。

賴小玉邊哭邊說：「第二天早上我起床時，她已經離開了。我問我家人，沒有人看到她出門，後來我發現她留了張紙條，『我跟大衛去拍大非樹，拍完就去學校，請幫我保密，別擔心。』大非樹是她一直喜歡的拍照地點，離我家有段距離。我到學校沒看到月涵，不久就聽說月涵遇害的消息。」

「都是我的錯，我應該老實跟她父母說李大衛的事，我不該讓她一個人離開，從頭到尾，我都有錯。」賴小玉說著說著就大哭了起來。

根據賴小玉的說法，吳月涵二十五日晚上確實去了賴家，但何時離開卻沒有人知道。按照死亡時間推測，吳月涵很可能在深夜離家，之後就遇害了。

宋東年立刻請小柯著手調查這個李大衛，小柯回報說吳月涵的電腦很乾淨，好像只用來瀏覽網頁，做一點文書處理，以及編輯照片。小柯在吳月涵的瀏覽紀錄裡查到她確實曾多次瀏覽過一個叫魔術時光的網站，但調查後，小柯發現網站裡李大衛的資料都是假的，個人照片也只有模糊的背影照，一張清楚的正面照片也沒有。李大衛的網站架設在國外，用的是人頭帳號，小柯說要破解需要一段時間。

宋東年跟鐵雄先到了賴小玉說的那家星辰咖啡，鐵雄請店主讓他們查看二十五日的監視錄影畫面，他們看到那天晚間的畫面裡，有一個戴著棒球帽，黑色口罩，穿著黑色外套的長髮男子坐在靠窗的位置，從監視器的方向看不到臉，但晚上八點確實可以看到吳月涵走進了咖啡店，他們聊了許久，男子一口咖啡也沒喝，口罩全程戴著，從男子的側影可以看出身形高瘦，他拿出平板電腦，不知給吳月涵看什麼。吳月涵離開後，男子又待了一陣子，然後結帳離去。

他們詢問店主那天是否對男子與吳月涵有印象，店主說那天是耶誕節非常忙碌，沒有特別留意客人，不過吳月涵當選過桃花大使，他是認得的，但黑衣男子他沒有印象。

他們將監視器畫面存檔帶走，接著前往大非樹所在地調查。鐵雄命局裡的同事支援，開始清查從咖啡店出口附近一帶的監視器，想查出李大衛的行蹤。

大非樹是鎮西一棵知名的老樹，此樹樹形奇特，春天時滿是綠葉，到秋冬會全部枯萎掉落，整棵樹光禿禿的，露出有點類似舞動著四肢人體般的樹身，傍晚時，落日就在附近，昏黃餘暉中的老樹幾乎像是一個巨大的老者，有一種詭異的美感。大非樹四周都是荒地，卻獨養活了這棵巨木，大非樹不是樹種的名字，而是很久以前有個老頭在樹上掛了「大是大非」的紅色布條，然後上吊死了，那個老頭據說是被親友倒債，弄得家破人亡，才去那兒上吊申冤。後來大家就叫它大非樹，大是大非有樹為證。之後很多心裡有冤的人會去那兒訴苦申冤，樹上掛了許多寫著冤屈的布條，每年鎮公所都會派清潔員去清理那些申冤的布條，後來有人又在那兒上吊了，大非樹就開始有些靈異的謠言，漸漸地附近一帶氣氛很詭異，遊客就很少了，但荒地裡大非樹奇特的形影吸引了一些人去拍照打卡。

附近荒涼，沒有住家，最近的一台監視器早就壞掉了。

冬天裡大非樹的樹葉早已落盡，樹枝上掛了許多布條，看起來非常詭異，宋東年不太清楚吳月涵到底為什麼被這些奇怪的東西吸引，宋東年跟鐵雄一一查看樹上的布條，赫然發現一個布條，上面用鏡像字寫著，「周富沒有殺人，時間會還他清白，大非樹自有靈驗。」他們戴著手套將那塊布條細心取下，這次不但有鏡像字，而且周富的名字出現了，讓人脊背發寒。

三不猿與吳月涵，吳月涵與大非樹，大非樹與周富，李大衛，鏡像字，魔術時光，有些奇怪的東西被連結起來。宋東年暫時還沒有找到答案。

夜裡，宋東年站在住家的陽台上，從這裡可以看見桃林鎮街景，不知有多少個夜晚，宋東年總是站在這裡，渴望抽一根菸，更渴望打開櫥櫃裡的威士忌，可是他忍耐著，那種渴望一飲而盡而後逐漸沉入迷茫之中的心情必須按捺，宋東年已經習慣了各種忍耐，不滿足自己任何欲望，是對自己的懲罰。他身上有許多傷，追逐時絆倒，鬥毆中時被毆，被刀劃傷，最危險時還有流彈劃過他的手臂，留下一道淺淺的疤痕，以前還抽菸時，他有時會把香菸按熄在掌心裡。

二十幾歲的時候，警校剛畢業，正是血氣方剛的年紀，他身上若有任何欲望，他就會用力握緊拳頭，直到指甲掐得掌心發紅，有時他會在深夜裡跑步，跑到幾乎要斷氣了那樣，把自己折騰得無法喘息。他有時會很想拿刀子往自己手腕上劃，但是為了警察的形象他不能這麼做，於是他把刀拿的距離手腕一公分左右，精準地比劃著，在虛空中劃下長長一條線，他總想著，或許有一天，那一公分的距離消失了，他可以直接把手腕從中心劃開，那一條完美的溝渠，將噴射出大量的血液，終結所有痛苦。

但是他沒有這麼做。

那不是罪惡感，也不是內疚或什麼，而是比這些感受更巨大，更無形，更難以說明，無從解釋的痛苦，一種空無從內裡將他掏空，那是死亡，斬釘截鐵的死亡將他一分為二，不管你做什麼，無論你如何努力，已死之人不能復生，而且會從記憶裡逐漸消失，那種空無的感覺幾乎讓他發狂。

白日裡他是一個幹練的刑警，他比誰都拚，什麼危險的處境他都不驚慌不逃避，因為他心中深深知道，那是他追求的東西，唯有處在那種分秒必爭的生死之際，他才能忘卻自己內在裡不斷崩塌的感受。或許一切已經無關丁小泉的死了，他母親早年有憂鬱症，後來演變成躁鬱症，治療多年，始終起伏不定，他懷疑自己其實也有這種體質，只是丁小泉的死亡取代了躁鬱兩極，他把自己的躁症發作在對刑案的追求，他的低鬱則因著受害者的死而受到激發，每一樁命案都有期限，限期破案成了他的鴉片，他好像是透過偵破一樁命案讓自己續命。但是丁小泉案回來了，再加上一個吳月涵，以及可能的第三件命案，他不得不承認自己終於有一種活回來了的感覺，可是他心裡也知道，如果真有那麼一個人躲在暗處，這個人，可能比他想像的還要危險。追緝這個人，就是他今後活下去的目標。

第三部

歌頌者

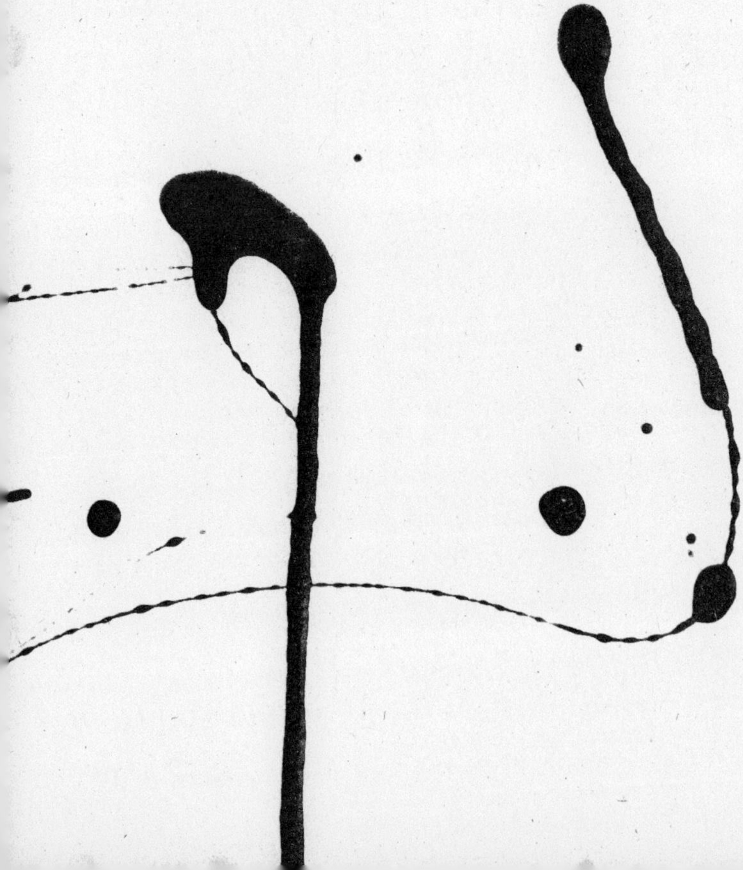

1

他擅長等待，他習慣忍耐，他可以忍受常人難以忍受的各種磨練，因為他是個有使命的人。他只要立定目標就會一心往前，他蹲伏黑暗中，等待那完美的時機出現，他按下快門，捕捉畫面猶如獵豹撲向瞪羚。

他悉心擦拭相機鏡頭，他在暗房裡反覆試驗，他輕輕捏著相紙，浸在藥水裡，他用手指或掌心輕輕撫摸，彷彿影像是被他摸索而來，當影像浮現出來那一瞬，他可能會讚嘆或悵然，但那是漫長等待才能結出的果實，每一張他都很珍惜。

他視力極佳，記性特好，世間萬事萬物經過他眼前，都會被他的眼睛如照相機鏡頭般瞬間記錄。他沉默寡言，人們不太記得他，感覺他像個影子似地，因為某個人才有了形狀。攝影不是他的主業，他的工作要大量與人接觸，他不喜歡，但卻能做得極好，或許自己有好幾種樣子，可以隨意切換，但真正的自我是旁人肉眼無法得見的，攝影只是其中一種提取的方法。

他一直都使用底片相機，即使到了數位時代，他依然用底片拍照，親自沖印，那些黑白或彩色照片，他都存放在他的祕密基地裡。

他習慣弓著身子睡覺，雙手抱著肚子，小時候是因為時常飢餓，壓著肚子可以緩解，後來不挨餓了，他還是習慣抱著肚子，那姿勢像是胎兒，但其實很多胎兒在母親肚子裡四肢會擺動，網路上他還看過有孩子吮著拇指，還有比出讚的手勢，但他想像自己是胎兒，是漂浮在海裡的，被大海撫養的胎兒，他抱著身子，像是背後有人擁抱他似地，說實話他不知道那是什麼感覺，正因為不知道，所以模仿，即使是模仿，他也能感覺到，那應該是非常溫暖的動作，有個誰，從背後緊緊摟住他，那人會拉住他緊捏著的雙手，低聲說，放輕鬆，然後鬆開他的拳頭，把他的十指攤開，讓他手心鬆弛，身體也鬆弛，他還是要那樣弓著身體，因為他長得比抱住他那人還要高大，他把自己縮得很小很小，那麼就有空間可讓人從背後抱住他。

回到辦公室，他總是戴著耳機，巴哈《平均律》，是他最熟悉的音樂，或者巴哈其他樂曲，他都耳熟能詳，音樂是一張張實體的CD，他喜歡購買自己愛聽的音樂，用高級音響播放。他需要的東西不多，底片，藥水，相機，鏡頭，書籍，音樂，如今他是有錢的人了，無須謹慎花費，他想過有一日，他就會離開家，離開公司，去一個偏僻的小村子住，他將會把農舍裝修，再布置一間暗房。但極可能那時候他已經不需要攝影了，是啊，離開了人群，他就不需要躲到鏡頭後面去。

誰知道將來如何。

記憶裡揮不去的是，童年時母親帶著他去參加廟會，他想吃冰淇淋，可是隊伍排得好長，母親要他先排隊，她去一旁等，那天是盛暑最熱的日子，陽光把人都快曬融了，他乖乖在人群裡排隊，回頭沒看見媽媽在陰涼處歇腳，那時他五歲。

他找了好久都沒找到媽媽，只好坐回去他們剛才乘涼的地方，想著媽媽會來找他。他等了很久，不得已吃掉了兩支冰淇淋，他一直很想去尿尿，可是他不敢走掉，就怕媽媽回來找不到他。

後來警察過來問他，弟弟你怎麼一個人？找不到媽媽嗎？

他只好點點頭。

媽媽叫什麼名字？叔叔幫你廣播，這裡人太多了。

阿如。

全名呢？

阿如。

阿如去哪了呢？

不知道。

你叫什麼名字。

阿弟。

全名呢？

阿弟。阿如跟阿弟。

家裡住哪？

小山路底。

哪邊的小山路。

就是小山路，第四間房子。

他在警察的問話裡發現自己竟不知媽媽全名，也不知道家裡地址電話，因為他沒上幼稚園，還不會認字，也沒打過電話，家人不曾告訴過他地址，他們最近租的房子，就是在小山路，那邊有一片平房，一共十二間，據說以前是豬舍，房東不養豬了，就改建成簡單的房屋出租給外地來打工的人。他們住四號房，有兩個房間，外公外婆住一間，他跟媽媽住一間，有一個浴室，可以炒菜的流理台跟瓦斯爐，一張破沙發，矮櫃上有小電視，床墊跟沙發上有跳蚤，媽媽叫他去雜貨店買藥，他一起幫忙把屋子灑了藥，才除掉了跳蚤。

他對警察描述那間屋子，那些跳蚤，以及鄰居，他最熟悉的是隔壁的廖阿姨，她是市場裡賣車輪餅的，常常把煎壞了的餅送給他吃，車輪餅有四種口味，他最喜歡吃紅豆跟奶油，不過煎壞的餅沒得挑，有什麼吃什麼。

所以你們家在市場附近？

是啊，媽媽會去市場賣花。她都推著車子去，走路一下子就到了。

你再說一次那些平房的樣子。

灰色的牆壁，有藍色的鐵門。一整排水泥牆，只有一個門跟一扇窗，廚房那邊有個小洞，如果在屋後的草地上玩，會聞到煮菜的味道，就知道等會要吃飯了。

還有其他的嗎？

附近有個公園，裡面有大象溜滑梯，還有小土坑，可以玩沙。

媽媽賣花的地方是市場的哪裡？今天怎麼沒去擺攤？

媽媽的攤位在市場水果店前面，有人把攤子收走了。

為什麼呢？

因為媽媽欠那個人錢。

警察問了他很多話，然後把他帶上警車，到處繞啊繞的，他一直凝視窗外景物，想把路上的所有一切都記住，他很氣自己竟然記不住門牌，也不知道原來那條路路名不叫小山路，四號也不是門牌。他很懊惱自己竟然沒想過要問媽媽她的名字，明明電費帳單上都寫著媽媽的名字，接著他又悲傷地想到，因為他不識字的緣故，劉大方就常笑他不識字，媽媽說要讓他去上小學，小學會教讀寫，他一定可以學得很快。

警察把他帶回了警局，給他吃東西喝飲料，警察叔叔不知跑去了哪，他在警局裡一直在回想，關於門牌號碼，公園，市場，門外的那條街，他們是搭了很久的公車才去的廟會，所以可能一時查不到，會不會媽媽也走丟了呢？畢竟人群那麼多很容易迷路，他聽見有個女人一直喊著，哎呀，我的錢包丟了。會不會媽媽就像弄丟錢包的人那麼著急，因為把他弄丟在廟會裡了。

天黑的時候，警察帶著他回到了家，媽媽開門後一臉茫然，媽媽問他，去哪了？媽媽都找不到你。

那時候他突然發現，媽媽可能沒有去找他，因為桌上放著一包新衣服，那是他沒看過的東西，在他拚命尋找媽媽的時候，媽媽卻去逛街買衣服，他覺得不可思議，他懷疑自己是被媽媽刻意丟掉了，就像崔媽媽，把他們家的狗阿福用車子帶到很遠的地方去野放，一星期後，阿福渾身是傷地跑回來了。崔媽媽一共野放了三次，三次阿福都找到地方回來了，這時崔爸爸說，不要再去丟那隻狗了，有沒有良心，狗都比你顧家。

那之後，他養成了記住所有一切的習慣。

他開始上學後，功課很好，上課聽講，下課習作，有時間他就看書，他早已學會比認路識字更多的才能，媽媽再也沒有刻意野放他了，因為他可以在市場打工，還會幫忙做加工，是可以賺錢的小孩了。他曾看過媽媽抱著隔壁阿姨的孩子，媽媽親吻那個孩子的額頭，喊著，心肝小寶貝，媽媽從來不會捧著他的臉叫寶貝，或許因為他的左邊臉頰上有一塊紅斑，乍看之下，很像是鬼頭，怪怕人的。媽媽以前告訴他，只要上學後，紅斑就會消了，但他已經上了四年級，紅斑也沒消退。

他喜歡自己沒有紅斑的那半邊臉，看起來跟那個孩子一樣可愛，但只要轉過另一邊，紅斑的臉露出來，那張臉就會顯得很陰暗，左臉的眼睛是單眼皮，跟右邊的雙眼皮形成強烈對比，附近的劉爺爺跟他說，那是陰陽眼。劉爺爺說世界上只有很少數的人擁有陰陽眼，這是有福的。他一直深信不疑。

但這雙陰陽眼帶給他的，只是無盡的孤獨。

自小媽媽就這樣對他強調，你長得不好，又沒有爸爸，要比別人更認真更小心，才可以與人家平起平坐。

以前他不懂得臉上的胎記會帶來什麼災難，他自小跟外公外婆生活在一起，生活裡就是勞動跟大自然，他們住在市郊很偏遠的地方，一棟平房很簡陋，但周遭都是樹林，他們家有自己的畜舍，養著雞鴨，還圈著小豬，小豬長大，就會被人載走，他忘不了豬仔上車前那死命的哀號聲，外婆說這是要賣錢的，他就釋懷了，某些生命是有價格的，可以讓人買東西果腹，可以用來養家活口，那麼豬仔的死也是有價值的。後來他們搬了家，房子很小，也看不到風景，家裡不再圈養動物，大人都出去打工了。

對於許多事，他都一知半解，可是他喜愛樹林裡所有樹木，他也喜愛躲在樹下的蕨類，那些在陰影裡依靠著露水生長的植物，他覺得跟自己很像。

開始上學之後，他開始懂得了胎記帶來的傷害，比如，鬼臉這種綽號，以及，女孩子瞪著他，看上一會，就把頭轉開，一臉嫌棄的樣子，或者某個商店的老闆娘，會用手掌搓著他的臉，跟他說，夜裡回家用香爐裡的灰抹在臉上，天天抹，過兩個月胎記就會掉。他傻傻地聽了照做，結果感覺臉變得更灰暗，胎記紅得更明顯。

好像那也不是些什麼事。

生氣的時候，害羞的時候，甚至開心的時候，臉上胎記都會變得明顯，熱燙燙的，彷彿自有生命，幾乎要獨自脫離，這樣的時候他感覺最為困擾，那個胎記有自己的主張，他漸漸習慣不看人，或者不去留意別人的觀看，因此又有了臭鬼臉的綽號，孩子總是殘忍，半大不小的孩子特別殘忍，有時會故意推擠他，特別是他考試得了一百分的時候。他讀書幾乎不花力氣，很輕鬆就可以得到很高的名次，有時考試他會故意錯個幾題，讓自己分數不要那麼高，以免又惹來一些人的妒忌，母親要他努力，但母親不知道以他來說，越不引人注目是越好的。學校遠足，校外參觀，課外活動，凡是需要繳錢的活動，他都不參加，制服穿得很舊，袖子跟褲腳都變得很短，他恨自己長得太快，衣服總不夠穿，鞋子變小的時候，他就踩著鞋跟上學，但因為踩著鞋跟，就沒辦法跑步，要是被欺負了，只好提著鞋子奔跑，那時就會被嘲笑，光腳鬼。

桃林鎮是個小地方，大家都是認識的，可是那些孩子一樣殘忍，對熟人可能還要再加半分力，尤其是對一個有胎記功課又特別好又沒有爸爸的人，除了怪胎，沒有更好的形容。

他記得那個穿西裝的男人第一次上門來，是一個週末，門鈴按了一會，他走過去開門，那年他十二歲。門口站著兩個男人，一個穿襯衫，另一個穿西裝。西裝男子站在門口，好像屋簷太低似地，微駝著背，媽媽走過來看到他，表情很驚訝，媽媽立即解下圍裙以及頭上的帽子，請那人進屋來，穿襯衫的人沒有進屋來。男人們來到時是下午三點鐘，本來是媽媽準備去市場之前最忙的時候，不過媽媽放下了手中的工作，泡了茶給他們喝。他們聊了一下，男人一口茶也沒喝，媽媽給了他幾十塊錢，叫他出去買東西吃，他說他肚子不餓，媽媽就說去街上給客人買車輪餅，他心想這個客人連茶都不喝，怎麼可能吃車輪餅，但感覺媽媽就要生氣了，他只好出門去。他跑得飛快，簡直要把肺漲破，偏偏那天車輪餅的攤子生意很好，他等了好久才買到。他又飛快跑回家，大門是虛掩的，他進屋，媽媽房門卻是關著的，他等了一會，才去敲門，結果媽媽並不在家。那天，媽媽沒去擺攤，她回到家的時候，已經晚上十一點了。

媽媽的臉很紅，好像很興奮似的，她給他買了一台腳踏車，那是他最想要的，可是，他看到腳踏車並不開心，因為媽媽紅紅的臉上，有一個清晰的掌印。「媽媽，你怎麼了？」他問，媽媽沒說話，他才發現媽媽身上穿著一件很漂亮的外套，媽媽很愛惜地撫摸著外套的質料，她眼神夢幻，有點神智不清的感覺。

那晚，他睡得很不好，一直在想白天那些男人是誰？他感覺自己有印象，可是印象也不清楚，會不會是在他很小的時候見過面？或者是那個男人長得像他認識的某個人？可是他認識的人，沒看過誰穿過那麼光鮮的西裝，也不會有人給他買腳踏車。

唯一值得安慰的是，第二天，媽媽給了他畢業旅行的費用。

男人不再出現了。母親又回到了憂鬱的生活，時常對他體罰，他每次騎上那台單車，都有種奇怪的心情，彷彿那輛單車會為他帶來不幸。但他依然騎著那台車，他懷疑那個男人與他父親有關，或者，那就是他父親。不過母親不肯回答這答案，你沒有爸爸，你是沒人要的孩子，母親憤憤地說，都是因為你臉上的鬼頭。

他搗著臉，心裡吶喊著那才不是鬼頭，那是珍貴的記號。我是神選的孩子。

2

李海燕終於見到了宋東年，是她來到桃林鎮第三天下午。

李海燕沒想過多年後再相見，他們一個成了警察，一個變成記者，年少時大家都有夢想，丁小泉想要當歌手，周佳君想要當作家，宋東年笑笑說自己除了打籃球什麼都不會。眼前這個眼神陰鬱，面容憔悴的男人，還殘存多少過往宋東年的影子呢？以前小泉總是笑說宋東年的眼睛比她還大，那雙眼睛依然深刻，眼白卻布滿血絲，神情憂傷，李海燕悄悄望向他，他稍微抬眼看她，她眼神立刻就閃開，好像他的目光會將人燙傷。

「我沒有太多時間，你想問什麼？」宋東年不耐煩地說。

李海燕出發前一直很焦慮，擔心宋東年會認出她，她化了妝，刻意打扮了一下，但宋東年不但沒認出她，也沒多看她，看起來一副就是為了還丁雄人情，只想敷衍幾句了事的樣子。

「目前我看到的新聞報導，都顯示吳月涵命案與丁小泉的案子有關聯，請問警方會重啟桃花案嗎？」李海燕問。

「我不能提供線索，這些都是機密，偵查不公開。」宋東年答話漫不經心的。

「棄屍在樹下，樹枝上吊掛著衣物，少女全身赤裸，被擺成特定的姿態，兩案的棄屍場景實在太相像，謠言傳得到處都是，已經不是祕密了，還有什麼不能講？」李海燕問。

「既然你已經知道，為什麼還要問我？」宋東年反問。

「當年周富就在旁邊的農舍，那這次果園裡有查到什麼嫌犯嗎？今天是第三天了，警方還是毫無頭緒嗎？」李海燕問。

「有沒有頭緒不需要跟你報告。」宋東年不客氣地說。「你想問案情，我無法提供，若不是看雄哥的面子，我根本不想跟記者打交道。」

李海燕察覺宋東年的敵意，立刻改變口吻，「我調查到以前桃花林的舊址，發現那邊已經改建成一片建案。你覺得當年的命案有沒有可能跟土地開發有關？」

「警方現在主要偵查的還是吳月涵命案，吳月涵跟土地開發沒有關係。」宋東年說。

「我知道警方調查期間不能透露案情，但我真的需要一些材料來寫報導，我自己跑了一些地方，坊間有人說這是連續殺人案，凶手在吳月涵手心留下訊息，這難道不是預告殺人？你怎麼看呢？」

「大家愛說什麼就說什麼，警方也管不著，目前兩個案子的關聯是有，但也沒到可以協助破案的地步。」宋東年說。

「我去查問過，丁小泉的父親跟繼母都已經死亡，生母也沒有來往，她的鄰居都不太願意談到那個案子，大家都說，桃林鎮就是因為當年出了命案，好好的一個桃花節，停辦了好幾屆。這是真的嗎？」

「你多住幾天就知道了，丁小泉命案發生當時，鎮上氣氛確實很差，即使後來周富死了，很多人還是覺得不安心，有些謠傳說桃花會讓人著魔，因為爭議太大，桃花節停辦了兩屆，不過我自己後來大學也到外地讀書去了，我再回來時，桃花節還是照常舉辦啊。桃林鎮本來主業就不是靠觀光，不過丁小泉命案確實是桃林人心中的傷口，因為這裡本來治安很好，從來沒有出過這麼恐怖的命案，大家不願意提起也是可以理解的。」

「請問你聽過高茂集團嗎？感覺他們收購了很多桃林鎮的土地，說不定為了收購土地才謠傳桃花林會讓人著魔。」

「高茂集團是C縣的大公司，旗下有知名食品公司跟建設公司，工廠跟總公司都設在桃林鎮，他們後來跨足地產業，確實收購了很多土地，也有很多建案在推，你還真的把高茂集團當作嫌疑犯啊！」

「我有查到幾個土地開發的糾紛，聽說高茂集團到處在收購土地，談不攏的話，會叫流氓去打人，也有人放火燒掉房子跟桃花林。聽說那些桃花不是地主自願砍掉的，是被放火燒掉才不得已砍的。」李海燕說。

「你不簡單啊，連放火燒桃花林這種消息也查得到？」宋東年說，「我回去警局問問我同事，我去年才搬回桃林鎮，那些事我不太清楚。」

宋東年突然又看了她一眼，李海燕不禁退縮了一下。宋東年看了一會，突然問她：「我是不是見過你？」

「不可能，我才剛來這裡幾天而已。」李海燕說謊了。

「你很像我認識的人。」宋東年說。

「是嗎?她是桃林鎮的人嗎?」李海燕問。

宋東年沉默了一會,「雄哥有告訴過你吧,丁小泉是我高中時的女朋友。你們有點像。」

他語氣淡然。

李海燕心裡一沉,他要認出她了嗎?出發前她想過各種可能,或許警方認真調查,她是周佳君的事很快就能查到,但她自認為警方沒有調查她的必要,她前前後後照了不知多少次鏡子,她跟以前的周佳君很不一樣了,應該不至於被認出來。

當年在丁小泉身邊彷彿對照組般的平凡女孩,經過整容之後,阿姨說她變漂亮了,想不到竟然讓她變成了美女。因為眼睛變大,再加上戴隱形眼鏡,她本來皮膚就白,後來又勤於運動,長高也變壯了些,從小她不自覺模仿丁小泉笑,學她說話,學她看人時眼睛帶笑,學她思考時頭會側偏,學她各種令人喜愛的姿態,李海燕突然覺得自己好像也是個模仿犯。

「凶手好像在尋找什麼,奇怪的棄屍現場或許是因為他想要再現某個畫面,但不知道那意味著什麼。」宋東年說了幾句話,便又陷入了沉默。

「請問你怎麼看待當年丁小泉的案子?」李海燕問。

「我最氣的是周富不該自殺,讓一切都懸在那兒,找不到真相。丁小泉的父母到死前都還無法平靜。」說到這裡,宋東年握緊了手,痛苦地說:「周富喪妻後酗酒,時常神智不清,附近的雜貨店老闆也證實,周富幾乎每天都去跟他買酒,從早喝到晚的,當初警察推測周富酒後亂性，事後殺人滅口。當年周富被逮捕時，一直宣稱自己那天醉得昏昏沉沉，直到警察來了才真的清醒，他不記得自己見過丁小泉，更不可能殺人，但後來他又跟警察坦承說是他殺了丁小泉，到了偵查庭上又翻供說他沒殺人，證詞反反覆覆，可是凶刀、血跡、指紋俱在，到底應該相信證據，還是他的自白？但是他自殺了，真相到底是什麼已經無法得知了。這幾天鎮上有很多記者來問案情，我們也沒多說什麼，像這種少女謀殺案，向來都是引人關注的，但如果是連續殺人事件，媒體的關注有時反而會引來凶手的興奮，再犯案的週期就可能會變短。」宋東年說。

「你覺得凶手還會再犯案？是因為吳月涵手心上的預告嗎？」李海燕問。

「我不希望是這樣，我有不好的預感。凶手的警告是對警方的挑釁，不能輕忽。」宋東年說。「我總覺得你動機不單純，不光是為了查案子這麼簡單吧！」宋東年接著說，「記者嘛，就是想搶獨家新聞吧，故意去挖陳年舊案看能不能找出些什麼，揭人瘡疤，興風作浪，當年丁小泉命案的時候我看多了報導，還有記者把丁小泉寫成放蕩的女人，沒有的事寫得像真的一樣，我不相信記者能有什麼好心。」

「我不是那種記者。我寫的都是深度報導，你看過就知道，我跑那麼遠來這裡不是為了興風作浪。我跟你一樣想追求真相。」李海燕不禁提高了聲音。

「我等著看吧。你還想問什麼？」宋東年說。

「你知道當年桃花案那帶還有一個叫作荷塘月色的開發案嗎？那塊地也是高茂集團開發

的。」

「知道，我聽雄哥說，你還跑去荷塘月色那邊查案。你哪來的線索，硬是把桃花案跟高茂集團扯在一起，你知道那邊都是什麼人？」

「你不覺得那塊地很怪嗎？十幾年前，那邊就一棟房子而已，如今變成了一個大型建案，算一算地價上漲至少十倍吧，這中間沒有什麼古怪嗎？」李海燕激動地說。

「這也是人家建商眼光好，養地有成，以前誰看得上水坑那塊地？以前周富把他那棟房子跟林地都整頓得滿漂亮的。後來出了命案，周家賣地，大家還覺得建商很傻呢，發生過凶殺案的地點，誰敢承接？所以後來那一片地改建得那麼成功，不能不說高茂的人確實有本事。可也不能因為地價上漲，就說跟凶殺案有什麼關聯。」宋東年說。

李海燕發現宋東年防衛心很強，她提出的問題也都一一被擋掉了，得設法從其他方向去問才行。

「請問吳月涵跟丁小泉除了都是十六歲的美少女，還有沒有什麼共通點？」李海燕問。

「他們的父親都在市區開店，他們都當過桃花大使。」宋東年回答。

「桃花大使是這麼回事？這怎麼選的？」

「桃林鎮每年都會選出一名桃花節大使，是由各個高中提名，然後評審選拔出來的。縣政府撥預算，會拍形象廣告，各種活動辦得很熱鬧。」

「那其他屆的大使有沒有發生什麼意外？」

「沒有，吳月涵命案發生的時候我去查了一下，那些女孩去外地讀書，結婚生子的都有，還有人當上了明星。目前每一個都很平安。」

「那你覺得桃花節大使跟吳月涵命案有什麼關聯？」

「丁小泉是第一任桃花節大使，吳月涵是第十二屆，兩任大使都死於非命，這個巧合實在機率很小。吳月涵命案發生時，我也聽到有些傳聞，說這個可能是宿命。大家都會亂傳，命案相隔十四年，巧合很多，但也不知道從何釐清。我感覺可能是當選桃花大使曝光率高，選出來的又都是桃林鎮的美女，因此被凶手覬覦。」

「但是凶手並沒有侵犯她們。這點又怎麼說？」李海燕問。

「我研判凶手可能是性無能或有某部分的殘缺，或許有精神疾病也說不定。」宋東年說，「案情我只能跟你說到這裡了。」

「謝謝你的協助。往後如果還有什麼可以告知我的，請打電話給我。」李海燕給了宋東年報社的名片。

「李海燕。你的名字真特別。」宋東年若有所思地望著名片，「你到處問東問西的，難保不會惹出什麼事，自己小心點吧！」

他們一起走出咖啡店，各自走遠後，不約而同回頭看了對方，宋東年對她揮揮手，李海燕感到一陣眼淚幾乎要奪眶而出。

3

屋子裡都是白色，鐵製的床，身上的束縛帶，玻璃的邊框以及厚窗簾，護士身上的衣服，以及他的穿著。白色，據說會讓人鎮定，白色，象徵著健康，安穩，和平。

可是他覺得那些白，讓他眼花，那些白，像是諷刺，因為他內心一點也不平靜。他們給他服用大量藥物，將他擊昏，可是他心裡知道，那些藥丸撲滅不了烈火。

他心中有一團火苗鎮日跳躍，什麼時刻會被點燃他並不知道。第一次感受到那團火，他年紀尚小，家裡有隻貴賓狗，是他媽媽最疼愛的，小狗很愛撒嬌，白毛絨絨的狗狗好活潑，他跟小狗嬉戲，追逐，他抱住牠在懷裡，小狗的體溫、心跳都讓他好奇，抱在懷中那種脆弱的感覺是那麼奇妙，他看著狗狗的臉，大大的眼睛亮晶晶，他用手撫摸小狗的頸子，纖細得令人驚訝，小狗喜歡撫摸，他漸漸加重了力氣，小狗開始掙扎，他突然感覺心中有什麼在蠢動，說不上來的感覺，他加重了手的力量，看到小狗的臉從歡快變成痛苦，只是在一瞬間，他又加重了手的力量，小狗開始哀鳴，他心跳急促，感到亢奮，狗從哀鳴變成嚎叫，媽媽從屋裡衝出來大叫，你在幹嘛！他放鬆了手，假裝若無其事，小狗掙脫他的懷抱，衝向媽媽的懷裡，剛才短短幾秒鐘，他記不清楚順序，只記得雙手聚攏圈住那細細的頸子，原本表情還像是在笑的狗，突然恐懼地哀號。

那份恐懼，後來變成了他最想要，也最害怕的東西。

護士長得很美，頭髮挽起，露出纖細的頸子，細長潔白，以某種優雅的弧度，恰如其分的在臉與身體之間，那個支撐著人生命的東西，好誘人。有時護士過來打針，他會別過頭去，護士離他太近了，他害怕自己會衝動伸手，又要去圈住那個頸子，正如他被送到這裡來之前，他與女孩約會，他圈住那個聞起來很香的女孩，起初兩人還笑得很開心，哈哈哈，你好變態，哈哈哈，我看你很喜歡吧，哈哈哈，怪癖，變態。

昨天有個人自殺了，那人是在浴室用毛巾掛在門把上自縊，怎麼可能這樣就死？大家都說，門把那麼低只要用力就可以站起來。如果不想站起來呢？如果執意要死，還是做得到啊。他見過死掉那人，總是說他看見火，紅色的火啊燒得他全身都痛，他看到大水淹沒城市，看到末日來臨，他曾在庭院裡看到那人出來散步，雙手被束縛，警衛在附近監看，那人對他說出了密碼，火。難道他看得出他心中也有一團火嗎？

有些事他忘記了。

他還記得酒杯碰撞，記得大家起鬨，記得短裙女人張開腿坐在他雙腿上，他把鈔票塞在女人胸罩裡，有人在女人胸前抹了點白色的粉末，他用力吸了一口。

然後斷片了。

當他醒來時，KTV裡男男女女東倒西歪，有個女人在哭，他正一手掐著女人的脖子，另一手猛打她的臉。

記憶是那樣突如其來，大火燃燒腦袋，ＫＴＶ副理衝進包廂，將他架開，他拿酒瓶砸破了副理的頭。他搗毀了包廂，弄傷了兩個服務生。

大火燎原。

所有的事都有父母出錢擺平，他進了那家醫院，住了三個月。

殺人，棄屍，審判，這些字眼，在少年宋東年心中從未出現過。過去的他，只是個在家裡有些孤寂所以喜歡往外跑的孩子。他喜歡在操場練球，即使沒有比賽，沒有團練，他也想自己練習。他喜歡跑動，喜歡流汗，喜歡生命活跳跳的感覺，陽光底下什麼東西看起來都很燦爛，飽含生命力，不像他家裡，好像一進屋，燈光就被調暗了，母親長年憂鬱，不許家人拉開窗簾，燈光也都很暗，父親疼愛母親，什麼都是順著她，宋東年也想孝順母親，可是母親見了他總是一臉嫌惡的樣子。

宋東年在戀愛，已經一年了，他不知道自己哪來的好運，可以交到這麼美的女朋友，她不僅是美，而且非常開朗、善良，他想追求的快樂，好像都存在這一個人身上。

宋東年狂熱地愛著丁小泉，那種狂愛，他沒經歷過，他珍惜每一個跟丁小泉相處的時光，因為那是快樂的來源。

小泉愛他嗎？他覺得是愛的。丁小泉性格奔放，有點男孩子氣，即使她長得那麼美，她卻一點也不嬌貴，在學校裡如果有弱小的同學被欺負了，小泉總是第一個跳出來幫忙。

很多年後，宋東年都還會想起她跳上他的單車後座，他踩踏踏板快速前進，半途中丁小泉突然抱緊了他的腰，他感覺心裡一陣悸動，或許那一刻起，他的生命就被丁小泉纏繞了，永遠也解不開。

十四年過去了，他生命空空如也，只剩下回憶，而回憶也被慢慢侵蝕，小泉的臉漸漸模糊了，聲音遠去了，他熟悉的那些小動作，漸漸變得好像是電影裡看過的畫面，他懷疑自己是刻意要遺忘她的，因為記憶太令人痛苦，他又懷疑自己是因為太害怕遺忘，反而逐漸忘卻。或者，他根本認為無論他怎麼做，記憶就是會消失，會模糊，會被其他東西取代，所以他生命空空如也，他要淨空所有一切，讓丁小泉的所有訊息都有機會生長，不會被任何資訊取代。

但是並沒有用，遺忘依然慢慢來臨了，直到另一個女孩的死訊傳來。

死亡牽動了回憶，回憶從記憶的縫隙裡慢慢歸來了。

吳月涵命案成了警局當前首要專案，能用的人力全部派上，宋東年與鐵雄忙得沒日沒夜，宋東年總會讓鐵雄先回家，畢竟鐵雄有家人，而他自己一個人怎麼過都行，鐵雄也真能撐，有時在警局就瞇一下，精神就來了，宋東年長期失眠，他眼睛越來越紅，旁人見了總是要問他，你還好吧。

他們一直沒查到李大衛的資料，此人只存在網路上。小柯說要去網站上釣釣看，這個李大衛說不定是個戀童癖，專門在網路上勾搭少女，小柯要去那個網站把李大衛引出來。

下午宋東年抽空去見了鐵雄介紹的那個女記者，他是為了給鐵雄面子才去的，他最討厭跟記者打交道，因為每次發生大案，都會有各種媒體記者來局裡糾纏，他們往往未審先判，標題殺人，大肆渲染。女記者名叫李海燕，他起初對她也沒什麼好感，不過聊了一會，他卻有種說不清楚的感覺，李海燕言談舉止，有某種似曾相似的熟悉感，可能是她的表情吧，眼睛大大的，看著人的時候，那雙眼睛好像要望進人心裡似的，但這也可能只是他自己的聯想。

不過這個李海燕對這兩件案子很執著，感覺她跟一般記者不太一樣，她說她去查過桃花案舊址，已經改建成別墅了，那一帶土地開發之後，變成兩個建案，宋東年也知道這建案，但之前他從未將土地發開案與桃花案聯想在一起，說不定可以順著這個線索查查看。

他們在咖啡店談話間，真的恍然有一種錯覺，時光好像回到了少年時，有一次他與丁小泉跟周佳君三個人一起去某家西餐廳吃晚餐，那天是小泉生日，他不知道她為什麼把周佳君也帶來了，但他也不反對，他與小泉之間愛得強烈，他總是陪她去各個地方，她喜歡周佳君，他也跟著喜歡，周佳君話不多，跟小泉總是形影相隨。李海燕跟丁小泉和周佳君還真有點像，但不管李海燕像誰，她都不可能是她們。

宋東年跟鐵雄提起李海燕說的那個建案，他們倆決定跑一趟查看。

當年的樓房跟桃花林宋東年印象都很深，鐵雄說他也記得，周家的桃花林盛開時，一片粉色海洋，滿園都是柔霧。

「那時周富還沒喪妻，人很和藹，我記得我帶老婆去賞花，他還煮咖啡給大家喝，他是城裡來的人，氣質很好，我有次還被招待進去樓房喝茶，客廳裡有一座黑膠音響，播著古典音樂，他老婆跟女兒都很漂亮，那一家子看起來，怎麼說，像電影裡的人一樣。」鐵雄回憶著。

如今人事已非，舊址變成了一排別墅，幾年前開發時，宋東年還沒回桃林鎮，他回來後，有聽說此事，別墅的房價一直在上漲，跟整個桃林鎮的發展也很相似，老街，市中心，幾個重點地方的房價水漲船高，一般人都買不起了，桃林鎮本就風光明媚，也有不少外地人來投資。

他們沒有驚動別墅住戶，而是沿著那一片房子周圍繞，繞到了荷塘月色那個建案，他研究了一下周遭的狀況，如果當年周富不肯賣地，那麼後面這一片地就無法銜接主要的聯外道路沒有什麼用途，如今看來，建商當時買下周富的地，確實就是為了將這兩片地整個改建，這兩片地合起來面積該有多大啊，幾公頃吧，誰這樣有遠見呢？

走到荷塘水榭時，發現有個老人在涼亭裡，老人很瘦，帶著一頂斗笠，模樣好像農夫，宋東年問他，老先生，你在這裡做什麼？他回說，我的工作就是守著這塊地啊，宋東年又問，守著地幹嘛，不都要改建了，老人露出惶惑的眼神，他說，「不行改建啊，這裡有冤魂。」

鐵雄問他，哪來的冤魂？

老人說，荷塘裡前年淹死了一個小女孩。「那是我孫女啊，才七歲，我們一個不留神，她在庭院玩著玩著突然不見人影，失蹤一天，後來發現死在荷塘裡，我們說這裡本來不是荷塘啊，哪來這麼深的水把孩子給淹死了呢？他們不管啊，說這是私人地產，誰叫小孩子偷溜進來呢？就把我們轟出去了。我倒要來看看，白白冤死了一個女孩，他們要怎麼在這裡蓋豪宅。」

老人神情癲狂，他說的事宋東年沒有印象。鐵雄安慰老人，「不是都辦過招魂了嗎？女孩會自己回家啊，你自己一個人在這裡等著也不是辦法，天氣冷，容易感冒，快回家休息吧。」

老人不理會他們，他手上拿著一張紙，上面密密麻麻記錄著什麼，宋東年問他，老先生，寫些什麼呢？

老人說，經過的人啊，車啊，小女孩啊，我要守著才行。

宋東年細看他那張紙，上頭密密麻麻寫著一些數字。

他們跟老人告別，宋東年回頭看，老人兀自守著涼亭一角，在紙上寫字。

「雄哥，女孩淹死的案子你有印象嗎？」宋東年問。

「兩年前吧，是死過一個人，但也查不出可疑，就以意外溺斃結案了。沒想到他們家人還不死心。」鐵雄說。

宋東年聽了感覺有些不對，怎麼這兩塊地都有死人。打電話回警局查問，局裡同事說荷塘月色那個建案剛開始擴建了水坑，做成荷花池，水榭還沒蓋好，就淹死了一個女孩，那女孩父母親得到賠償，就沒再鬧事，倒是女孩的爺爺老孫一直在抗議，說一個小女孩不可能自己跑到荷花池，一定是有人拐帶來的。但因為當時孫家沒有報警，又聽說老孫精神有點異常，最後就不了了之。

鐵雄在警局布置了一張白板專門處理吳月涵案，每天宋東年都會把新增的照片與檔案加上去，白板上畫有簡單的桃林鎮地圖，與吳月涵相關的地點，盧舍、城南公園和大非樹，以及棄屍地點的荒廢果園都有圖釘釘上。白板就在宋東年的位置附近，他一轉頭就可以看到，辦案時這張白板彷彿就是被害者生命的寫照，她生前死後的照片，她的人際關係圖，出沒地點，最後現身處，以及屍體出現地，有時還會寫出她的學經歷，工作歷程。吳月涵的交往關係單純，也還沒工作經驗，令人傷感的是她的年輕就顯露在那些圖表上，一切都還沒開始，還大有可為，有各種可能，然而她卻已經死了。

宋東年有時感覺自己快要溺水了，坐在位置上，彷彿吸不到空氣，他的眼淚總是蓄在眼眶裡就吞下肚子，感覺就像是鼻塞。以前局裡老一輩的刑警各有各的迷信，通常他們下班後會去酒吧坐一坐，本以為是為了紓壓，後來他發現可能是不想把身上的死亡氣息帶回家，也有聽過前輩被死者冤魂纏身，被託夢，甚至有人因此精神崩潰。

以前宋東年不信那些，他甚至把工作檔案都帶回家，時常在沙發上看檔案看到睡著，工作是他的寄託，那些死者也是，他每日凝視著吳月涵的照片，詳看她簡單得不能再簡單的人生歷程，一個生命就這樣失去了，他空無的生命好像變得更加空虛，他摀住胸口，感覺到那裡堵了一個巨大的什麼，他得比別人更用力，才有辦法正常呼吸。

或許那裡湧堵的都是眼淚吧，為丁小泉而哭，為每一個他經手過的死者而哭，若要讓為他自己而哭，他是沒有辦法的。

4

他聽見母親與父親低語，談論著不可告人之事，寬敞的辦公室，有幾個男人在一旁，父親走向前甩了他一巴掌。他被打得暈頭轉向。但這種暈都比不上斷片的時候突然醒來時的驚嚇，他時常醒在不同的地方，努力回想也想不起自己怎麼來到此處。他撞過一次車，後來父親就不肯再讓他開車。

母親有時會抱著他哭，深深嘆息，她摸摸他的臉，神情苦惱，好像他得了重病。母親總是幫他解決所有事，母親總是說，沒關係，你沒事就好，他懷疑母親是否知道那些斷片時刻的發生，其中也有他不願意做的事。可是大火焚燒，他腦子就在尖叫，怒氣總是突如其來，正如那些想要用手勒住脖子，想要摔破什麼，想要大叫大笑，想要全速駕駛的時刻，他想像著那些酒後或藥後的斷片，可能是至福時光，他終於做了他想要卻不敢，想阻止但非常渴望，他恐懼卻也深切追求著的，每一件事，即使他混亂的腦子，根本不清楚那些事到底是什麼。

有個男人開車，帶著他四處兜轉，那個男人長得與他十分相似，卻令他感到刺眼，男人開車技術很好，每次上車，兜兜轉轉，他就想要睡覺。他懷疑車裡的空調是不是加了迷藥，不然經常失眠的他怎麼一上車就犯睏？男人安撫他，比護士還要厲害，他說話的聲音，內容，好像他曾經住過他的腦袋裡，完全貼合他所幻想之處，那個人年輕的臉上，有一種他曾在醫院裡看過的神情。

他心中也有火嗎？

他總是開著車來接他，一臉平靜，那人很高大，他醉倒時，可以扛著他走，他後來吃飯吃得很少，光是吃藥跟喝酒，吃什麼都吐，他想要女人，他想要女人，他對那人說，他想要柔軟，全身都很香的女人，他想要把頭枕在女人胸口，想要把手放進她們的身體裡，掏出她們最珍貴的東西，因為那些東西他沒有。

大火開始燃燒了。他對那人說。

噓。不要說話。那人說。都交給我。

他們的車在黑夜裡遊走，彷彿他夢見過的一隻黑色鯨魚，小時候母親給他看的影片，黑色鯨魚發出低鳴，誰都聽不見的低頻，就像他眼睛裡那熊熊之火，已經無數次燒毀了他的記憶，黑色汽車寬大的車廂裡，他抱著身體縮在椅子上，他很喜歡皮椅的氣味，大火燒得他好痛，烈焰將眼前景物完全改變。

他把藥都扔掉了，那些藥讓他想吐，他乾巴巴的身體變得枯萎，他大聲尖叫，為什麼他腦子裡有火，心裡也有，他問那人，你也被火燒過嗎？火燒過記憶，就會留下一大片空白。

噓，不要說話。那人轉過頭來，對他點頭，然後開口說，我都知道了，我會處理。

他在那個人眼睛裡，看到了自己的倒影。

「他沒認出我，還是他認出來了？」李海燕一路上反反覆覆想著這句話。

如今她也幾乎不記得當年的自己了，阿姨總是告訴她，要往前看，不要回頭望，因為一回頭就是深淵了。剛離開桃林鎮的那年，她辦了休學，接受心理治療，那段日子裡，她每天寫日記，日記裡都是自我懷疑，她像被連根拔起的樹，一時間還沒有可以著落的地方。阿姨對她很好，凡事替她著想，有很多事該怎麼判斷她都沒有主張，那段時間，只求可以活下去，阿姨總是告訴她，先活下去，再讓自己活得好。等到她在新的高中復學之後，終於感覺自己開始了全新的生活，她小心翼翼地交友，對誰都保持戒心，她編造的身世栩栩如生，她都可以詳細背誦，每日每日重複誦讀自己虛構的人生，漸漸地，那彷彿就成了她真正的身世。

咖啡店裡見到的宋東年，與記憶裡已經不太相同了，以前是開朗陽光的運動少年，如今的他變成一個滿懷心事，因憂傷愁苦臉上有了皺紋的男子，那張被風霜與悲傷浸染的臉說明著，他或許還在為丁小泉的死而痛苦，李海燕驚恐地想著，如果宋東年發現她是周佳君，一定會更恨她。

以前三個人一起遊玩，她總覺得自己是個跟班，但她喜歡跟他們在一起，即使當個電燈泡她也不介意。多年後再相見，她感覺自己還是對他有著一份特殊的情感，那份情感是一種紐帶，她熟識的人死去了，宋東年是唯一的見證，他們共享著悲傷的記憶，但無論如何父親是殺害丁小泉的凶手，她絕不能對他坦承自己的身分。自從吳月涵命案發生後，李海燕感覺到自己這幾天每天都在想著父親，以前不敢去回憶的往事，現在她可以一點一滴去回想，父親終於從一個殺人犯，慢慢恢復成為她的父親。她記得母親去世後，父親崩壞得很快，那種什麼都不顧不管的樣子，讓正在飽受喪母痛苦的李海燕徬徨無措，她學煮飯，整理家務，還要上學，父親時常酒醉，隨地倒臥，她還得把醉倒路邊的父親扶進房間。那時她心裡對父親是有埋怨的，可是她又知道父母相愛至深，父親一直是個比較內向的人，對母親依賴很深，某個程度來說，父親是個軟弱的男人，母親死後，他已喪失求生意志，這是當年她領悟的道理。所以後來命案發生時，她曾經心生疑慮，酒醉的父親曾經把路過賞花的鄰居婦人錯認為母親，對人拉拉扯扯，大哭大叫，那是她親眼所見的事，但父親會因此殺人嗎？

吳月涵案發生至今不到幾天的時間，總編不知用什麼方法取得了吳月涵案的現場照片，她看著那些照片，也回想著當年丁小泉命案現場。當時大家都把那個詭異的命案現場看作是父親酒後發狂的作為，但如今再看，那現場根本是精心布置，絕非狂亂作為。當年桃花林花開得燦爛，一片花海讓人眼花撩亂，如今這個冬季的果園滿園蕭瑟，赤裸裸的女屍，整齊擺放的球鞋，以及樹上如果實般垂掛的衣物，所有細節彷彿都有象徵，都是刻意安排，模仿犯可以復刻到這麼精確嗎？

夜裡輾轉難眠時，她閉上眼就能看到父親，父親的容貌不再是蓬頭垢面、厭棄人生的樣子，父親一向注重儀容，總是文質彬彬，曾經是鄰居眼中溫文、和善的男子，他愛妻愛家，友善鄰居，對地方盡心。李海燕慢慢憶起了父親死前一些徵兆，他入獄後，一直不許家人探視，只跟律師來往，李海燕如今解讀，恐怕是因為父親在獄裡受到不少折磨，怕狼狽的樣子被女兒看見吧。父親死前有寫過書信請律師代轉，信中強調自己的清白，「要好好讀書到外地生活，把這裡的一切忘了吧」，父親信末這樣寫著，「我沒有盡好為人父親的責任」。

李海燕心痛地想，人總有脆弱的時候，倘若那時她有能力為父親做更多一點，或許他還有機會活下來，但是後悔沒有用，她現在能做的，就是盡一切可能，去查明真相。

訪問了警局兩個刑警都沒能給出什麼重要資訊，還得另尋出路才行。李海燕打電話給吳月涵的班導，電話號碼是老總靠人脈關係得來的，班導說之前也有警察來問過，她有跟警察說過月涵喜歡攝影，李海燕又問吳月涵有沒有參加什麼社團，班導說吳月涵參加了攝影社，李海燕請班導師給她攝影社指導老師的電話，她立刻致電社團趙老師，跟老師約好隔天去拜訪。

走進群英高中，校園也變了很多，這所學校歷史悠久，原有的建築物也都破舊了，校園裡有些新蓋的大樓，是她沒見過的，她感覺這一次到桃林鎮出訪，就像一場時光旅行，所有回憶都隱伏在各個角落各種場所，隨著她的來到逐一浮現。

趙老師有點年紀了，是個優雅的中年女性，李海燕覺得她很面熟，就問她在學校多久了，趙老師說：「二十年了，再幾年就要退休了。現在攝影社教的都是手機或數位相機拍照，教你怎麼修圖，怎麼用濾鏡，底片相機已經不流行了。不過我自己還是鍾情於底片攝影，暗房設備也都還保留著，月涵也喜歡用底片拍照，她有學習沖洗照片。」

「吳月涵生前有沒有什麼不尋常的地方，尤其是她失蹤前那陣子，在學校有沒有什麼不尋常的地方？」李海燕問。

「月涵質地非常好，她特別喜歡攝影，也有天分，我指導她攝影，跟她相處時間比較多。她家經濟條件充裕，也支持她學攝影，只是聽說她愛拍廢墟跟工寮，家人就開始反對她拍照，其實我也不贊成去那些危險的地方，我自己是體質上就怕陰暗潮溼的地方，但月涵天性善良，她對窮人或受苦的人特別關注，不像是一般人只是在找素材獵奇，月涵是真心關注那些人。

「要說不尋常，大概就是她開始去拍一個手有殘疾的男人，那個男人看起來很凶惡，真的不是好人，我問月涵在哪看見他，她說是盧舍，我說那人不是好人，別再去拍他了，但月涵好像一直都有去那個廢墟，也拍了一些流浪漢。不過月涵去拍照，都有個男同學陪著去，我既然阻止不了她，至少知道她的行蹤。月涵跟我說過，說她在網路上認識一個攝影師叫李大衛，月涵很欣賞他的攝影作品。」

「李大衛？可不可以幫我問問，還有沒有其他攝影社的同學認識李大衛。」

「好，我願意幫忙，要是月涵是為了拍照惹上殺身之禍，我真的難辭其咎。」

「趙老師，別這麼說。」

「不過我最近想起一件事，不知道有沒有幫助？」趙老師說，「我記得以前攝影社也有個喜歡拍廢墟的學生，月涵剛開始喜歡廢墟，就是因為看了那個學長的照片。」

「請問那個學生是誰？可能的話，可以給我看看他拍的照片嗎？」李海燕問。

趙老師帶李海燕去了攝影社的社團辦公室，社辦在舊大樓二樓一個邊間，空間滿大，但裡面光線不佳，堆了很多舊櫃子，老師打開電燈，她才看清楚整個辦公室的模樣。牆上掛了很多黑白或彩色的照片，都用相框裝著，好像是歷年得獎作品。

「是個叫作高淵的學生。他是我十幾年前的學生，不過這個學生是個怪人，他自學的，天分高得不得了，很早慧，高二休學之後就不知去向。」趙老師拿出一本攝影集，翻給李海燕看，封面上寫著「高山之淵——高淵作品集」。

李海燕發現高淵的這個作品集都是黑白照，裡面運用很多曝光技巧，拍攝的是廢墟跟工地，以及一些荒山野地，照片風格冷冽，也有很複雜的技巧，看得出功力很好，其中有一張照片，拍的就是盧舍，照片中的盧舍好像一個從外太空飄來的東西，那些從建築中長出的樹，像是異形穿透了牆壁，滲入屋內，從牆角發出根芽，那些藤蔓纏繞著屋宇，彷彿某種巨獸。這些照片給人很強的壓迫感，可是又非常有魅力，那是超現實的景象，好像是攝影者自己夢中所見，只是他用現實的景物表現出來。

「高淵一開始就跟其他學生都不一樣，很早熟，話很少，成天就是拿著相機到處拍，感覺那台相機才是他的本體，鏡頭就是他的眼睛，或許是因為他臉上有胎記，那個胎記形狀很奇怪，有點像個鬼頭，所以同學都會笑話他，亂給他取綽號，我想，因為這樣他才想躲在照相機後面吧。那是我自己的感覺啦，以他的年紀來說，他的作品是超水平的，但其他老師總是說他的東西太陰暗，沒想到參加大賽竟然得了大獎，這個攝影集就是得獎後出版的，不過印量很少，看過的人不多。但我一直都很喜歡他的作品，他不是普通人，透過他的照片看到的桃林鎮也就變得特別。不過高二那年，高淵家裡出了點事，他就休學了。」

「他家出了什麼事？」

「外公外婆去世，媽媽又得了腎臟病。那之後，他辦了休學，書都沒得讀，更別提攝影了。」

「吳月涵認識這個高淵嗎？」

「相差十幾屆，照理說應該不認識。我不知道月涵怎麼會發現這本攝影集，她看了之後愛不釋手，她幾乎是逐一比對，去把高淵拍過的地點都拍過幾次，月涵對他簡直是瘋魔似的，我感覺她是迷上了高淵的作品。我剛提起的李大衛，我去瀏覽他的網站，就想起了高淵。」

「李大衛跟高淵有什麼關聯呢？」李海燕問。

「我記得他的網站好像叫作魔術時光，我找找。」趙老師用社辦電腦打開了李大衛的網站，「你看看李大衛的作品。」李海燕逐一翻閱，這個李大衛的攝影風格多變，但仔細看有種說不出的違和感，李海燕懷疑這個網站的照片可能是網路上的盜圖。

「月涵跟我說過之後，我去看了那個網站，網站上的照片乍看確實跟高淵沒什麼關聯，但細看之後發現有幾張風格很像。」趙老師快速點開作品集的部分，逐一尋找，「找到了，特別是這張。」趙老師指著一張很小的照片，那是一張黑白照，照片裡有一隻風箏，垂掛在一棵枯樹的枝椏上，枯樹的各個枝枒上掛著一張張翻飛的紙片，那張照片特別荒涼。

斷線風箏，枯樹，黃昏。

「這兩張照片構圖幾乎一模一樣，看起來是同一棵樹。」李海燕說。
「這是大非樹。高淵那時很迷大非樹，他做過大非樹的主題。」趙老師說。
李海燕好像聽到了關鍵字，她問，「趙老師，要去哪可以找到這個高淵呢？可不可以給我他的聯繫方式？」
「高淵他家以前住在西南區軍功村，不過他休學後就沒消息了，這麼多年過去也不知道還是不是住在那？你可以去那一帶問問鄰居。」
李海燕跟趙老師借了高淵的攝影集離開了學校。

5

十二月二十九日晚間，桃林鎮發生了一起少女失蹤案。桃林鎮派出所接到家屬報案，失蹤者是群英高中女學生，年紀也是十六歲，派出所警員連夜搜查，都沒有找到人，因為桃林鎮剛發生過吳月涵命案，加上凶手在死者掌心留下的殺人預告，桃林地方派出所立刻呈報給縣警局。

縣警局認為案件很有可能跟吳月涵命案有關聯，隔天一早就派丁雄跟宋東年趕往失蹤少女家裡。

失蹤者柳敏秀，父親是群英高中體育老師，母親在鎮上的旅館擔任會計，家境小康，柳敏秀十六歲，為群英高中二年級學生，宋東年與鐵雄到達柳家，她父母都請假在家。

鐵雄說：「小宋，你先跟柳太太了解一下狀況，我跟柳先生去柳敏秀的房間看看。」

「能不能跟我們說一下柳敏秀昨天的行蹤。」宋東年問柳太太。

「敏秀昨天早上出門上課，平常她下課後會去補習，補習完回到家不會超過十點，可是昨天到十一點敏秀都還沒到家，我們就覺得很奇怪，打電話去補習班問老師，老師說她根本沒去上課，打給其他同學，大家都說五點下課後就沒有看見她。敏秀有兩個要好的女生朋友，我也都問過，沒人知道她去哪。電話不接，訊息也不回，後來電話就打不通了。最近不是有少女謀殺案嗎？凶手還發出預告說會再犯案，我女兒跟吳月涵同一個學校，也是同年齡。」柳太太焦急得說話都顫抖了，「警察先生，求求你們一定要把敏秀救回來，求求你們快點行動。」

宋東年心裡一顫，想到吳月涵掌心的留言，預言難道成真了？

兩個案件幾乎都是相同模式，幾乎都向父母說謊，感覺綁走少女之人似乎不是陌生人，目前嫌疑最大的李大衛是用攝影網站認識吳月涵，不知道柳敏秀是不是也上過那個網站？

「柳敏秀會攝影嗎？」宋東年問。

「她是很喜歡用手機拍照，但就是一般女孩子自拍什麼的，她會拍一些穿搭跟路邊的景物，發到網路上。」柳太太說。

「那她有認識什麼愛好攝影的人嗎？或者是在網路上認識一些喜歡攝影的網友？」宋東年問。

「她的臉書、IG什麼的都不許我們看，但敏秀偶而會當學校攝影社的模特兒，她曾經去當過一個職業攝影師的模特兒。」柳太太說。

「哪個攝影師你記得嗎？」宋東年問。

「就是華銀飯店的攝影比賽，有個攝影家叫李國堂，是我們家的世交，六十幾歲了，比賽是在華銀飯店舉辦的，我們敏秀去當模特兒，後來那張照片得了銀牌獎，得獎照片有登上媒體。」柳太太回答。

這時鐵雄下樓來，他帶著柳敏秀的筆電跟一個相框，他把相框拿給宋東年看，相框裡是幾個女孩的合照，裡面除了柳敏秀，還有個女孩就是吳月涵，站在吳月涵旁邊的是賴小玉。

「柳敏秀跟吳月涵認識嗎？」鐵雄問。

「我也不清楚。」柳先生說。

「我們敏秀很會寫作文，有參加校刊社，我沒聽她提起過吳月涵，但可能是社團認識的。我們都沒想過那張照片有什麼特別，以為是班上女生合照而已，敏秀很重視她那些閨密，常來家裡的是一個叫賴小玉的女生，我不記得有吳月涵。」柳太太說。

柳敏秀的電腦沒有密碼鎖，他們登入了她的IG，查看她的對話紀錄，發現她的帳號上有三千多個朋友，兩百多個追蹤，私人訊息密密麻麻，而最後幾條訊息，是跟一個網名叫「歌頌者」的網友的對話，點進歌頌者的ＩＧ，自介是攝影師，個人資訊不多，他的ＩＧ上有很多年輕女孩的照片，風格朦朧夢幻，似乎擅長幫女孩子打造文青風格的寫真照片。宋東年跟柳敏秀父母說要把電腦帶回去檢查。

訊息裡他們約好十二月二十九日晚上七點到黑灣見面。

「這個黑灣是什麼？」柳先生問。

鐵雄回答道：「黑灣是鎮上的一個網咖，全名是黑色海灣，網友都戲稱是黑灣。那裡滿亂的，很多蹺家的孩子，也有些流氓聚集。」

「我們敏秀去黑灣做什麼？也不知道跟誰去的？」

「柳先生，我們會去查，你們先在家裡等消息，或許敏秀會突然回家。」宋東年說。即使他有不好的預感，但他也希望那預感不要成真。

桃林鎮沒幾家網咖，黑灣是最大的一家，二十四小時營業，有些外地來的學生族會在這裡過夜，因為收費低廉，也有人在此洗澡或休息，來往的人就變得很複雜。宋東年查看柳敏秀的ＩＧ訊息，發現歌頌者是在一個月前私訊柳敏秀，說他是個自由攝影師，看到攝影展得獎的消息，想跟她約採訪，想幫她拍照，柳敏秀一開始沒有答應，他們兩人陸續用私訊聊天，私下也打過好幾次網路電話，從對話內容可以看出他們曾經約過一次外拍，但不知道他們去了哪，後來柳敏秀傳訊息問歌頌者何時可以看外拍的照片，歌頌者說照片已經修好，跟她約了在黑灣網咖見面。

宋東年想著，歌頌者，李大衛，吳月涵跟柳敏秀，感覺都是跟桃花節或攝影有關，他們得加緊腳步了。

離開柳家時，鐵雄對宋東年說，「距離凶手預告的七天，沒剩幾天了，如果又發生命案，桃林鎮就要炸鍋了。」

他們驅車前往黑灣。

走進黑灣，大白天的裡面黑漆漆，只有每部電腦前的照明像是深海魚類的頭燈，幾個年輕人都戴著耳機，盯著螢幕裡出現的遊戲畫面，雙手不斷操控鍵盤與滑鼠，誰都不理誰，大家只顧埋頭打遊戲。

他們找到了櫃檯人員，是個年輕女孩，宋東年問她昨天有沒有值班，她說有，又問她有沒有看到可疑的男子，櫃檯小妹說：「這些宅男不都長那樣。」

鐵雄說想看一下監視器，女孩帶他們去後面的機房。宋東年跟鐵雄從二十九日下午的錄影開始看，果然在晚上七點五分時，看到長得像柳敏秀的女孩走進黑灣，她站在門邊等候，有個男子走向了她，他們說了句話，一起走出了店外。那個男子高而瘦，寬大的黑色夾克黑色牛仔褲，及肩長髮，戴著棒球帽跟口罩，臉完全看不清楚，可是那身形好熟悉，鐵雄跟宋東年互看了一眼，鐵雄說：「這傢伙，不就是二十五日跟吳月涵相約在咖啡店的人嗎？」

「這個客人常來嗎？」宋東年問櫃檯小妹，小妹說，「不確定耶，但我有點印象，他好像來過。上個禮拜之類的吧，好像也是坐在中間的位置。」

宋東年跟鐵雄把影片倒轉，往回看，他們看了好幾天的錄影，終於在二十五日看到了那個歌頌者，那天也是一身黑，歌頌者六點進入網咖，七點離開。想來，他從網咖離開，就前往距離此處約十分鐘車程的星辰咖啡店跟吳月涵會面也不無可能。而且從身材髮型跟衣著判斷，李大衛跟歌頌者根本可能就是同一個人。

看到歌頌者的影像，宋東年跟鐵雄心情很沉重，因為這表示柳敏秀凶多吉少，唯一可喜的是，他們應該算是看到疑犯的外貌了，可惜無論是李大衛或是歌頌者，都很懂得躲避鏡頭，他沒有露出正面臉部，不知道吳月涵跟柳敏秀為何會與這樣鬼祟的人見面。

「柳敏秀到底被帶到了哪裡？」鐵雄說，「真棘手。桃林鎮說大不大，真要查出一個人卻像是大海撈針啊！」

由鐵雄主導，宋東年組織，縣警局裡多位警員負責的「柳敏秀失蹤案」開始展開調查，與「吳月涵命案」一起偵辦，加派警力在桃林鎮各個果園、樹林、山區，以及轄區的旅館、廢墟等場所，進行徹底搜查。警方也對柳敏秀的鄰居，朋友、同學、老師等進行問話，將C縣轄內與桃林鎮等處有性侵害、殺人、傷害罪、勒贖等前科的人全部清查一次，縣警局還借調鄰近縣市警力協助，大範圍檢查桃林鎮聯外交通與轄區的所有公共場所的監視錄影紀錄，動員所有警力要追查這起少女失蹤案。

6

李海燕正要去高淵的住家附近查問，卻看到網路即時新聞報導，「桃林鎮再度發生少女失蹤事件！凶手預告殺人？」她細看報導，少女柳敏秀十二月二十九日白天出門上課，下課後沒有去補習，到晚上十點都沒有回家，父母聯絡同學好友也都沒有人見到她，當天晚上柳敏秀的父母報警，警方已經擴大協尋，也呼籲民眾提供線索。她心裡一急，就打了電話給宋東年。

她激動地說：「柳敏秀失蹤了，會不會是跟吳月涵命案有關？。」

「不排除這種可能，我們正在積極搜尋。」宋東年說話倉促，感覺正在忙。

「我昨天在群英高中有打聽出一些線索，我想當面跟柳敏秀的父母核對一些事。」李海燕央求著。

「學校方面我們會派人去查。」宋東年說。

「你能不能讓我去問一下柳敏秀的父母，我真的有重要的事想詢問他們，拜託你。」李海燕說。

「到底什麼線索那麼重要？」

「是群英高中以前的一個校友，也是攝影社的，跟李大衛有關，一時我也說不清楚。還是我們一起到現場問問柳敏秀父母。」

「跟李大衛有關？我已經離開柳家了，這樣吧，我等會再過去一趟，你到現場給我打個電話，我來問問能不能通融，不過你可不能亂寫。」

「我只問問題，案子沒破之前我不會寫出任何事。我保證絕不洩露案情。」

柳敏秀家裡已經有警察駐守了，她打電話給宋東年，宋東年說他一會就到，他打了電話跟駐衛警察交代一聲，警察就讓李海燕進屋了。

柳敏秀的父母焦慮不堪，李海燕遞上名片，自我介紹。她問：「請問柳敏秀喜歡攝影嗎？有沒有加入學校的攝影社？」

「她會用手機拍照，但不會用相機，她常當同學的模特兒，跟攝影也算有點關聯。她沒參加攝影社，她是校刊社的。」

「她跟吳月涵認識嗎？」

「也是警察發現敏秀跟吳月涵有認識，我們以前沒特別注意到。」

李海燕正在跟柳家夫妻談話，這時宋東年走進來了。

「柳先生柳太太有聽過敏秀提起高淵這個人嗎？是個攝影家。」李海燕問。

「沒有，沒有聽說過。」柳太太說。柳先生也搖搖頭，說：「他跟我們敏秀失蹤有關嗎？」

「是這樣的，昨天我去拜訪群英高中攝影社的趙老師，詢問她吳月涵的事，她提起吳月涵在網路上認識一個叫李大衛的攝影師，說以前攝影社有個天才學長叫高淵，他的攝影集裡有幾張照片跟李大衛網站上的照片構圖跟氛圍都很像。」李海燕回答。

「趙老師是怎麼把這兩個人聯想在一起的？」宋東年問。

「趙老師是聽吳月涵說很欣賞李大衛的攝影作品，趙老師到他的網站看，看到一張大非樹的照片，覺得很眼熟，就想起以前有個叫高淵的學生很愛攝影，他也拍過大非樹，老師去翻閱高淵的照片，發現這兩張照片構圖幾乎一模一樣，昨天我查看過李大衛的網站，也核對了高淵的照片，兩個人的攝影風格真的有雷同，如果高淵還在桃林鎮，可以找來問問。」李海燕說。

「我再請局裡的人去調高淵的資料。」宋東年又對柳家夫妻說：「我想再去查看一下柳敏秀的房間，看看有沒有什麼我們漏掉的線索。」柳家夫妻點頭表示答應，他們仍驚魂未定，女兒還在失蹤狀態，兩人都心神不寧，柳太太更是焦慮得快崩潰了。

柳家夫妻帶宋東年與李海燕上樓。

柳敏秀的房間就是一般女孩的房間，整理得很整潔，散發淡淡女孩香，她屋裡最多的擺飾是照片，有她的自拍照，也有跟家人、朋友的合影，最顯眼的是一系列加框的照片，看起來出自攝影家之手，其中一張金框掛起來的，應該就是那張得獎照。宋東年打開衣櫥，發現穿衣鏡上也貼了一些照片，其中有一張較小的照片，似乎有一點年代，照片裡的女孩脫俗清麗，在桃花樹海中，仙氣逼人。一般這種賞花照，都很俗麗，可是那張照片，人物與景物彷彿全然融合，少女的肌膚、微笑、長髮，身上的衣著，她輕輕舉起的手，流轉的眼神，感覺有風吹拂著，花瓣像雨似地紛紛灑落，少女伸手去接取飄落的花瓣。宋東年看得全身起雞皮疙瘩，因為那張照片裡的人是丁小泉！他曾見過那樣的丁小泉，想不到有人捕捉了到了相紙上。

「柳敏秀怎麼會有丁小泉的照片？」宋東年驚愕地說。

李海燕全身顫抖無法言語，她沒想到會在多年後看到這樣一幕，那人確實是丁小泉沒有錯，小泉何時拍下這張照片，為什麼照片會在這裡？

「你們見過這張照片嗎？這張照片裡的人不是柳敏秀。」宋東年小心翼翼將照片撕下來，遞給柳太太。

「我一直以為那是敏秀的照片。」柳太太接過照片，柳先生也過去看，「這女孩是丁小泉吧！」柳先生說，「我以前教過丁小泉，我還記得她的模樣，她以前根本就是群英的校花，我們家敏秀只是長相清秀而已。當年我覺得丁小泉將來會變成大明星吧，誰知道後來會變成那樣呢？」柳先生說完，好像想到自己的女兒可能踏上丁小泉的後塵，眼眶一紅，連聲對宋東年說，「宋警官，拜託你，一定要把敏秀找回來，我們桃林鎮不能再有女孩死掉了。」柳太太在一旁開始哭了起來。

宋東年說那些照片他都要帶回警局逐一查驗，柳家夫妻連連點頭，「只要可以找出我們敏秀，要我們做什麼都可以。」柳先生突然又說，他想起確實有過一個叫高淵的學生，臉上有胎記，高二休學後來就沒有消息。

李海燕問柳先生：「高淵是哪一屆的？」柳先生說：「我記得丁小泉死的時候他已經休

學，可能大她兩、三屆吧。」李海燕問柳先生有沒有丁小泉畢業那前後幾屆的畢業紀念冊，她想高淵雖然休學，但是可能團體照裡還是會有他。柳先生說有，「我教書二十年，畢業紀念冊都好好地保留著。我去拿給你看。」他離開臥室到外頭去，李海燕扶著還在哭泣的柳太太，一起下樓到了客廳。

柳先生走下樓，拿出五本畢業紀念冊，是在丁小泉前後的幾屆，宋東年跟李海燕一人一本輪流翻看那幾本紀念冊，想找出跟高淵有關的資料。群英高中一個年級六班，很快就可以查完，宋東年翻閱到其中一本，發現是丁小泉那個學年的，有一張班級合照，應該是運動會之類的活動，丁小泉跟周佳君並肩站著，宋東年指著兩個女孩的照片問柳先生，「這兩個學生你有印象嗎？」

柳先生看了看，說，「一個是丁小泉，另一個是周佳君，我記得啊，大家都記得吧，唉，她們都沒有在群英讀到畢業，周佳君是周富的女兒。我教過她們。」

柳先生突然說：「如果周富是冤枉的，那周佳君就太可憐了。」

宋東年回想，自己有沒有看過一個叫高淵的學生？高淵的臉上有明顯的胎記，應該很好認，翻著翻著，宋東年看到了一個班級團體照，有個男孩的臉上似乎就有胎記，那個胎記形狀奇特，想來這個人應該就是高淵，與同學的合照中，顯得特別高挑，那模樣，宋東年覺得也有可能就是在網吧跟咖啡店看到的那個男子，但也只是身形相似而已，況且，經過了十多年，他也該三十出頭了，當時他們看監視影像，推估男子年紀在二十五到三十之間，但也並不排除年紀更大些。

宋東年跟柳先生借走這本紀念冊，帶回警局細查。

回到警局，鐵雄說：「我查了監視錄影，這個歌頌者走出店裡，人就離開錄像範圍，我們循著四周的商店跟街道的錄像找，都沒有發現，黑灣那邊真的亂，我以為這樣店家都會裝監視器自我保護，沒想到監視器壞的壞，甚至還有很多是裝假的，根本不能用，店裡有錄影設備已經是謝天謝地了。」

小柯也說，這個李大衛還是歌頌者很狡猾，會不斷隱藏變換ＩＰ位置，李大衛的網站、臉書已經移除關閉，歌頌者的ＩＧ也關閉了。

宋東年想，李大衛跟歌頌者應該是同一個人，他們都自稱是攝影師，但目前還無法搜索到這兩人的資料。李大衛的網站跟高淵有所關聯，高淵變成了唯一的線索。他從戶政系統查到了高淵資料，原來他在十八歲那年入了親生父親的戶籍，改名為高岸，他的生父叫作高東亮，宋東年查了一下資料，這個高東亮就是高茂集團的負責人。

宋東年心想，謎團又回到了高茂集團，真奇怪。

他們倆彙整了一下資料，開始調查高茂集團，負責人高東亮現年五十二歲，父親高永松做食品起家，後來開了食品工廠，到高東亮成年時，高茂的食品已經聞名各地。高東亮很有經營頭腦，在高茂工作時，極力地打響品牌知名度，他跟他父親在二十年前就開始大片大片買地，結果後來那些地經過他的整理，都漂亮得不得了，近十年高茂公司逐漸成為橫跨食品與房地產的集團，在縣裡幾個鄉鎮都有分公司。這些簡單的資料，網路上一查就有，高東亮近年來很常上媒體，他長相好，口才佳，滿多人追捧。他是作風很不一樣的一個企業家，擔任自家品牌大使，拍攝許多影片，還在網路上直播介紹自家產品，也拍攝過一些公益廣告，很多想創業的年輕人都把他當偶像。

宋東年請小柯幫忙查詢高岸，小柯從高茂集團的員工名單下手查，查出高岸目前在高茂基金會擔任執行長。鐵雄說，「今天太晚了，明天我們直接去基金會找人吧！」

7

他沒有爸爸，以往他問母親為什麼我沒有爸爸，母親總是鐵青著臉說，不要提起那個人。可是母親雖然嘴上這麼說，有時卻又會哭著說，「你長得最像你爸爸。」母親心情好的時候，會反覆說著她與父親戀愛的過程，母親心情壞的時候，會用飯匙打他的臉，要他罰跪，罰他抄書，即使他功課那麼好，母親還是說他不用功。母親用飯匙拍打他臉上的胎記，說那是魔鬼的記號，拍出他一臉眼淚。

母親用各種藥水、膏藥、祕方，塗抹於胎記之上，無論是刑罰或是膏藥，都不能改變胎記存在的事實。

那個胎記他覺得像一片倒著的楓葉，但是別人都說那是惡魔的臉，孩子們叫他鬼臉，大人也不喜歡跟他親近，連他母親都討厭他的胎記，說就是因為他臉上這個鬼東西，他才會沒有爸爸。自己是個被父親遺棄，被母親憎惡的孩子，沒有快樂的權利，而他的生活裡，也與幸福快樂無緣，家庭貧窮，親人多病，他天資聰穎，卻沒有辦法好好學習，總是在家務跟勞動之間損耗生命，他愛他的母親，可是母親討厭他那張酷似父親的臉，他想對誰付出點什麼，想要與他人有溫暖緊密的連結，但沒有人願意靠近他。

他不是怪物，他自己知道，可是種種如怪物才會有的行徑，開始在他身上發生。他很大了還會尿床，夜裡常被惡夢驚醒，他一激動起來就會自殘，冷靜的時候，心裡有很多黑暗的想法，他會在樹林裡抓昆蟲，用釘子釘住，然後冷靜地將它們解剖，當那樣做的時候，他會感受到一種無法言說的快樂，有生命在他手中掙扎，那些細細的腳爪朝空中撲騰，然後逐漸安靜，進入死亡，讓他覺得自己也可以主宰某些東西，感受到生命力。

但他也會努力抑制那種想要肢解昆蟲的衝動，改成在簿子上繪畫，他將他記得的過程，以極為細膩的方式記錄下來，他發現那些被放大的昆蟲都長有一張很像他的胎記的臉，那是一個只要凝望，就會不停陷落的深淵，他一畫就不能停，越感覺自己迷失在那些如圖騰般的細節裡，直到母親發現，撕毀了他的畫作。

怪物。母親咒罵他。

鬼臉。鄰居的小孩罵他。

沒爸爸的人，難怪沒教養。老師說他。

他孤獨地活到十五歲，直到他擁有了那台照相機。

此後，他有了屬於他自己與世界應對的方式，光與影，黑與暗，他可以捕捉旁人看不到的東西，將之複印在相紙上，逐漸地感光，顯影，他可以任意擺弄，設計，構成，他雙眼所看見的，繁複幽深的世界，某些人的眼睛一輩子都看不見的美或者醜，但是他知道有些事物介於美與醜二者之間，難以形容，但他能夠用相機捕捉，使之顯影於相紙上。

想到這些事，他那雙浸泡在藥水裡的雙手禁不住晃動著，藥水因此搖盪起伏，他從藥水中提起雙手，用旁邊的軟布擦乾，他兩手摀著臉，感受到肌膚的平滑，如今的他，擁有一張完美的臉，這不是夢，是真的，原來世界上還是有某些方法，可以改造他的臉。

即使後來經過手術，他臉上魔鬼的胎記消失了，他依然是個陰暗的人，即使他學會了燦爛的微笑，那也不是真正的笑容。他喜愛暗房裡的一切，那將影像兌現出來的過程，藥水的氣味與屋內特殊的燈光，都讓他感覺安全，彷彿誕生嬰兒的子宮，他不知自己為何會有這般聯想，他其實對於生產或子宮之類的事物全無印象，他只知母親懷他時，根本還是個孩子，母親總是記述著父親的種種好處，說他們是在電影院前相遇，母親那時在戲院前賣花，父親大手筆買下桶子裡全部的花，還給了她很多小費。那是當時小鎮街上唯一的一家電影院，很多人都認得那個賣花的小美女，她時常在戲院前擺攤，向前來看電影的小情侶兜售花束，作為花農的外公將花賣給批發商的收入，也僅夠生活，母親希望藉著這類沿街叫賣賺來零用錢，存起來讓自己上學。不過母親沒來得及存錢上學，就被長相英俊嘴巴又甜的父親在他租來的房間裡占有了身體。母親懷了他，才知道出生於桃林鎮世家的父親沒有與她結婚的意思，母親憤而吃安眠藥自殺，被搶救回來，就在外公家把他生下，獨自撫養，他沒見過父親，直到十二歲，才第一次見到他。

相紙映出的臉，景物，樹，花，天空，飛鳥，黎明，黃昏，枯樹，女人，女孩，小孩，相紙浮現出萬事萬物，看起來都像真的，那是他精心選取出的真實，他在腦中給自己命名為魔術師，他魔術般的手能變換出比真實世界更美麗的相片，也能教人最醜陋的一面叫喚出來。他逐漸成長了，隨著時間增長，他們不再挨餓，不再流離，他與母親之間也產生了一種近似於相依為命的感覺，但那種感情依然建立在他的忠誠之上。

他想著，自己到底是魔術師，還是一個影子呢？

他出生時，外公被朋友慫恿把花田賣掉去做生意，把家產都賠光，外公外婆為了生活，只好到處去打工，他的誕生被視為不祥，給母親娘家帶來了厄運，但外公很疼愛他，他也很乖巧懂事。他中學就會趁著放假去打工，後來外公外婆相繼去世，他十六歲時母親又得了腎臟病，他索性休學，有時一天打兩三份工，還要抽時間帶母親去看病，日子很難熬，每天都覺得筋疲力盡。後來那兩個穿西裝的人來找他們，他才與父親相認，之後他才知道自己有個弟弟，弟弟長相俊美，性格乖戾，但家人非常寵溺，也任由他到處闖禍。

後來他理解到，是因為弟弟罹患精神疾病，父親家族的人才想到要他認祖歸宗。他轉到一所私立高中讀書，功課很好，父親將他與母親安置在市區一棟樓裡，有個可靠的阿姨會來幫忙煮飯打掃，媽媽的病穩定下來了，每到父親來訪的日子，她都很快樂，以前總是對他陰晴不定的母親，變成了一個戀愛中的女人。可是他不快樂，世事變化對他都難以理解，親近的人都有令他畏懼的一面。他那張有著醜陋胎記，有著俊美與醜陋兩面的臉，或許正如他父親與他弟弟甚至是他母親的性格一樣，他們都是無法捉摸，忽起忽落，有著兩張三張甚至更多的面孔。

他或許還是個影子，或許只要一旦成為影子，再多的光也無法打亮他，於是他成為一個捕捉光影的人。

李海燕從柳家離開後，便開車前往高淵以前住的村子打聽消息。

那是位於西南區軍功村後軍巷一排破舊的房子，有很多間空著，有人居住的屋子也大多是老人跟小孩，這一帶算是貧窮區，幾十年的平房，房屋一直沒有改建，滿多都是出租的房屋。她問鄰居記不記得以前有個臉上有胎記的男孩，叫作高淵，他住在哪一戶？鄰居說對高淵有印象，給了她門牌號碼。

李海燕循著門牌找到高淵家，她敲門，沒有回應，破舊的木門一推就開，她走進屋內，發現地上厚厚的塵土，室內塵埃飛揚，屋子已經空很久沒人住了。

李海燕查看屋子，明明知道沒人住，但她想再看一下這個人去樓空的空間，好像這裡會有什麼線索，有什麼過去主人留下的遺跡，甚至，這個屋子會開口，說出原本這家人發生了什麼事。

一層樓的平房，隔成三個空間，浴室跟廁所都是在屋後加蓋的，兩間臥房，一間是通鋪，另一間是單人床，單人床那間房間特別窄，但還擺放了書桌，書桌上有貼著幾張海報，都是多年前興盛的外國電影，早就退色斑駁，可能曾經掛過畫框，因為牆壁有幾處方形明顯的色差，桌上有幾本書。

想來這就是當年高淵住的房間，屋內沒有看到攝影作品，只有留下這些舊書，床鋪擺得整齊，床邊一個小衣櫃，李海燕把衣櫃打開來，裡面只有幾件衣褲。

她開始逐一翻找衣服，翻遍了口袋，在一件牛仔褲口袋翻出一張紙片。看起來是一張奇怪的名片，上面只寫著，鄭永祥，以及一組電話號碼。

高淵的家，名副其實家徒四壁，李海燕又去詢問鄰居，鄰居們表示，高淵沒有父親，與母親和外公外婆相依為命，老人家身體不好，家裡經濟負擔大，高淵時常到外頭去打工，他在一家照相館工作過，她也打聽到照相館的名稱。高淵十五歲時外公外婆相繼去世，十六歲母親也病倒，高淵就辦了休學。一位鄰居說，曾經有台黑色高級轎車開到高淵家附近，有個穿西裝的男人去敲門，西裝男人跟黑色轎車出現了幾次，後來高淵跟他母親就不見了。高淵的老家一直沒有買賣，據說有人長期租下，卻始終沒搬進來，就這樣任其荒廢，保留了下來，鄰居也都覺得奇怪。

李海燕先打那張名片上的電話，可是打了幾次都是空號。

李海燕找到了高淵以前工作的照相館地址，不過等她到了之後，照相館卻變成了火鍋店，她向店員打聽，才知道五年前因為相館生意不佳，改成了火鍋店，老闆還是同一個人。

她耐心向老闆說明自己身分，說自己是來查訪吳月涵命案以及最近的少女失蹤案，她說警方查到以前在照相館工作的高淵可能與此案有關，想詢問高淵的下落。相館老闆姓莊，他聽到高淵的名字，傻了一下，才回答。

「我記得他，高淵這孩子真命苦，他還沒休學前，十五歲就來我們店裡打工了，他臉上有奇怪的胎記，出生後外公家破產，村子裡的人都覺得他是個災星，帶衰家運，人見人怕，我這人鐵齒，不信邪，高淵長得清秀，人又斯文，做事有效率，客人都信任他，連我女兒啊，當時才小學六年級，也都會問他功課，高淵頭腦很好，只可惜休學了。」

「我知道他家境不好，常給他增加時數，但也怕他勞累過度，心裡滿矛盾的。貧賤家族多災難，這是我的想法啦，如果當年他媽沒生病，後來家庭也不會負擔那麼沉重，醫藥費，生活費，光是要活下去就好難，可是高淵從來不抱怨，他那時喜歡攝影，他的第一台相機還是我給他的，現在的孩子誰還會喜歡老式單眼相機啊，我要送我兒子他都不要，可是高淵十五歲學攝影，一下就上手了，他真是個天才啊，真的，他自己摸摸弄弄，我也沒怎麼教，結果拍得比我還好。他拍的照片清奇孤寒，說不上來，那是藝術作品啊，不像我只會拍人像，拍風景。他是一截枯枝，一片流雲，都能拍出淒清，他拍地上掉落的一隻鞋子，也能拍出滄桑，後來我就把他的作品寄去比賽，結果真的得了獎，還拿到五千塊獎金，他好高興，說可以拿回家貼補家用，後來他家人相繼病倒，五千塊根本杯水車薪。得獎後出版了一本攝影集，印量很少，印刷得很簡陋，可是他寶貝得要命。」說到這裡，莊老闆嘆了口氣，繼續說：「高淵有次跟我說，如果我生活在有錢人的家，是不是有機會變成攝影家？我就勸他啊，你家沒有不好，就是因為你人生的坎坷，才造就了你獨特的眼光，不要悲嘆啊，你還年輕，只要有一個獨門手藝，就不愁將來沒飯吃。可是他望著我，眼神空洞悲傷，只是嘆了口氣，就回去默默做自己的事了，那時，他媽老是在醫院治療，外公外婆又因病去世，家裡背了很多債。其實我只是在安慰他，攝影賺不了什麼錢，我也就是幫人洗照片，拍證件照而已。不過我記得，他媽病倒之後，他就變得話很少，有時還會蹺班，漸漸地不像原本那麼認真了，我想他應該是受到太大的打擊，所以變得頹喪了，我也就沒管他，想說讓他休息一下，畢竟他在我這兒做了這麼久，我們也像家人了。沒想到有一天他沒來上班，打電話也不接，就此消失了，連他生病的老媽都從醫院消失了。真的像是人間蒸發那種消失啊，簡直像是變魔術那樣把人變不見了。」

李海燕再追問，「高淵媽媽得的是什麼病？住哪家醫院？」

莊先生回答說：「高淵他媽媽得的是腎病，進出醫院很多次，病倒沒辦法工作，醫藥費加上生活費，家裡能賣的東西都賣光了。我記得他那時都帶媽媽去縣裡的民治醫院。」

李海燕又問：「後來都沒有再聽到他的消息嗎？你有沒有高淵以前的照片，不管是他本人的照片，還是他拍攝的照片，能不能讓我看一下。」

莊先生想了想，他說我去找找，然後上樓去，李海燕環顧四周，小小的火鍋店，感覺生意也不興隆，只是勉強度日吧，想來這家店應該是屬於莊先生的，不然光是這些年桃林鎮的地價上漲，店租恐怕也很驚人，小火鍋現在已經不流行了，莊先生可能是除了照相沖印沒有其他技能，不得已才轉行吧。

莊先生下樓，拿出一個相本，他說這是高淵早期學拍照時留下的作品，高淵的攝影集莊先生一時找不到了，反倒是這本相簿因為被太太收藏起來，所以一下子就找到，莊先生說可以讓李海燕帶回去慢慢研究，「但是一定要還給我啊！這是我太太很寶貴的東西，裡面有很多我女兒的照片。」他說高淵剛學拍照，幫女兒拍了很多獨照，那些照片都是珍貴的回憶。高淵愛攝影，卻不喜歡被拍照，所以沒有留下照片。

離開前，莊先生突然說，「有件事也不知道跟高淵有沒有關係，我女兒幾年前結婚，我們收到一包禮金，有五萬元之多，可是怎麼找都沒找到送禮的人，不過那個禮金袋很特別，我們一直好好收藏著，想說或許將來可以找到送禮的人謝謝他。」莊先生拿出禮金袋，那個袋子是厚磅的紅色紙卡做成，袋子本身就很美，正面燙金，刷出一道線條，背面則是點點燙金，滿布整張紙，這樣的禮金袋還真少見。「五萬塊禮金真是大數目，沒有問收禮的人是誰送來的嗎？」李海燕問。

「收禮金是我小姨幫忙，她只記得是個高瘦的男子，很面生，也沒認出是誰。對方放下禮金，沒說什麼就走了。」莊先生回答。

「那你怎麼會聯想到高淵？」李海燕問。

「記得以前高淵幫我女兒拍照，他總是誇獎她美，說將來她結婚時，一定要包個大紅包給她，我女兒還跟他勾勾手。就是這樣一點聯想，大概是我亂猜，可是我真希望高淵發達了，有能力給我們送紅包了，這樣他的消失才不會讓人悲傷。」

高淵的母親曾在民治醫院治療過腎臟病，李海燕查訪到當時的主治大夫已經離職了，她問到一個資深的護理長，當時還只是個實習護士，專門處理洗腎病患，護理長說她對高淵有印象，他常送他媽媽來洗腎，是個神色匆匆的孩子，好像總是睡不飽似地，「他臉上有胎記，不看胎記的話，長得還滿帥的，他很乖，總是在看書，不過他有點奇怪，老是拿著相機到處拍，曾被工作人員喝斥過，他媽媽不是好照顧的人，有時會發脾氣，一般護士都拿她沒辦法，她總是唉聲嘆氣的，說自己命苦，埋怨孩子不懂事，常常聽到她在罵他，真的是大呼小叫的。其實醫院待久了，什麼樣的家屬沒見過，可是高淵那孩子真的貼心，他以前常帶打工豆漿店的豆漿來給他媽媽喝，有時也會送幾杯給我們喝，那家豆漿很好喝。高淵對誰都是恭恭敬敬的，他幫我拍過一張照片，不過我弄丟了，他拍的照片怎麼說呢，還真有點靈感，他總是說，你不要笑，對著鏡頭就好，我說我會緊張啊，他說，姊姊你本來就是會緊張的人，不需要為了拍照刻意去笑。結果照片一拍出來，哎呀，真的，就像是把我自己都沒見過的樣子都拍出來了，我骨子裡有點憂鬱，家裡環境不好，當護士又累，那陣子我談戀愛也不順利，我看到那張照片啊，覺得把我的心都讀出來了，那時我覺得這個孩子真不是一般人啊。不過後來不知怎地，他就突然不見了，他跟他媽都沒再來過醫院，但是聽說積欠的醫藥費有人幫他一口氣還清了。」

李海燕問：「你記得高淵打工的那家豆漿店叫什麼嗎？」

護理長想了想，「好像是在友愛街，對，就叫友愛豆漿店。」

李海燕心想，這家豆漿店她好像有印象，但那是久遠以前的記憶了，模模糊糊的，她在記憶裡搜尋，逐漸想起，媽媽還沒生病時，常帶她到家附近友愛街一個豆漿店買早餐，那是離她家最近的一條商店街，三層樓老房子，一樓都是商店，豆漿店老闆年紀很大，每天親自製作的豆漿非常美味，價錢也很實在，母親生病後，她每天都去幫媽媽買早點。媽媽最喜歡喝他們的豆漿，還要配上一套燒餅油條跟蛋餅。會是同一家豆漿店嗎？

她離開醫院就去友愛街，才發現豆漿店收掉了，空空的店鋪變成等待拆除改建的房子，她跑去問附近鄰居，鄰居說，「老闆死後店就收掉了，不過他太太跟小孩在市區開了一家豆腐料理店，可以去問問看。」

李海燕開車到市區找到了那家豆腐店，豆腐料理店專賣手工豆漿、豆腐，還有一個小小的攤子賣臭豆腐，店鋪乾淨清爽，還有點文青風格。

料理店老闆是以前老闆的兒子，年紀比李海燕大一些，穿著簡單的白色T恤、牛仔褲跟球鞋，頭髮理得短短的，清爽又有型。李海燕遞上名片，說有事請教，問的當然是當年胎記少年的事，老闆說他記得。

「那男孩叫高淵，我爸都叫他阿淵，他跟我同年，性子很怪，總是悶著頭做事，可能是因為臉上有胎記吧，不太敢直視人，幾乎不說話，我覺得他很孤僻，不過工作很認真。我爸說他命很苦，家裡有個多病的媽媽，脾氣不太好，我們跟高淵是遠親，高淵的外公對我爸有恩，當初他媽病倒，我爸知道了，有送過幾次錢，還讓高淵來我們店裡打工，後來他休學了，就打好幾份工，豆漿店跟照相館兩邊跑。我不是以貌取人，可是高淵真的怪怪的，我聽說他愛拍照，上下班他都帶著相機，那台相機看起來很不錯，也不知道他哪裡弄到的，後來發生過一件事，就是店裡的廁所有人在門板上挖了洞，我爸的徒弟阿德一直說是高淵挖的洞，他說高淵每次看到漂亮女孩子，眼睛都直了。高淵也鬧過一次被路人抓到偷拍的事，其實也不是什麼大事，就是看到美女拍了照，但人家旁邊有男朋友，男朋友不開心，抓住他的相機就要砸，高淵很寶貝他那台相機，就跟人拚命了，鬧到警察都來了，那個美女說高淵偷拍她，才會演變成鬥毆，後來和解了，賠錢了事，可那之後就常有人說高淵偷拍、偷窺，話傳得很難聽。他在我們店裡工作，就是負責點菜，打包，結帳，算是最簡單的工作，我爸可能是想訓練他面對人吧，歡迎光臨，謝謝光臨，結帳收錢，他還不至於做不來，但後來街坊閒話傳得很難聽，高淵來工作就變得很痛苦。所以他後來突然沒來上班，也找不到人的時候，我爸說，或許是我想得太簡單吧，要讓他融入社會，不是那麼簡單的事。但我覺得高淵不是變態，就是那張臉讓他自卑吧。有時我在路上看到某些人，駝著背，縮著臉走路，都會想起高淵，以前我不懂事，也欺負過他，後來我覺得很後悔。」

「高淵離開豆漿店，人突然不見，你們不會擔心嗎？」李海燕問，不知為何，高淵的形象在她記憶裡逐漸甦醒過來了。

「後來我爸去他住的地方找過他，都搬家了，鄰居也說不知道下落。可是我爸知道高淵他媽的祕密，所以沒有太擔心。」

「什麼祕密？」

「高淵是私生子，他媽媽未婚懷孕，被對方拋棄，只好回娘家住，我爸說當時高淵的外公想要上門去理論，後來被對方給了一筆錢轟走了。他媽媽是懷了孩子躲在娘家生的，我爸聽說後來是親生父親把他們母子接走了，就不再找他了。對方好像是有錢人，安置一下他們母子也不是難事，那之後就沒再聽說過高淵的事。」

李海燕終於知道為什麼高淵突然人間蒸發，什麼都查不到，改名入籍，也是常有的事，只要能查到他親生父親是誰，就可以查到下落。

8

高茂集團的大樓是位在火車站附近的商業大樓，高茂基金會位於六樓，推門進入櫃檯，整個辦公室看起來現代感十足，櫃檯小姐身穿運動品牌潮服，感覺整個氣氛都是網路世代的年輕躍動感。

宋東年跟櫃檯小姐出示證件告知來意，想找執行長高岸先生，櫃檯小姐問他們有沒有預約，宋東年說最近有一件案子與高岸先生有點關聯，想請教他一些問題，因為事態緊急，所以沒有先約。櫃檯小姐請他們稍候，她推門走進辦公室，不久後她走出來，說，「執行長今天不在辦公室，你們先跟我們祕書長鄭永祥先生談談。」說完領著他們進入辦公室。

坐在全白色辦公家具後面的，應該就是祕書長鄭永祥了。鄭永祥看來五十出頭，髮際線已經退得很後面，但是面容紅潤，身材保持得很好。

「鄭先生，我叫宋東年，有些事想請教你。」宋東年說。

「有什麼我可以幫得上忙的地方，儘管說。」鄭永祥開口。

「我們是因為一件案子想要請求高岸先生協助，不過櫃檯小姐說沒預約無法跟高先生碰面。」宋東年說。

「我們執行長公務繁忙，也不常進辦公室，確實不好找，我先了解一下狀況，再來幫你們約時間。」

「大忙人，警察約談還要配合他行程嗎？」鐵雄說。

「別這麼說，高先生只是碰巧在忙，一有時間就會協助調查的。請給我點時間好嗎？一定會幫你們約到人。」鄭永祥說。

「沒關係，那有幾件事先請教鄭先生，請問高岸先生是不是很喜歡攝影？」宋東年問。

「攝影？沒有聽說過。平常沒看過他拿相機，連手機拍照都很少。」鄭永祥回答。

「那高岸先生是在十八歲入籍高家的嗎？」宋東年又問。

「不好意思，警察先生，這涉及隱私，我不清楚也不方便回答。」鄭永祥說。

宋東年心想鄭永祥這邊也問不出什麼，還是等到見面時直接問高岸。

離開高茂基金會，宋東年接到李海燕的電話，李海燕說：「我去高淵以前住的地方查過了，那裡已經沒人住了，我在那裡發現了一張名片，是一個叫作鄭永祥的人，不過留下的電話是空號。」她又說：「我還去查了高淵以前工作的照相館，老闆說他很愛拍照，得過攝影獎，還說高淵是單親家庭，家境清寒，母親得了腎病。我又去了高淵以前打工的豆漿店，老闆說，高淵是私生子，後來被他親生父親接走了。」

宋東年心裡一驚，他回李海燕說：「高淵的下落我們已經找到了，他後來被高茂集團的負責人高東亮接回去認祖歸宗，他是高東亮的私生子，入籍後改名叫高岸，現在是高茂基金會執行長，我們也剛去過高茂基金會找人，但沒見到高岸。」他接著說：「那個名片上的鄭永祥，我們去基金會的時候見到了。他說會幫我們跟高岸約時間。」

掛上電話宋東年跟鐵雄說，「這個李海燕滿機靈的，高淵這條線就是她找出來的，她說去查了高淵老家，也查到了鄭永祥，還查到高淵是私生子的事，她好像很善於取得人們的信任，才到桃林鎮幾天，已經搜查到許多關鍵資料，或許可以跟她一起合作，說不定會有不一樣的線索。」

鐵雄覺得這點子不錯，「不過得要求她簽切結書，保證在案子偵破前不許透露案情，也不得向他人公開她的報導，警局可以暫時以顧問的名義讓她加入調查。不然你約她出來我們一起吃個飯，跟她談談合作的事，也讓她把切結書簽一下，我們跟她交換一下情報。」

宋東年打電話給李海燕，他說：「我跟雄哥有個建議，看你願不願意用民間顧問的方式加入調查，不過希望你可以向我們保證絕對不會在破案前透露消息，也不能提早寫出任何報導。」李海燕連忙說好，寫切結書也沒問題，她只想幫忙破案。他們三人就約好在警局附近餐館吃飯。

宋東年看見李海燕從車上走下來，她微笑著向他走來，他心裡一陣激動，說不清楚那是什麼感覺，只能說，她的笑容跟丁小泉真的好像。

這間餐館賣的是桃林鎮的知名豆腐料理，雖然是街邊小館，但餓了一整天，吃什麼都香。他們邊吃邊討論案情。

李海燕說明她去高淵老家看到的情況，以及照相館老闆和豆漿店老闆提供的關於高淵的身世，宋東年跟李海燕說他們目前調查的一些進度，透露了桃花案丁小泉嘴裡被插著桃花的細節，給她看在廢墟找到的猴子塗鴉與留言。他還說他檢查周富家的照片時，發現周富女兒房間的櫃子上有一個嘴巴被縫起來的猴子玩偶，宋東年把猴子塗鴉跟玩偶的照片給李海燕看，他說因為這些特徵，他跟鐵雄推測這三個案子很可能是同一個人所為，凶手的犯案特徵與「三不猿」有關。他描述他們在網咖看到的歌頌者的模樣，宋東年懷疑那個人就是李大衛，他的特徵是身材高瘦，每次出現都穿著黑衣黑褲，戴著帽子墨鏡跟口罩，一頭凌亂的長髮，把臉遮得幾乎看不見。

李海燕努力掩飾自己的震驚。丁小泉的嘴裡含著桃花，自己的櫃子上放著猴子玩偶，這些都是她不知道的事，然而宋東年說出的每一個線索，都可以把這三個案子連繫在一起，這些是連續殺人案，凶手的做案手法跟三不猿有關，基本上警方已經推翻了她爸爸是凶手的事，李海燕內心激動不已，但她不能表現出來，父親真的是清白的，李海燕好悔恨，自己當初為什麼不願意相信他。

「這麼說來，李大衛跟歌頌者可能就是同一個人，這些案子都跟三不猿有關。」李海燕說。

「現在凶手最明顯的做案手法就是三不猿的特點。李大衛跟歌頌者相似度極高。我很確定這就是連續殺人案。」宋東年說。

「如果這是連續殺人，那麼柳敏秀恐怕有生命危險了。」李海燕說。

「目前嫌疑最大的就是李大衛，而高岸的照片跟李大衛的網站有什麼關聯，這是我們目前最亟需查明的。」鐵雄說，「就等鄭永祥幫我們跟高岸約時間見面了。」

吃飯時，鐵雄問了李海燕許多事，問她哪裡人，當記者幾年，結婚沒？宋東年幫李海燕緩頰，李海燕才發現這頓飯局是來摸她底的，他們邀請她以民間顧問的身分加入案件的辦理，但他們最後還是想要起她的底，套她話，她心想，只要他們認真調查，很快就會查出她就是當年嫌犯周富的女兒。

鐵雄與宋東年雖是辦案拍檔，個性卻極度不同，鐵雄做事圓滑，人面也廣，有老刑警到處吃得開的特質，宋東年的個性卻難以捉摸，他本來應該是一個勤奮聰敏的好警察吧，如今他發現丁小泉的命案另有真凶，心情一定很複雜吧。她想到自己當年若是肯付出現在的一半努力，或許早就可以幫助父親洗刷冤屈，然而，當年他們畢竟才是十六、七歲的青少年，他們怎麼可能有能力找出真凶？

他們三人都知道柳敏秀非常可能被殺害吳月涵的人綁走了，時間越來越急迫，他們決定分頭行動，加緊腳步。

9

清晨，李海燕正在混亂的夢境裡，突然床頭的電話響起，她昏沉中拿起電話，但沒有人說話。「喂？喂？」李海燕說，卻沒有聽到回答，她又問了幾聲，電話裡都沒有回應，沉默持續了一會，她突然想起辦公室的那通電話，她聽見了沉重呼吸的聲音，她趕緊掛掉了電話。李海燕心臟怦怦急跳，是打錯電話？還是惡作劇？她打電話到櫃檯詢問，是誰打來找她？櫃檯人員說剛才有個男人打電話到旅館，他報出李海燕名字與房號，櫃檯就幫他轉接，她再問那人聽起來幾歲，聲音如何？櫃檯人員說感覺是個年輕男人，聲音低低的。

那人到底是誰？為什麼連她住的旅館房號都知道？

她住什麼旅館幾號房，她連阿姨都沒說過，不可能有人知道，想到這裡她害怕了起來，有人在暗中觀察她，從她在辦公室時接到的怪電話，直到現在飯店不出聲的電話，這是同一人所為嗎？她以前一直以為是跟父親的案子有關，如今，她到桃林查訪，又接到不出聲的電話，打電話的人是誰？她一點頭緒也沒有。她躺了一下，怕歸怕，還是要做事，她用冷水潑臉，不能慌，不能怕，她感覺恐慌又發作，但被她按捺下來了。她仔細洗臉化妝，開始上網查詢資料。還有很多事要做，得一件一件慢慢來。

李海燕搭電梯下樓，才剛到門外，就接到宋東年的電話，他說，「我們還是晚了一步。柳敏秀死了。」李海燕腦子轟地一聲，一時不知如何作答，「屍體是在大非樹下找到的，柳敏秀的耳朵被人用黏土封住了。我們等一下去大非樹那邊碰面。」宋東年的聲音聽來很沮喪。

掛掉電話李海燕聽見自己巨大的心跳聲，第三個凶殺案的發生，她更加確定當年父親是冤枉的，這不是模仿犯，而是從最初就有個凶手，他以可怕的手法綁架少女，並且加以殺害，桃花塞嘴，樹葉遮眼，黏土封耳，這是他的簽名。

問題是，凶手是誰？如果是同一人所為，這中間十多年，他去了哪？

冬天的大非樹，樹葉全落，光禿禿的樹幹彷彿一個擁有無數手臂的怪物，人們來此申冤訴願的布條掛了滿樹，而今，那些枯瘦如老人手臂的枝幹上，張掛著柳敏秀的衣物，大非樹高大，獨立在坡地上非常醒目，一望即知那些衣物都是柳敏秀的，白色上衣，黑色裙子，長統襪，黑皮鞋，柳敏秀的內衣褲都是粉色的，內褲上還有彩色的圖案，那些衣物像是聖誕樹上的吊飾，少女的衣物，申冤者的字條，每一件東西都讓人感到怵目驚心，而其中最令人毛骨悚然的，當然就是躺臥在樹底下的屍體。

赤裸的少女，從遠處看，彷彿一個放大的洋娃娃，白皙的身體，黑色的長髮，雙手放在身體兩側，掌心朝天，李海燕不自覺流出了眼淚，就開始哭個不停，太慘了，最後他們還是沒能阻止凶手殺人。李海燕顫抖著身體，從悲傷轉為憤怒，到底是誰非得這樣殺人不可？此時此刻比為父親翻案更重要的，是得把那個人找出來，必須停止這樣的殺戮。要立刻停止。

柳敏秀的父母也趕來認屍，現場亂糟糟的，李海燕感覺現場的細節一直在增加，或許因為凶手變得熟練了，也或許，還有其他原因。

刑警與鑑識科人員逐一清查現場，收集跡證，李海燕放大所有感官，好像要把現場可以感受到的線索全都印在腦中。封鎖線外，有很多圍觀的群眾，李海燕想著，凶手有沒有可能回到現場？她環顧四周，圍觀的人越來越多，幸好他們都在封鎖線外，看不到屍體的狀態。但連續死掉兩個少女，桃林鎮現在恐怕是人心惶惶了。

李海燕用手機小心拍下了圍觀的人，她巡視周遭，真的無法判斷誰可疑，早先她推敲過，十四年後再度犯案，衣服被掛得那麼高，凶手不可能太老，且以他做案的手法、棄屍地點，以及擺設屍體的方式推測，應該是年輕或壯年人所為。

她企圖尋找三十到四十五歲左右歲的男人，不過圍觀者中，二十歲左右的年輕人居多，再來就是五、六十歲的大媽大叔，也有老爺爺老奶奶，當中兩個較符合剖析的人，她都逐一拍下。

她走到外頭遠離人群，好像看到遠處有人在樹下，那人身穿黑色外套跟黑長褲，頭髮長而亂，戴著墨鏡跟口罩，他的衣著跟身形，不就像宋東年所描述的李大衛嗎？她回頭大喊宋東年，然後跑到那棵樹下，只見四周一片草地，沒有看到那人一丁點影子，她懷疑自己眼花了，但不久她又聽見窸窣聲，她轉頭，看見他站在一處農田邊的樹籬，離她有點距離，那個男子面對著她，她看不清他的長相，她啟動全身細胞與所有感官，她要將他所有一切印在腦子裡，她舉起手機想拍照，這時候，黑衣男子突然對她比了一個開槍的動作，李海燕被他的動作嚇住了，她想起那通辦公室的電話，想到早上的無聲電話，有人知道她回到桃林鎮，而那個人，難道是與兩件命案有關的嫌疑人嗎？她突然腦袋一片空白，感覺自己快要昏倒了，她正想抬起腿來，去追趕黑衣男子，但她全身麻痺，無法動彈，這時她看到宋東年來到她面前，她一臉驚恐，宋東年問她怎麼了，她努力挪動身體，指向樹籬的方向，她說，「我好像看到李大衛了。」說完她腿一軟就昏倒了。

10

李海燕的臉看起來蒼白驚恐，她好像無法移動身體，也不能講話，宋東年只能順著她的目光與手指緩慢移動的方向看去，那時他已經知道她看到什麼了，可能是重回現場的嫌犯，當她努力說完「我好像看到李大衛了」這句話時，李海燕突然暈倒，整個人身體朝他這邊倒下，他不得已只好伸手抱住她。他不知道自己是怎麼回事，突然就把昏倒的李海燕抱起來，開始沒命地跑，起初他以為自己是要去追黑衣男子，後來才發現自己口中大喊著，「救她，快救救她。」

這時鐵雄跟另一個同事衝過來，他才停下腳步，他在眾人的注視中，驚覺到自己竟然把昏倒的李海燕當作丁小泉，他自己都覺得莫名其妙，好像遇到這個女記者後，有很多記憶被召喚出來了，讓他失常，這並不是件好事，可能有礙辦案。他請另一名同事幫忙叫救護車，他把李海燕安置在一旁，拿警車上的毛毯把她稍微包裹著，他聽見李海燕喃喃說著什麼，聽起來像是在說爸爸對不起。

沒多久，宋東年轉身被鐵雄喊走了，鐵雄說現場還有很多工作要做，局裡現在鬧烘烘的，電話響不停，剛才分局長還打電話給他，說連續兩起命案了，上頭下達命令要他們七天限期破案，局長說，中間如果再有死人，大家就別想放假。

現場沒有採到指紋，凶刀隨意扔在一旁，這把刀跟殺死吳月涵的凶刀是同一品牌，但是款式不太一樣，這或許可以查出來源。現場也沒發現有氯仿的手帕，不知道是凶手帶走了，還是這次做案手法不同。

可以確定的是，這是三不猿的意象，除了樹上掛物，黏土封耳，應該還會有第三隻猴子的線索，但是在哪呢？宋東年繼續翻找，他要查的東西就只有一個，用各種形式摀住耳朵的猴子，鑑識人員將大非樹上所有的物品跟布條全部取下帶回去鑑識，宋東年環顧四周，這兒荒僻，附近也沒有人家，大老遠跑來這裡棄屍，意味著什麼呢？宋東年想，之前知道吳月涵喜歡來大非樹拍照，他們已經來看過現場，莫非凶手這是在愚弄他們，他想起之前看到的那張關於周富的布條，難道是凶手跟周富有關嗎？

他去檢查柳敏秀的物品，書包裡有幾本書和一本筆記本，他翻找筆記本，發現其中有一頁，畫著一隻以手掩耳的猴子，這隻猴子的畫風跟廢墟的塗鴉風格很像，圖畫旁有一行字，以鏡像字寫著，「長夜盡頭，必然有光」。

「他媽的，這個變態到底想用這些猴子傳達什麼？」鐵雄說。

「李海燕說她好像看到李大衛了。你覺得李海燕是看到了嫌犯嗎？」宋東年說。

鐵雄說：「這得問她才會知道了。」

宋東年到醫院去看李海燕，現實裡發生的事一件比一件急迫，先是吳月涵，現在又有一個女孩被殺了，他們在大非樹下發現了柳敏秀的屍體，李海燕在現場看見了李大衛，她暈倒了，宋東年不知道自己為什麼想都沒想就抱起李海燕開始求救，他感覺那一瞬間，他看到的是倒在地上的丁小泉，他真正想要救的是垂死的丁小泉。

當年丁小泉失蹤時，丁國柱押著他到處去找，他們找遍了兩人約會過的地方，找遍了他們根本沒去過的地方，他們用竹竿在草叢裡翻，在地上敲，他們打開每一間廢棄的農舍，翻遍沒人居住的房子，可以找的地方都找過了，但是都沒有看到丁小泉。他心裡越來越慌，丁國柱的眼睛紅得像狼，嘴裡髒話不斷，他一生氣，就踹宋東年兩腳，宋東年幾乎是跛著走路，是丁國柱的親友硬架著他，逼著他一起去找人，其實不用架著他，即使跌斷腿他也會去尋找丁小泉啊，可是他們找不到，那一天兩夜他幾乎都沒有睡覺，他們一群人像瘋了一樣，翻遍了桃林鎮。

那兩天好漫長也好短暫，每隔一段時間，就會有人傳來消息，都是壞消息，沒有，沒有，什麼都沒有。

等找到的時候，丁小泉已經死了。

救救她！請救救她！

宋東年曾在許多個夜晚，喊著這句話醒來，夢裡他找到了丁小泉，她臉上有傷，可是還有氣息，她還有救。

救救她！

多年後宋東年想到自己抱著李海燕喊出這句話，他感覺胸口被人重捶了一拳，那是一句他當年沒有辦法喊出聲的話語，多年後卻脫口而出。

起初李海燕只是個讓他覺得反感的記者，他是為了還鐵雄人情才去跟她見面，但隨著時間過去，她發現了高淵這條線索，他邀請她加入偵查，他一直感覺李海燕身上有一股力量拉扯著他，後來他知道了，是因為李海燕笑起來跟丁小泉很像，她說話的方式，她微笑的樣子，都讓他感到熟悉，好像會隨時將他帶入時間的縫隙，讓他跌入回憶裡。

「我得保護她」，他感覺或許她會遭遇危險，如果她看到凶手，或許凶手的下一個目標就是她，一種說不出來的恐懼感在他心裡盤旋，等到他在醫院看到她，她躺在病床上打點滴，她一臉蒼白，彷彿已經死去，他就像要發瘋似地感到害怕。

他要保護她，如果她出了事，他一定會悔恨不已。

11

少女時代，周佳君有很多夢想，她自小就喜歡看書，後來喜歡畫畫，寫文章，再後來，她參加了合唱團，班上有個很美的女孩，不知為何選上她當好朋友。自此，她的生活就變成帶著柔柔霧光的甜蜜時光，那時母親還在，父親還很正常，她唯一小小的遺憾，就是偷偷喜歡上好朋友的男友，可是即使連這樣的遺憾，也變得很幸福，因為好友總是帶著她和男友一起出去，她好像可以同時擁有兩個最喜歡的人。

她在十六歲時，突然變成了一個殺人犯的女兒，殺人者是她的父親，而死者是她的好友，再怎樣的惡夢，也比不過真實人生的巨變，她每天醒來，都懷疑自己做了惡夢，可是走出家門，看到門上的噴漆，就會知道，那是真實發生的。

身上流著殺人魔的血液，是什麼感覺？會變得如何？自己該何去何從？

她起初不相信父親殺人，但有時她會感到猶豫，因為母親死後，父親確實變得很奇怪，父親變成了她幾乎不認得的人了，母親好像奪走了他的魂魄，父親變成行屍走肉，一點也不愛她。

行屍走肉會殺人嗎？從來沒打罵過她的父親，有可能去殺一個少女嗎？

但她沒有太多時間思考這些問題，因為每天光是要求生，都顯得很困難，可是父親是好人還是壞人，這個問題很重大，這會根本動搖到她人生的信念。

很久以後，她才知道自己當時對父親的懷疑，其實是一種憤怒，為什麼母親死了，就把自己放棄？為什麼不能為了她，好好活下去？這些憤怒，轉化為一種對抗式的放棄，但或許是這種放棄的心態，讓她存活了下來，她改名換姓，到遠方城市從頭開始，如果不是對父親有這種情緒，恐怕根本做不到。

可是生命裡沒有解答的問題，終究是問題，她努力活到可以自立，成為一個提問的人，恐怕，最終也是因為，她將會逼問自己這個問題，父親是善是惡？自己是善是惡？若惡行會遺傳，該怎麼辦？有沒有可能，自己身上流著殺人犯的血液，但可以成為一個善良的好人？那麼她是不是需要贖罪？可是罪行已經發生，該如何償還？

每次她寫文章的時候，都在思考這些問題，或許，她努力思考，奮力書寫，也是一種靠近罪行的方式，而理解罪行，是她所知的，最接近贖罪的方法。

李海燕醒來時，人在醫院急診室打點滴，她記得昏倒前看到了疑似李大衛的男人，卻不知道自己為何昏倒？她醒來就看到了宋東年。

「你昏倒前說了很多奇怪的話，你還記得嗎？」宋東年問她。原來是來問案情，她還以為他是在關心她，原來是自己一廂情願的想法。

「我好像看到李大衛了。」她說。

「那個人什麼模樣？」他說。

「他穿一件黑色羽絨外套，黑色長褲，他頭髮留得滿長的，快到肩膀那種亂亂的髮型，戴著墨鏡跟口罩。身材高瘦，肩膀很寬。」她說。

「聽起來穿著打扮跟身材確實很像。」

「我還說了什麼？」

「你說了跟爸爸有關的話，但我沒聽清楚。」

李海燕聽到這裡，心裡很慌，一時不知如何回答，只好說，「我不知道我為什麼那樣說，可能是那個黑衣男子看著我，然後對我比了一個開槍的手勢，我突然嚇到了。」李海燕頓了一下，她跟宋東年說，今天早上在飯店接到了無聲電話，不知道誰打的，她感覺有人在跟蹤她，有人盯著她。

「無聲電話？怎麼回事？為什麼覺得有人跟蹤。」宋東年問。

李海燕不能對宋東年說有人打電話給她，說知道她是周佳君的事。但早上的無聲電話還是可以說，她心裡有種莫名的恐懼感，「我問過飯店的人，有人指名道姓找我，是個年輕男人，他還知道我的房間號碼。這真的很怪，我沒有對任何人提起過我住哪，家人跟報社都不知道。」

「我看這案子你先不要跟了，有什麼新發現，我再跟你說。」宋東年說。

「可是嫌犯的目標不是少女嗎？我都三十了，不在他目標範圍。我真的很想參與查案。」李海燕說。

「但你今天看到他了，他開槍的動作表示他也看到了你，你到處採訪，可能已經被盯上了，或許打電話給你的人就是那個黑衣人，你現在可能有危險。」宋東年激動地說。

李海燕點點頭，她確實感受到黑衣男子與她對視時的恐怖，但令她驚恐的是，她很清楚知道，那個男子不只在觀察現場，他也在觀察她，她回想起自己如何小心拍照，如何走到旁邊，她那時隱隱就感覺有人在看她，這種感覺令人發毛，實際上這幾年她常有類似的感覺，有人在偷偷觀察著她，再加上那些奇怪的電話，她不禁又感到恐慌，可惜沒有拍到他的照片，無法讓宋東年核對那人是不是李大衛。李海燕突然覺得全身發冷，一種說不上來的感覺，兩個多月前，她有次在去報社的捷運上，感覺有人注視著她，可是她四下搜尋，卻沒看到有誰在看她，那時有個男人用雜誌擋著臉，那時她沒多想，現在回想起來，那男子身材粗壯，跟她看到的李大衛差距頗大。殺害少女的嫌犯怎麼可能幾個月前就會盯上她呢？會不會是自己多心？

宋東年離開後，李海燕休息了一下準備離開醫院，她上網搜尋了一下附近的飯店跟民宿，出院後一定得換地方住才行。她左思右想，也不知道住在哪兒比較好，李大衛為什麼會認出她？他對她有什麼意圖？她不知道，但宋東年感覺她有危險，她也感覺自己被什麼人盯上了。這時宋東年打電話來說，「我想了很久，我覺得你現在有危險，換了飯店，就怕還是會被李大衛查出來，你應該趕快離開桃林，如果你想要留下來，你可以先住到我家去，我們的公寓管理員是退休警察，我會請他多注意，你要外出的話，我再派人跟著你，這樣比較安全。」宋東年說話的語氣充滿擔憂，「你考慮一下，如果想到我家去，我請隊上的同事小陳去接你，你回旅館收拾行李，動作要快，離開的時候留意有沒有被跟蹤，我會叫小陳先帶你去吃點東西，你們多在外面繞一下，再回到我家去，鑰匙我也會交給他，你在屋裡待著盡量別出來，等我回去商量一下對策。」

李海燕沒想到宋東年會如此提議，但她答應了，因為目前沒有其他更好的選擇，或許有人真的暗中在觀察她，無論那人是不是凶手，她都得小心防範。

小陳來接她，她回旅館收拾，他們去超市買了毛巾牙刷等日用品，小陳帶她去吃飯，她才想起一整天只喝了咖啡，或許就是因為這樣才暈倒的。宋東年的住處是公寓四樓，小陳帶她進屋，把鑰匙給了她。兩房一廳一廚一衛的小公寓，屋子雖然不大，卻很整潔。

「宋哥交代，說讓你睡客房。櫃子裡有乾淨的床單棉被可以換，你還有沒有需要什麼我去幫你買。」小陳帶她走到客房，又說：「你盡量少外出，要去哪都可以打電話跟我說，我會陪你去。」

小陳走後，李海燕把行李放妥，走到客廳跟廚房，這個小公寓東西很少，看起來像是隨時都可以搬走，感覺他在家的時間很少，對生活要求也不高，吧台有咖啡機跟咖啡豆，設備一應俱全，櫃子裡有很多酒，大多都是威士忌。

她四下走看。牆上沒有掛畫，也沒有裝飾。

一張四人餐桌靠窗，轉頭就可以看到窗外，李海燕在餐桌上打開筆記型電腦，拿出筆記本，將這幾天的手記拿出來看，她仔細核對手機裡的照片跟紙本上的筆記，然後逐一謄寫進電腦裡的檔案。她有種奇妙的錯覺，她好像已經在這個簡單的屋子裡生活過了，為什麼會有這樣的感覺，她也不知道。

這張桌子好像也是宋東年用來工作的，因為長方桌旁邊堆了一些書籍，她偷看了一下那些書的書脊，有幾本是關於符號的書，也有一本桃林鎮文史工作室編輯的桃林鎮發展史，另外還有一大疊影印資料。

回到桃林之後發生的一切都像謎一樣，李海燕將這幾天在桃林鎮發生的事整理一下，她回想到早上看見的屍體，柳敏秀那彷彿熟睡的表情非常觸動她，好像與生前睡著時無異，卻又有著陰陽兩隔的差異。她記得父親死去時，他們去監獄領屍，父親因為是上吊自殺，頭部腫大得很厲害，眼睛外凸，舌頭下垂，可說死狀悽慘，她那時嚇壞了，首先是沒料到父親會自殺，況且眼前那個屍體與父親實在相差太大，父親在母親死後因為酗酒，臉色已經很糟，可那死屍全無他的任何特質，好像死亡將他所擁有的全部都拿走了，他的性格，他的愛，他的生命力，全都歸零，餘下的那具肉體，被解剖研究，父親死於自縊，沒有太多爭議，她想起爸爸最後書信裡寫著的話，「佳君要好好長大，爸爸對不起你」。她牢記的父親，他的心早已隨著母親而逝，究竟是母親帶走了父親，或者是父親隨母親而去，已經無法分辨，重點是，父親是含冤而死的，她無法想像父親是多麼孤獨與絕望，才選擇了自殺。

她上網搜尋新聞，網路上沸沸揚揚都在討論「桃林鎮連環殺手」，接連的命案證實桃林鎮可能有一個連續殺人狂，鎮上的居民都開始擔心自己未成年的女兒，不讓她們單獨出門，警方擴大臨檢，也開始針對黑灣網咖、廢墟、大非樹，以及年輕人較常出沒的拍照景點進行詳查。

丁小泉家住在桃林鎮市區偏西南邊，跟李海燕小時候的住家離得不算近，但上下課可以搭同一班公車。吳月涵家與柳敏秀家都住在桃林鎮東區，那也是比較貴的地段，靠近市中心商業區。她在想三個案件的共同點，都是十六歲花漾少女，都是群英高中的學生，在桃林鎮因某種原因小有名氣，兩個是桃花大使，另一個則擔任桃花節攝影的模特兒，所以這三人的共通點就是她們是半公眾人物，吸引很多人注目，美貌，年輕，還有呢？與桃花節相關的特點是什麼，李海燕想了很久，桃花是桃林鎮的特色，觀光景點一大半都是跟桃花節相關，有人想破壞桃花節嗎？是為了抵制這個活動嗎？

相同點都是十六歲少女，刀刺傷，頸部勒痕，最重要的還是那個三不猿的象徵，嘴中的桃花，眼皮上黏貼樹葉，耳朵封著黏土，還有猴子的塗鴉與玩偶，凶手要表達些什麼？非禮勿言，非禮勿視，非禮勿聽？這個三不猿的意義簡單易懂，用在謀殺案上，為的是什麼？警告別人非禮勿動？凶手所謂的禮，又是什麼禮？如果還有一個非禮勿動，那是不是代表還會有第四件案子？

宋東年認出她了嗎？李海燕知道宋東年讓她住進他家，一定是查覺到她身上某些異樣，她也不想逃避，或許她也等著宋東年找出答案，可以拯救她於祕密之中，如果宋東年找到凶手，也知道她是周佳君，那麼或許，她就可以找回自己的名字。可是，她還是周佳君嗎？她已經分不清楚了。

12

法醫說柳敏秀身上有七處刀傷，脖子有勒痕，但不是致命傷，缺血性休克是致死原因，死亡時間不超過十二小時，正確時間還要再詳細檢驗。三個女孩的死因類似，刀傷部位雖然不同，卻都是致命原因。

鑑識報告也出來了，屍體上沒有查到指紋，柳敏秀的衣物也沒有採到任何可用的微物證據，棄屍現場血跡不多，很明顯不是做案現場。三起案子都是一樣的模式，在他處犯案，然後在另一個地點棄屍。

「三個案子現場條件幾乎都一樣，很明顯凶手非常細心冷靜，對於鑑識工作也有概念，現場可以處理到這麼乾淨，一定是準備得很周詳，先在他處殺害，然後清洗屍體，運屍，布置現場，這些都不是小工程，需要車，需要道具，你看大非樹附近的坡地，連車痕鞋印都被清理得很乾淨，可能還有其他幫手。」宋東年說。

鐵雄沒好氣地說：「對，凶手很冷靜，這凶手搞不好還是天才呢，知道這些有什麼用，對於找嫌疑犯沒幫助。」

「不管多麼縝密的計劃，總會有破綻。」宋東年說。

「查案都沒時間了，你還有心思把妹。」鐵雄說道。

宋東年這才知道鐵雄是因為他安置李海燕到家裡住的事不高興。

「我是真的擔心她的安危，沒有把妹的意思。李大衛不但看見她，還對她比出開槍的手勢，她說早上在旅館還接到無聲電話，這個時機點太敏感，我擔心她恐怕會遇到危險。」

「話不是這麼說，她畢竟是記者，這傳出去不好聽，對破案也沒幫助。況且，咖啡店的人跟網咖小妹也看到李大衛啦，看過李大衛的人都住到你家去，你家還不擠爆？」

「我有我的考量。」

「你是不是覺得李海燕長得跟丁小泉很像，可是我要提醒你，三個受害者長得都是那樣子，長成那樣的女孩還有很多，你應該關心的是吳月涵跟柳敏秀，而不是三十歲的李海燕，我們的凶手對老女人沒興趣。」

「這很難講，等悲劇發生就來不及了。」

「挖靠，小子，你該不會是看上那女記者了吧！」

「跟你講不通。」

「隊上光要應付記者跟接電話就已經忙翻了，誰有時間去顧你的女人。你把小陳給我叫回來。」

13

在宋東年的屋子裡，李海燕的心逐漸沉澱下來，柳敏秀命案把她正在追查的一切都打亂了，命案發生後，她在現場看到了疑似李大衛的人，但那個人到底是誰，卻無法查知。她心想還是要回到高淵這條線索，先找到李大衛到底是誰。

那天宋東年說，高淵是高東亮的私生子，入籍高家後變成了高岸，現在變成了執行長，他們到基金會找人，卻沒見到高岸。這一切聽來真不可思議，高淵這個人似乎充滿傳奇，他年輕時那麼困苦，臉上還有醜陋的胎記，一直被人嘲笑，後來卻完全變成一個人生勝利組。李海燕在網路上搜尋高岸的資料，他年輕有為，意氣風發，照片裡的他非常帥氣挺拔，難以跟那個有胎記的少年聯想在一起，看著高岸的照片，李海燕覺得他的外型有點像李大衛，可是想起父親曾經遭到冤枉，李海燕不想妄下論斷。

宋東年提議讓李海燕以民間顧問的身分加入調查小組，他告訴她猴子塗鴉跟玩偶等三不猿的線索，她才知道父親其實是冤枉的，宋東年為了保護她，還讓她住到家裡來，但李海燕有事沒有辦法對宋東年坦白，其實那天豆腐店的老闆不只說了高淵是私生子的祕密，還說了一件跟她有關的事。

那天，她問豆腐店老闆說：「你還記得當年的桃花案吧？你覺得高淵喜歡丁小泉嗎？」

「桃花案，這事桃林鎮誰不知道。那時我們群英高中的男孩子，都很迷丁小泉，她大概是桃林鎮最漂亮的女孩了，高淵如果喜歡她，也不令人意外，但我沒聽過他提起丁小泉，說真的，一次也沒有，我感覺他喜歡的是另一個女孩子。」

「是誰？」李海燕問。

「有個女孩常幫她媽來買豆漿，一個很秀氣的女孩子，高淵每次看到她，臉就紅到天邊去，可是儘管臉紅，高淵還會跟她攀談，高淵這人從來不跟客人說話，連一句謝謝說出口都像是唸台詞，可是那時我看到高淵常跟那個女孩子聊天，雖然也只是幾句話啦，可是那對高淵來說就是破天荒，而且他還會對她微笑呢，他那種失常真是誰都看得出來，高淵一定是喜歡她，我都看在眼裡。那個女孩很文靜，也是愛低頭不說話那種的，我也滿喜歡的，她常跟丁小泉在一起，家裡有個桃花林。丁小泉不就死在那個桃花林嗎？那時大家傳得沸沸揚揚的，說周家女兒把丁小泉帶回家，才被酒鬼周富玷汙了。可是我那時就在想，他們一家人我也見過，周富是很和氣的一個男人，非常愛他老婆小孩，老婆病死後才突然變得瘋瘋癲癲，我爸當年就說周富是被冤枉的，如果我爸還活著，看到後來案情的發展，一定會說他早就知道周富是冤枉的。」

當時李海燕頓時傻住，她隱約記得那家豆漿店有個男孩子，常在櫃檯前幫忙，男孩老是低著頭，但有時她在一旁等，會發現男孩盯著她瞧。這個男孩做事時習慣皺著眉頭，他有著薄薄的嘴唇，狹長的眼睛。男孩的臉突然在她腦海裡映現出來，他的臉上有一塊紅色的胎記。

這個男孩就是高淵嗎？

高淵曾經喜歡過自己？

國高中時代，從沒人追求過她，在丁小泉身旁，她既渺小又安全，男孩都只看小泉不會注意她，她心有所屬，不需要其他人關注。

好多記憶都混亂了，李海燕努力回想著，她正在追查的這些往事，早就被她自己摧毀，回憶碎成片段藏匿在記憶裡，她自己幾乎都無法編年記述，但她現在回想著豆腐店老闆的話，突然喚起了她的回憶。

男孩每天機械性地問候她，今天好嗎？她也機械性地回答，很好，謝謝你。

如今回想，那些機械性的問候，其實是男孩羞怯的搭訕。

第四部

霧中之臉

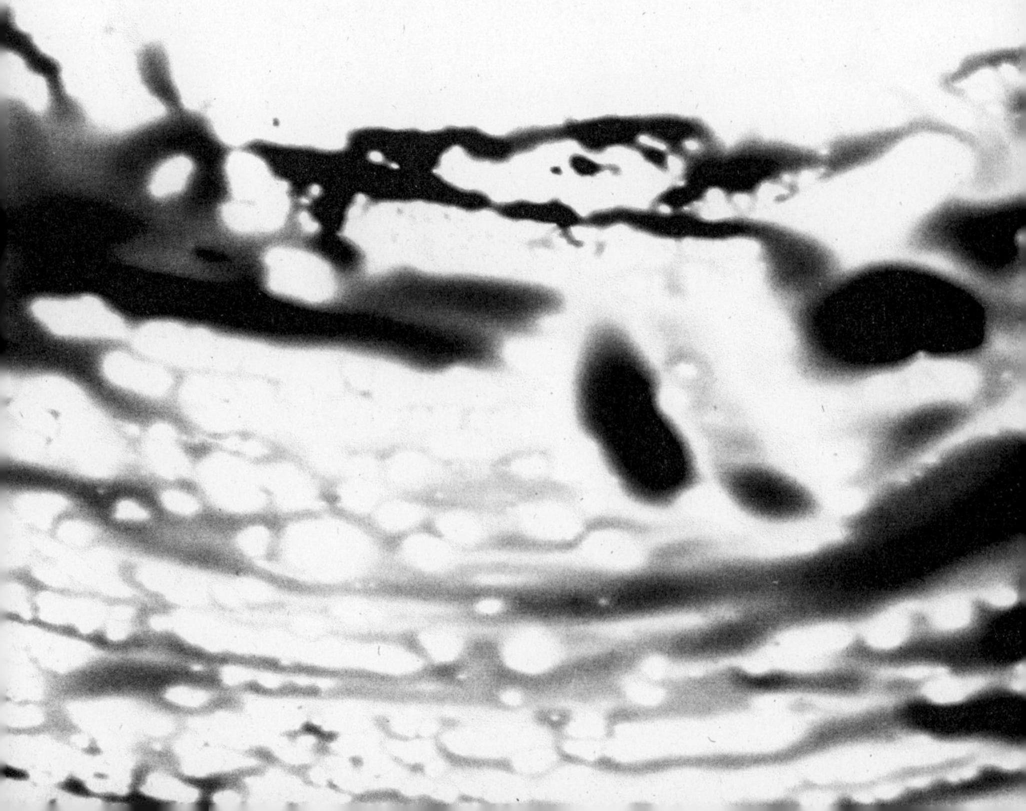

1

丁小泉知道自己長得美，但美貌為她帶來的除了讚美，還有父親長期的教訓，以及永無止盡的管教。她長得一張瓜子臉，飽滿的額頭，濃密的黑髮，濃眉大眼都遺傳自媽媽，高挺的鼻子遺傳自爸爸，唯有小巧的嘴嘟嘟的，據說是奶奶的遺傳。她個子很高，一雙腿長而筆直，跑起來像鹿一樣，可是爸爸總是說，她是拴不住的野馬。父母離婚後，爸爸把她管得更嚴，小時候上下課，都是爸爸接送，風雨無阻，後來上了中學可以騎單車，她想騎單車上學，等到國二才買了單車，跟鄰居的姊姊一起出發。上了高中，學校遠，得走一段路去搭公車，那一小段路爸爸不放心她自己走，總是要接送。

以前她很不耐煩這些接接送送的，她感覺自己長大了，可以單獨出入，自己上下課，桃林鎮是個小地方，大家都認識彼此，沒有壞人，只是她年紀漸大，跟她搭訕的男孩越來越多，爸爸就越來越焦慮。她不怕這些人，那個誰誰誰她都是認識的，她房間的牆上貼著明星海報，她覺得自己距離那些明星，還遠得很。

起初她心裡對戀愛一點概念也沒有，沒開竅吧，她只喜歡唱歌跳舞，喜歡所有一切會發光的事物，她功課普通，學習很慢，她最喜歡的是合唱團練歌的時刻，什麼歌曲她一聽就會，跳舞也是，她筋骨特別柔軟，記舞步的時候腦子變得很靈巧，但爸爸不喜歡她學跳舞，感覺女孩子學跳舞就是搔首弄姿，怕要引人誤會。她知道為什麼爸爸愛她，卻又把她像犯人一樣管著，因為她的親生母親跟男人跑了，爸爸總是說，你這個長相沒有好好保護自己將來就會是禍害。她的衣著打扮都是經過父親嚴格審查過的，想要一些女孩子氣的漂亮衣服根本不可能，或許因為從小就被這樣教導，即使有很多男孩寫情書給她，用各種方式追求她，她也不感覺到特別驕傲或快樂，她寧可像好友周佳君那樣，樸素清麗，明明就是個好看的女孩，卻一點也不會引起騷動，不會有人把她當犯人一樣管著。

她最喜歡周佳君，她做什麼事都是輕輕柔柔的，講話也是，好像一隻很容易受到驚嚇的小鳥，特別惹人憐愛。丁小泉感覺自己就像男孩子似地疼愛著周佳君，小泉是獨生女，很渴望有個妹妹或姊姊，周佳君就正好可以當她的妹妹。

丁小泉總是在唱歌，因為唱歌會讓她感到自由，丁小泉老是坐不住，所以功課不好，她覺得胸口像是有團火在燒，總是想要再自由一點，再輕盈一點，她什麼都想要再多一點。讓她安靜下來，她會感到窒息。

丁小泉開始跟宋東年談戀愛時，她感覺自己的世界都改變了，她從來不知道自己可以愛一個人愛得那麼深，他們兩個人在一起的時候，可以無話不談，也可以什麼話都不用講，他們好像天生就適合，不管一起做什麼，都會很快樂。丁小泉發育得早，身體早已豐滿成熟，宋東年第一次吻她，她感覺身體好像要破裂一樣，有什麼奇妙的東西在改變，她日日夜夜都在想念他，身體心理產生的渴望自己都不知道該怎麼辦？

她在深夜溜出家門，真不知道被爸爸抓到，會怎麼樣被處罰？可是她不顧不管，腦子像要融化那樣，只想要跟宋東年見面，或許父親管得越嚴，她越想要自由，每次她從家裡溜出去，到約定的小巷子跟宋東年見面，一路上她與奮又緊張，快樂又迷惘，宋東年騎車載她，到處晃盪，他們想找個安全的地方，隱密地約會。她多希望自己已經長大成年，可以跟宋東年光明正大地交往。

一切隱密與隱匿的事物，都會引發更多的想望，不能見面的時候，他們渴望彼此渴望得心都痛了，那些親密的時光，一點也不像大人講得那麼骯髒，那是丁小泉生命裡最美好的時刻，一直盤踞在她心裡的孤獨感，唯有在兩人緊緊擁抱時，才得以消散。有時她會激動地哭出聲音來，她不知道愛情可以這麼美好，他們之間發生的一切又快又急，每天每天都在改變她的生命。

她不知道那一次夜裡從家裡跑出去，會是她人生最後一次的出逃。有一輛車突然擋在她面前，她頓了一下反應不過來，有個男人走下車，朝她走來，她直覺應該立刻趕快逃走，可是她卻害怕得全身無法動彈，她想要大叫，可是又覺得不能喊叫，否則父親會知道她偷偷出去，她還來不及多想，那人已經來到面前，用一個東西蓋住了她的口鼻，她立刻就昏過去了。

死前時刻，她遭受了很多傷害，承受無比的驚恐，到最後一刻，她都不明白到底為了什麼有人要殺她，斷氣之前，她努力張大眼睛，想要貪看她熱愛過的世界再多一眼。她好想見到宋東年，她知道他一定急壞了，有一個人把她看得比自己的性命還要重要，她可以感受身體逐漸變冷，自己即將要死了，宋東年以後要怎麼辦？大家一定都會怪他，沒有人能夠幫他辯解。一切都是她自願的，不是宋東年的錯。她腦中快速閃過很多人生片段，大部分都是與宋東年的親密時光，當死亡來臨，她腦子裡想的都是自己所愛的人，他會在黑夜裡尋找她，他會為她而哭泣，可是他們再也無法相見了。丁小泉突然理解到，再也不能見到所愛的人，就是死亡。

2

十六歲的吳月涵喜歡攝影，以前她學畫畫，學鋼琴，都是爸媽的要求，可是攝影是她自己想要學的，她非常沉迷。

她家境算寬裕，想要上課，買器材或設備，父母都願意給錢，有男同學笑她，長得那麼漂亮長大當模特兒就好，學什麼攝影，她癟癟嘴，不以為然。一般女生都想當明星，可是她想成為攝影家。

她當選了桃花節大使，但那對她沒什麼意義，倒是父母很開心，她上了地方媒體，被拍了很多照片，她趁機也去拍了參加公益活動的現場，有攝影大哥看到她帶照相機，都稱讚她有文青氣息，她心想，才不是那樣，可是她也不回嘴，或許她愛上攝影就是因為她可以將時間凝凍起來，不必開口說明。

她在網路上認識的那個網友，是個攝影天才，天才這種事，吳月涵可以感覺到，她自己身上沒有，可是她可以辨認。

許多男生追求她，她卻只跟一個男生走得近，她並不愛他，只是覺得有個男生朋友，爸媽就會安心讓她出門，因為陸建安是父母認可的男孩，他膽子小，根本不敢對她有非分之想。

吳月涵非常積極，想做什麼立刻去做，她幾乎過著想要什麼都有的生活，對生命充滿喜悅與滿足，可是那個攝影師出現後，她發現世上有她極力追求卻不可得的東西，她的生活出現了騷動，她有點沉迷他詩意的語言、俊美的外表，她花很多時間跟他寫信，傳訊息，她研究他的作品，想要擁有如他那樣的技術，她私心還想過，如果她可以當他的女朋友，就可以隨時跟他一起，可以親眼看見他展現天分與才能，甚至可以從他身上偷走那些才華。

十六歲的吳月涵，感覺自己是個老靈魂，她喜歡廢墟、碉堡、危樓、破公園，她覺得所有一切被棄置、停放、被邊緣化的空間，都充滿想像力。她喜歡看那些植物爬藤慢慢把一個廢建築侵蝕，她喜歡看到些衣著破舊的無家者攜帶著全部家當躲在一個地方，好像隨處都是家，她喜歡公園那邊有個斷手的男人，他斑駁的臉上有著想要復仇的決心。那些她都拍下了。

當她被刀子刺中身體時，她第一瞬間出現的，竟然是想要拿出相機的衝動。時間停止了，痛與怕也靜止了，如果她用相機將此時攝下，能否暫停生命的倒數計時呢？她不知道，她按不了暫停鍵。

真相來得很快，她都來不及後悔，還是她沒有後悔？這已經無可考了，自己本來簡單順遂的人生走到了如此境地，她想父母一定會怨她，為什麼偏偏選擇那些黑暗、危險的地方去？她想，性格導致命運，在她身上，算是應驗了。

死前最後一刻，她心中所有對世界，對家人，對於生命的熱愛，在瞬間爆炸，她感覺自己好後悔，她想要平靜看待死的到來，可是她做不到，她從昏迷中醒來，就知道自己死期已至，彷彿這樣的事曾經發生過，她想起來了，李大衛給她看過的照片中，有張女孩閉眼的臉，她本以為那個女孩在沉睡，以為那是擺拍，不過死前一瞬她懂了，那個女孩死掉了。

3

柳敏秀的少女生活裡，保持美麗是一件重要的事。她每天早晨起床第一件事，就是到浴室認真地梳洗，她會花費很長的時間，在梳妝檯上細心地保養，她的皮膚很好，但因為過於薄透，有時會容易敏感泛紅，同學都說那是蘋果肌，很漂亮，不過她對於這種敏感肌感到頭痛，因為她幾乎不能曬太陽。有點光敏感的她，一曬太陽就會臉紅臉癢，身體上被曬到的部位都會發癢泛紅，回家後她就得花心思鎮定肌膚，減少泛紅。當同學都在太陽下上體育課，全身汗水痛快淋漓時，她卻得小心翼翼維持她的白皙。

她大概六歲的時候在電視上看到模特兒走秀，就一心想成為模特兒，她介意自己過於細長的眼睛，化妝時會貼雙眼皮，戴瞳孔放大片，她在網路上學習彩妝達人的化妝技術，可以將眼睛畫得又大又亮，儘管那樣變得不太像她自己，可是很漂亮，漂亮就是王道，她心想。當她成為模特兒，被專業攝影師拍照，照片還得獎時，她感到很光榮，感覺距離自己兒時看到伸展台上的模特兒，越來越近了。

她這麼迷戀時裝、穿搭、美容化妝，父母似乎有點擔心，當老師的父親對於她的名模夢不以為然，母親倒是還好，零用錢給得很夠，她買衣服或什麼的媽媽還會讚美她很有品味。街坊鄰居都知道有她這麼個愛美的女孩，大家也習慣地都稱讚她美，有些鄰居男生喜歡她，她都知道，不過這些對於少女的她來說，只是些錦上添花的讚美，她期待的，是更大、更遠、更美好的夢，可惜這個夢不太具體，直到她認識網路上那個人。那人懂得好多啊，他給柳敏秀看的照片，那些漂亮得像精靈的女孩照片，給了她很多靈感，他說現在國際上流行像她這種東方氣息的美女，而她正是走在時代尖端的美人，她臉蛋小巧，五官細緻，「厭世感」他這麼說，「高級臉」他給她的臉下一個定義，充滿厭世感的高級臉。她感到陶醉，儘管那是什麼意思她並不確知，可是被他讚美之後，她就不再貼雙眼皮了，她愛惜自己的單眼皮，愛惜她這張臉上所有細節，但是厭世感，這個不知要如何保持，「你只要好好做你自己」那人說，這個她會。

後來的柳敏秀變得與往日有些稍許不同，她維持著一張刻意對人冷淡的臉，喜怒漸漸不形於色，父母以為她是有什麼不開心的事，旁人對她也開始小心翼翼，但確實好像更增添了她的魅力，她夢想著透過更冷峻的表情，更淡泊的神色，讓自己的美更上一層樓，而她都還來不及看到自己蛻變成最美的模樣，來不及看到自己在那個人對她描述的那個更大的舞台上，展露她最特別的一面，她的生命便來到了盡頭。她想像自己會在一次雜誌封面，或一次伸展台甚或一部電影，某個無法抹滅的地方，她的臉會呈現在那之上，向世人展現，留下她的名字，所謂的魔術時光，就是這樣吧！但她不知道自己將會被人如此記憶著，某椿連續殺人事件，第三起受害者，她的臉出現在報紙頭條，是以命案受害者的身分，她將成為一具屍體，被人們牢牢地記住。

4

宋東年思考著高岸與高茂集團以及命案的關聯，一開始是因為李海燕從趙老師那裡查到，李大衛網站上有幾張照片和高淵的攝影集風格非常相似，沒想到一查下去，高淵竟然變成了高東亮的長子高岸。之前因為李海燕的提示，他們去查過荷塘月色的興建過程，就是買地養地，漸漸發展起來，完全合法，至於溺死的小孩，也沒有其他證據可以證明死因有異，只是這些事都圍繞著高茂集團，確實也讓人起疑。

宋東年一直在思考那些神祕的字句，屍體上的布置，雙手的位置，以及整齊擺放的鞋子，彷彿在懺悔。對，是在懺悔的動作，但，是凶手心有悔意嗎？狂亂殺人後，心中不安，所以將屍體洗淨，頭髮梳攏，雙手擺正，這一切舉動都帶著溫柔與悔意，那麼，凶手是容易暴怒卻會在事後後悔的人嗎？他普查桃林鎮有前科，尤其是以暴力犯罪入獄的男人，年齡在二十五到四十五之間，特別是曾經猥褻少女、強姦未遂或暴露狂這類妨礙風化前科的人，他想到凶手對於屍體的處理方式，似乎希望隱蔽，但又能讓人發現，以免屍體被動物咬囓或棄屍太久開始腐爛，宋東年腦子轉啊轉，像走進了迷宮。小柯幫他比對犯罪資料庫，列出一些可疑的人，宋東年派警員一一查訪。

宋東年看著高淵的攝影集，比對著李大衛網站的截圖，心想一本十多年前的攝影集，發行量那麼少，看過的人有幾個？為什麼會有人來拿盜圖做網站呢？那幾張照片風格真的很相似，可是細看又有些不同。

他在警局裡，頻繁進出資料室，一會要小柯查這，一會查那，又跟小柯問了很多事，局裡小柯是個怪咖，他幾乎不跟人說話，整天望著電腦打鍵盤。他偏偏就對宋東年有好感，宋東年要他幫忙他從不拒絕。小柯智商超高，但坐不住，身體動來動去，要他安靜一分鐘都不可能。

小柯以前是電腦駭客，駭進去銀行劫走了一筆錢，但又還回去了，這種事反反覆覆做了好幾次，他對辦案的警察說，「我只是要證明銀行系統根本不堪一擊。我對那些錢沒興趣。」小柯的駭客天分後來被警政單位吸收，變成約聘人員，專門處理網路犯罪，算是將功抵過吧，他在對付詐騙集團這一塊上特別專長。

小柯神祕兮兮地對宋東年跟鐵雄說：「我在PTT上找到一些有趣的爆料。」

宋東年問他：「什麼爆料這麼有趣？」

小柯說：「有鄉民說自己做了一個夢，夢見跟一個集團小開約會，結果在飯店被小開性侵，還差點被勒死。下面大家七嘴八舌討論，有人問說是不是某食品公司的集團小開？爆料的人沒說，但那人又加碼爆料，說那個小開曾經住過精神病院。大家就在討論是食品公司集團哪一個小開，要提醒大家小心，討論了一大串，後來就歪樓了。」

鐵雄問：「你有查出是哪個集團小開嗎？」

小柯說：「我猜就是高茂集團，因為後來我又查到一條八卦，有人說自己曾經在精神病院工作，曾經見過一個集團少東在病房裡勒護士的脖子。這條八卦沒什麼人跟，但那個爆料者後來又說，那個少東很神祕，有精神病史，因為腦子有病所以都沒有在集團裡工作。如果指的是高茂集團，沒在集團工作的少東就是高岸的弟弟高樹。」

宋東年說：「攝影集見過的人很少，但是如果是高樹盜用了自己哥哥的攝影集來製作網站，那就說得通了。」

鐵雄說：「那這個高樹我們也要見一下。」

鐵雄說他要繼續去柳敏秀棄屍地點附近查監視錄影，大非樹所在的山坡雖然荒涼，但入山處只有兩條路線，沿路還是可以找到監視器，鐵雄是老派警察，對於查看監視畫面很執著，尤其在命案找不到嫌犯，證據又缺少的狀況下，大規模調閱監視器是唯一的辦法。過去也有不少案子是調出監視器畫面仔細盤查後破案的，鐵雄帶領幾個員警負責監看，自從吳月涵案發生以來，除了在外查案，很多時間鐵雄都在看監視錄像，他認為畫面裡一定有可用的線索，只是需要耗費時間。「肯找就有機會。」鐵雄總是這麼說，這是他的名言。

鐵雄看宋東年雙眼通紅，就叫他回去休息一下。

「那我先回家一趟。」宋東年說。

「小宋啊，我叫小柯查一下李海燕，你不反對吧！」鐵雄說。

「我幹嘛反對，就查一下吧。我也想知道她的來歷。」宋東年說。

宋東年回到家，看到李海燕把頭髮梳成馬尾，在餐桌上用筆電工作，她一臉素顏，穿著簡單的運動服，像是剛跑完步回家，像是等一會他們就會一起在沙發上看電視，像是這個女人已經在他屋裡生活很久了。宋東年為自己這些想法感到不可思議，他根本不太認識這個女人，那種熟悉的感覺從何處而來，他與她之間有著無能對鐵雄說明的連結。宋東年認為自己不是因為李海燕漂亮就被她吸引，那天李海燕昏倒時，勾起了他的創傷，原因可能非常複雜，他一時還無法釐清，小陳把李海燕接到他家之後，他心情才平靜下來，他知道回憶是回憶，現實跟回憶不一樣。

電話響起，宋東年講完電話，李海燕問他，「查到什麼線索了嗎？」宋東年說：「雄哥說他比對監視錄影紀錄，離柳敏秀棄屍現場稍遠的地方有個急轉彎路口，因為常發生車禍有安裝監視設備，他看了前後兩天的車輛紀錄，發現有一台黑色休旅車很可疑，但車牌無法完全辨識，小柯從符合的車號跟車型去查，結果發現和高茂集團名下的一部公司用車高度符合。」

宋東年接著說：「這只是第一步，但至少接近了一點，線索都指向了高茂集團。」

李海燕說，「我也查了很多高茂集團的資訊，高岸的照片看起來跟我看到的李大衛有點像，可是以身材來說，高岸還是更高大一些，我看到的李大衛，雖然穿著大外套，但感覺非常瘦，但我不能確定，可能還是要看到本人才知道。」

李海燕問他要不要喝咖啡，宋東年說好。看她熟門熟路在廚房吧台忙碌的背影，這畫面他像是看過，是像前妻嗎？但前妻個性急躁，在廚房總是手忙腳亂，可是李海燕磨豆子、煮咖啡，每一個動作都像是熟習千百次，行雲流水，她提起手用手沖壺沖泡咖啡的姿勢優雅，她的手很穩，緩慢地畫圈，水流注下的聲音，穩定均勻，他不自覺倒在沙發上睡著了。

他夢見了桃花樹下的少女，他走過去看那少女，他伸手想去碰觸少女的臉，那張臉好熟悉，但不是丁小泉，少女被他碰觸過之後，突然睜開了眼睛，少女望著他，問他，你是誰？宋東年一時間啞口無言，自己好像迷失在什麼地方了，他感覺心裡有個空晃的聲音在迴盪，少女若無其事地拍拍塵土站起來了，宋東年也起身，女孩對他微笑，說，我找你很久了。

宋東年感覺內心如鼓，咚咚咚的撞擊聲很響，他發現少女長得很像李海燕，少女的胸口在流血，鮮血像小溪，蔓延了身體，這樣下去會死掉的，宋東年胸口一緊，他抱住了少女，他低頭，發現自己抱住的人是李海燕。他就醒過來了。

他不知道自己睡了多久，醒來時發現天已經亮了，他發現李海燕在廚房的餐桌上發呆，眼睛紅紅的像是哭過了。

「你怎麼了？」宋東年急切問她。他站起身來走向她，她總是牽動著他的情緒，所有事都亂套了，他感覺自己腦子裡有很多東西在滾動著，往事、記憶、曾經的痛苦、悔恨、孤獨以及長期的自我封閉，所有感覺都混成一團，他為自己打造的圍牆似乎逐漸倒塌了。

「想起了一些事。」她說，「或許有一天你會恨我。」她低聲地說。

「為什麼我要恨你？」宋東年問。

「人們總會恨我的。」李海燕輕聲地說。

宋東年突然拉住她的手，她的掌心溫潤，像是要融化一樣。

「我好混亂。」宋東年痛苦地說著。

李海燕低下頭，沒有回答，也沒有反駁，就好像她知道他的混亂，根本沒有解答。

屋裡好靜好靜，像是那些突然在黑暗中醒來的時刻，他聽見自己的心跳，呼吸，牆上掛鐘低頻的跳動，這樣的時刻，他好像會變得特別脆弱。接連發生的詭異命案，東奔西找還是找不到嫌疑犯，疲憊與沮喪以及某種複雜的情緒在他心中滾攪，讓他不自覺流下了眼淚。他任淚水滴落，也不想去擦，他不知道自己為什麼哭，也不知道為什麼是她掀動了他的回憶，他累了，他喃喃地說，「我好累。太多人死掉了，沒有道理，想不出原因，破不了案子，都是我的錯。」

李海燕任由他抓著她的手，什麼話也沒有說。宋東年將李海燕拉到身邊來，突然擁抱著她，「你一定要很安全，不能再出事了。」宋東年像是溺水的人想要抓住一根浮木，「不能再出人命了。」宋東年緊緊抱著李海燕，彷彿這樣做，就不會有任何人來傷害她。

李海燕忍不住也抱緊宋東年，他就將她抱得更緊些，那擁抱如此急切，如此溫暖，像被人接住了，荒蕪人世裡，女孩們一個接一個被殺死了，這是怎樣的世界呢？為什麼邪惡籠罩小鎮，侵襲他的故鄉，為什麼他就像老鼠一樣在圈子裡跑個不停，他好累好累，他的生命支離破碎，他依靠著不斷地追捕犯人，讓自己有生存下去的動力，可是那樣的生活好空洞，孤獨就像保護他的外套，可是那件外套充滿了破洞，他的眼淚無聲地流下來，他感覺李海燕也在哭，他想跟她說別哭了，我會保護你的，但是他沒有說，他想著，「這樣就好，安靜待在我懷裡」，這樣就好，就這麼多待一會，「讓我知道我還會為誰感到心臟激烈的跳動，想要好好地活著」，他什麼都沒說，他像要把她揉進身體裡那樣抱著她，感覺她小小的臉貼在他胸口。她有一張非常潔淨的臉，細緻的五官，他想起她的笑容，想起她寫筆記的樣子好專注，想著每次她走過來，她走路的樣子非常好看，他曾經看得失了神，他想起他們一起吃飯，鐵雄問她許多事，她有時會思考好久才回答，那些停頓的時刻，她臉上會有一種微妙的表情。他很想低下頭，把她的臉再看得清楚一點，漫長時間以來，他幾乎沒有好好看過一個女人，他會仔細端詳的都是死者，他活在關於死亡的世界裡，可是這樣的擁抱好溫暖，可以將他從那永遠掙脫不了的黑暗裡拉出來，他想伸手去揉一揉她的頭髮，李海燕的長髮細柔，有時披散下來，有時會綁成馬尾，而無論是哪個髮型都很好看。是啊，她是個好看的女人，他還想要更仔細地看看她。

「我是周富的女兒。」李海燕低聲地說。

「我是周佳君。」她又說了一次。

他的腦子靜靜地爆炸了。

5

他與母親被安置在一棟房子裡，父親偶而會來看他們，大部分的事都是永叔幫忙處理，他過去想要的東西如今都擁有了，難以想像不久前他跟母親還在為了房租煩惱，為了積欠醫藥費而憂愁。永叔帶他跟母親上街去購物，起初他還怯怯地什麼都不敢要，但是母親在百貨公司裡逛得很高興，永叔人很體貼，好像都知道他們缺什麼，新家裝潢精美，家電俱全，看起來好像什麼都不缺了。

「隔幾天有個聚餐，需要買些正式的衣服。多試穿，合適的就買。」永叔說。

後來的日子，他時常想起那一天，在專櫃小姐服務下，母親試穿一套又一套美麗的衣衫，在鏡子前，母親好像變了一個人，不，母親或許本來就是這麼美，所以父親當時才會看上她。

他也去男裝部試穿西裝，他個子高大，都快一百八十公分了，他聞到那些衣服都有一種特殊的味道，這些都是他從來不知道的事，記憶裡他很少穿新衣，即使買了新衣，也沒有這種香氣。

那一天他們採購了好多衣服跟鞋子，滿滿的購物袋在車後座堆得很高，他突然感覺到，這或許也是要成為父親兒子的一個過程，表示他本來是不夠格的，所有的一切，都得更新，包括他的名字。改名的事，永叔跟他商量了很久，說高岸是祖父親自取的，感覺也很適合他，他沒有拒絕，因為凡事也不由得他決定，高岸與高淵，正如天堂與地獄，對他來說是極好的寫照。

第一次家族聚會，是祖父的生日壽宴，赴宴前有個阿姨來幫他跟母親化妝，阿姨慎重地在他的胎記上抹上遮瑕膏，阿姨化妝技術很好，把胎記蓋得幾乎看不見，他很驚訝看見自己沒有胎記的臉，吃驚於這世間還有這樣的魔法，母親為何從來不幫他遮蓋？如果早一點發現遮瑕膏這種東西，他的人生是不是會少受很多苦？

宴席在一家看起來很高級的餐廳舉辦，永叔帶著他一桌一桌去打招呼，宴席上一桌是家人，一桌是親友，另外兩桌是公司主管與合作廠商。母親沒有被帶去敬酒，而是單獨坐在親友桌。

家人那一桌看起來像散發一種逼人的光，永叔帶他到父親身邊，逐一跟爺爺奶奶叔叔阿姨問好，他把事先準備好的禮物拿給爺爺，爺爺給了他一個紅包。奶奶說，「長得這麼俊，好像我們家東亮年輕的時候，早就該接回來了。」滿桌人都笑了。父親拉椅子要他坐下，拍一拍他的肩，又摸摸他臉頰，笑說，「西裝很好看，這樣才像我兒子。」他終於鬆了一口氣。他旁邊空了一個位置，不知道是誰的。

宴席到半途，有一個人走進來了。那人來勢洶洶，半點也沒有為遲到道歉，他一到就大呼小叫，「路上塞車，塞死人了，小李開車技術有夠爛。好熱，有沒有冰啤酒！」

那個人又瘦又高，蒼白的面容非常英俊，穿著一身白色西裝，短短的頭髮抓得很有型，他剛坐下又站起來，「好熱！到底有沒有開冷氣啊？」

「你個性浮躁，當然會熱！」爸爸說，「這個是你哥，叫哥哥。」爸爸撫著他的肩膀。弟弟說，「這人哪來的？我幹嘛叫他哥。」爸爸罵了一聲，「對哥哥這麼沒禮貌。先去跟爺爺問好。」弟弟抓抓頭髮，「好啦！讓我喝口水。」

永叔出來打圓場，拿著一杯冰水走過來，先給弟弟喝下，弟弟咕嚕嚕喝了一大口水，好像終於才涼爽了，就走過去跟爺爺問安。爺爺愛憐地摸了他的臉，「我們阿樹熱壞了啊，叫他們冷氣開強一點。」爺爺旁邊的阿姨讓了坐，弟弟就坐那個位置上。

宴席上他都不敢說話，感覺時間好漫長，菜一道一道上，隔一會就要去敬酒。他很擔心母親被冷落，有時轉頭過去看，母親穿得那麼美麗，看起來顯得好年輕，但沒有人去跟她說話。可是母親一直笑笑地看著他，對他點點頭，握了一下拳頭，表示要他加油。

令人緊繃又疲勞的餐宴終於結束，弟弟並沒有對他開口。弟弟的眼神讓人打心底不舒服，說不上來為什麼，那是一雙好看的大眼睛，可是卻總是瞪著什麼似地，有時又好像陷入空茫，他胡亂用筷子撥弄盤子裡的菜，彷彿那些根本不值得去吃，他一直在喝酒，爺爺對他說什麼，他就笑，笑起來也是很邪氣。

可是弟弟跟他長得很像，倘若他沒有胎記，他感覺自己是比弟弟更好看的，因為弟弟臉頰消瘦，眼睛裡有血絲。但弟弟那雙眼睛裡閃著奇異的火光。

那樣的火光，他在拍照的時候，一定也閃現過。

後來他在洗手間遇到他弟弟。他在一旁尿尿，弟弟站在洗手台一直洗手，水流嘩啦啦，洗了一次又一次。弟弟突然低吼著，「吵死人了。你能不能等我弄完再上。髒！」也不知道是不是對著他講話，可是廁所裡只有他一個人。

弟弟又不耐地砸嘴，低聲碎唸著什麼，「髒死了，真是髒死了。」他一直反覆洗手，彷彿手上真的有多髒。

聽著小便滴落在尿斗的聲音，他突然有種快意，想著只要這些聲音就會讓那個弟弟發狂，他突然覺得很高興。弟弟擁有他夢想中的一切，錦衣，華服，美食，掌聲，爺爺奶奶的寵溺，眾人的呵護，卻是一個會被小便聲音激怒的淺薄的人，他的感受很複雜，但至少不再是害怕。

弟弟衝過來的時候，他有感覺到背後有影子，很快就躲開了，弟弟撲個空，撞上了小便斗，就大叫了一聲「幹！」，像是遇到了鬼。想來弟弟就是怕髒，卻讓他撲上了他覺得最髒的東西。

他暢快地吹了聲口哨，然後推開門走出去。

後來永叔告訴他很多弟弟的事，弟弟頭腦有些問題，一生氣會做出奇怪的事，但弟弟生氣的時候比不生氣的時候多。

弟弟會虐待狗，家裡以前有隻博美，後來被弟弟勒死了，弟弟一直說他只是在跟狗玩，可是狗死了。後來家裡又養了幾隻狗，時常會突然受傷，各種傷勢都像是人為，弟弟還曾經拿美工刀劃傷狗背，都掀掉一層皮了，弟弟還說，他只是想試試看刀子利不利。

阿永叔叔私下告訴他，爺爺奶奶很寵愛弟弟，他媽媽也是對他呵護備至，弟弟的壞脾氣到處發作，會毆打服務生，打員工，打司機，爸爸就不讓他出現在公開的活動裡，派了一個保鑣成天跟著。弟弟在私立高中讀書，也差點因為跟同學打架被退學，永叔說，「你爸就是覺得讓你弟接班可能不行，所以把你接回來。你要爭氣。」

滿十八歲時父親讓他考了駕照，會開車之後，父親給他的第一項任務就是接送他弟弟，弟弟時常逃學，總是到處閒晃，一晃就會出事。父親信任他，把一輛很好的車子給他開，他發現自己非常喜歡駕駛汽車，高級轎車猶如最優秀的馬匹，以流暢的速度讓他重返曾經厭棄的所有地方，弟弟會帶他去一些聲色場所，他討厭喝醉的感覺，那會讓他失去理性，他也討厭將喝得醉醺醺的弟弟跟他邀約的女人帶上車，他們在車後座親熱時發出奇怪的聲音，讓他噁心想吐。安靜的黑暗大街，黑色轎車如野獸，迅猛地穿行而過，他不斷地吞嚥口水，以躲避那種想吐的感覺。

有一天，弟弟突然對他說，「你很會開車，比我們家司機厲害多了。我晚上都睡不著，可是在你車裡，一下子就睏了。」說完，弟弟脫下手上一隻錶，遞給他，「這個給你。不要打小報告。有些事不要去跟我爸講，以後我都會罩你。」

他默默收下那隻錶，他上網搜尋，弟弟的錶比永叔買給他的更加昂貴。此後，他們就成了祕密的同謀，他開著車，在大街上遊走，安靜的深夜裡，要去把弟弟接回家，不管到哪去，路上他總是會有一種奇異的感覺，彷彿他將去執行什麼任務，但也不過就是把弟弟接回家而已。弟弟與父親住在同一棟漂亮的高樓裡，他從沒進去過，但從外觀看來，就知道那是非常高級的大樓，弟弟曾說有空要帶他去玩，他望著那棟可望而不可及的大樓，他想起爸爸給他跟媽媽買的新家，他本來以為已經是很漂亮的房子，跟這棟大樓相比，根本不算什麼。

有一天他看到弟弟走出一家夜店，歪歪倒倒的，他下車上去攙扶他，把他送進後座。「送我回家。」弟弟說，弟弟突然遞給他一張照片，「送你的，」他伸手去拿，弟弟把照片抽回來，

「哈哈，騙你的。」弟弟說，「這個女人你如果能給我弄來，我就叫爸爸讓你也搬到我們那棟大樓裡。」

他看了那張照片一眼，記下了那張臉。那是他熟悉的臉，那是鎮上很多少男都熟悉的一張臉。

6

宋東年鬆掉了擁抱著她的手，喃喃地說，「你不是周佳君，你是誰？」

李海燕哭了起來，她不斷跟他道歉說道：「對不起，對不起，我騙了你，我是周佳君。小泉死了之後，我爸也死了，我沒有辦法在這裡生活下去，阿姨把我帶走，收養了我，後來我才改了名字。」

宋東年低聲說：「為什麼要騙我？為什麼來到這裡？為什麼要靠近我？」

李海燕一直哭泣，她哭著說，「我不是故意騙你的，我不能告訴你真話，如果你知道我是周佳君，你不可能一開始就願意幫我。我沒有其他目的，我只想知道我爸爸有沒有殺人，我必須知道，否則我沒辦法好好生活。過了這麼久，我以為我已經改頭換面，但我內心深處有個地方永遠無法痊癒，你也是這樣不是嗎？我們都被那件命案摧毀了，只有查出真凶，才能有辦法停止那些傷害。」

宋東年看著李海燕好像要說些什麼，但他眼神空茫，神情很憔悴，後來他低下頭，什麼話都沒有說。

李海燕不知道該怎麼辦，宋東年的錯愕她可以想像，但她還是覺得自己錯得離譜，她不該接近他，她應該自己去查案，她錯了，她大錯特錯。

經過很許久許久，李海燕發現宋東年在哭，像個孩子似地嚶嚶哭泣著，李海燕聽見那哭聲，自己又大哭了起來。

時間再次被凍結了，凝在他們眼前好像玻璃，只要誰先開口那片玻璃就會被擊碎。他們共享著祕密與悲哀，他們本來可能有機會靠彼此更近，可是那個機會已經被打碎了。他們在沉默中無法動彈，那沉默好像永無止盡，誰也沒辦法先開口，不知道該對對方說些什麼。

不知過了多久，是宋東年的手機鈴聲，將他們拉回了現實。宋東年聽了一會，對著手機那頭說：「我去陽光公園跟你會合。」

李海燕問宋東年：「陽光公園那邊有什麼消息嗎？」

宋東年冷冷地說：「雄哥說，陳茶打電話來，說他兩週前曾經在鐵鎖橋看到很像柳敏秀的女孩跟一個男人在一起，陳茶現在在陽光公園賣茶葉蛋，我要過去一趟。」

李海燕說：「我可以跟你一起去嗎？」

宋東年點點頭。

一路上，尷尬與沉默橫陳在他們之間，李海燕很想說點什麼打破沉默，可是她開不了口，她瞄到宋東年的側臉，表情看起來是那麼嚴肅，彷彿他們只是陌生人。

到了公園附近，鐵雄已經在等了，他們三人走到跟陳茶約的地方，宋東年問鐵雄，這個鐵鎖橋是怎麼回事？

鐵雄說：「鐵鎖橋本來是一座連接山坳的鐵橋，幾年前不知為何有年輕戀人去那兒模仿外國人放愛情鎖，寫箴言，PO在網路上，後來情侶間漸漸流行去放愛情鎖，據說非常靈驗，不是真愛的情侶，鐵鎖放了就分，不過這兩年退流行了，去的人不多。橋邊本來有幾個小販在賣愛情鎖，鎖頭上還刻寫著一心一意，做得很精緻，後來鐵鎖橋遊客少了，賣鎖小販生意不好都走光了，只剩一個小販在賣，賣得又貴品質又差，也沒刻字了，擺明就是坑人的。想來那個攤子就是萬老大在管的。」

他們走向正在賣茶葉蛋的陳茶，陳茶看起來比之前乾淨多了。

鐵雄問陳茶到底在鐵鎖橋看到什麼了。

陳茶說：「兩週前萬老大叫我去鐵鎖橋賣鎖頭，有個男人帶著一個女孩子來買鎖，我是看到新聞報導才想起來那個女孩很像是柳敏秀。」

鐵雄問陳茶跟柳敏秀在一起的男人長什麼樣子，陳茶說：「那天她跟一個高高的男人一起來，男人頭髮長長的，胸前掛了一台相機，看起來很高檔，長長鏡頭像大砲。因為他戴著墨鏡口罩，看不清楚長相，但感覺滿帥的，他身上穿著米色的大衣，看起來就很有錢。」

「他們有買鐵鎖嗎？」宋東年問。

「買了，但奇怪的是，他們買了兩個，不是要一心一意一生一世嗎？」

「他們的互動怎麼樣？你有沒有聽到他們說了什麼？」鐵雄問。

「就聽到他們說什麼多拍幾張照片，再從裡面挑之類的。當時我有想到，會不會是什麼明星模特兒的，那穿著打扮跟一般人不一樣啊。」

「那個男的從頭到尾都戴著墨鏡嗎？一分鐘也沒拿下來過？」鐵雄問。

「他們去橋那邊拍照我就沒看到了，可是我想說那個男的好像是哪個明星，我有偷看他幾眼，沒想到我在看他的時候，被他發現了，他轉頭過來看著我，舉起手對我比出持槍動作，然後歪著頭扣下了扳機。我本來想他只是在開玩笑吧，但我回家就做惡夢了，後來我還去廟裡收驚呢。我去朋友家幫忙煮茶葉蛋的時候，才看到那個女生死掉的新聞，本來我不敢確定，想了好久，越想越覺得像，才趕快來通知你們。」

宋東年給了陳茶一些錢，跟他訂五十顆茶葉蛋，交代他說：「以後有什麼線索，直接來找我們。幫助破案的話，還有獎金可以拿，你眼睛尖，多跑一跑，打聽消息，可以賺外快。」

鐵雄跟陳茶說，「將來找到嫌疑犯，可能還要請你來警局作證。」陳茶一臉害怕，但還是點頭說好。

李海燕聽到陳茶的話，想起了對她比出開槍動作的男人，心裡又是一陣恐慌。她說她身體不舒服，想先回去休息，但話說出口，卻又吞吞吐吐。

宋東年知道李海燕不好意思回到他家，就說，「你繼續住我家沒關係，我睡在警局。」話說出口，宋東年自己也傻了。鐵雄一副看好戲的樣子，說：「小宋，你就送李記者回去吧，我看她一臉蒼白的樣子，再昏倒了可不好。」

在車上，或許是為了不讓場面那麼尷尬吧，宋東年轉開了音響，音響播放著音樂，每一首聽起來都是情歌，彷彿在重演著那時他們的親密，歌詞裡的情感像是夢一樣，切中了他們各自幽微矛盾的心情。宋東年啪一下關掉了收音機，車內陷入一片沉默，沉默讓空氣凍結，彷彿要把他的肩膀壓垮。

李海燕閉著眼睛，好像是恐慌要發作了，她用手圈著嘴，慢慢地吐氣，深呼吸，身體才漸漸緩和過來。

車子穿行在桃林鎮的街巷，彷彿周遊往事，李海燕想起以前他們三人在一起，小泉有時約會也帶著她，他們一起去看電影，一起去看球賽，賞花，野餐，有時約好了時間，小泉還沒出現，宋東年總是早早就到了，李海燕遠遠看見宋東年站在那兒，會急著想趕快上前去，偷一點可以與他獨處的時間，即使他們在一起時很少說話，但李海燕喜歡宋東年在她身旁時，那種安然的氣息。

如今，宋東年知道她是周佳君，往後他會怎麼對待她呢？

「可以讓我繼續跟著你查案嗎？因為我認識高岸。」李海燕說。

「你為什麼認識他？」宋東年問。「你們是什麼交情？後來還有聯絡嗎？你到底瞞了我們多少事？」他有點發怒。

「不是的，就是點頭之交，以前還在桃林鎮的時候，我常去一家豆漿店買早餐，高岸就在那兒打工，我後來離開桃林鎮就沒再見過他了。他長得很特別，右臉有片很大的紅色胎記，他個性很孤僻，但對我還算親切，我總覺得這件事很詭異，好像圍繞著某個主題，可是就是想不通來龍去脈。」李海燕說。

「查案是我們的工作。你不要涉入太深，對你沒好處，等破了案你再來寫報導就好。」宋東年說。

「我總覺得，這個案子一直在呼喚我，我說不上來，以前我寫過很多犯罪報導，但從沒有一次跟我自己距離那麼近，拜託你讓我跟，我想要找到陷害我父親的凶手，否則我一輩子心都不會安定，我永遠都會是個流浪者。離開桃林鎮這麼多年，我感覺時間好像停住了，我害怕永遠都會是那個十六歲、好友被殺、父親自殺，被鄰居同學辱罵的人，我必須要去查出真相。」李海燕急切地說。

「先保護好你自己吧。」宋東年冷淡地說。

李海燕覺得很自責，她最不想要的就是傷害他，但或許她的存在對他來說就是一種傷害。

她覺得自己走到這裡，已經失去了繼續追查的動力，可是凶手是誰，是誰陷害了父親，這些事都有待證明，她不確定自己還有沒有能力繼續追查，往事像濃霧一樣包圍住她，高淵是她認識的人，高淵曾經喜歡她？案子真的跟那個有胎記的男孩有關嗎？那其中好像有什麼關聯，十四年前與現在，有著一些說不清也解不開的關聯，她想無論如何，還是得見高淵一面才行。

7

回警局的路上，宋東年把車上音響開得很大聲，他在車上吼了幾聲，用力猛捶方向盤。

他很生氣，卻又不知道該氣什麼，李海燕是周佳君，他為什麼沒想到？但是難道他真的沒有任何預感嗎？那張他一直感覺到熟悉的臉，他曾以為是跟丁小泉相像，當李海燕說自己是周佳君，一切就說得通了，那些似曾相識的感覺，那種莫名其妙的熟悉感，以及，某些難以言喻的什麼，都因為她就是周佳君。

可是那時當他抱起暈倒的她，當他不自禁拉住她的手，將她抱入懷中，那時他沒有預感嗎？那些關心的舉動，是為什麼而生？宋東年又忍不住大吼了一聲。他氣的是自己，即使她是周佳君，即使她騙了他，他還是關心她，他依然擔心她的安危，他探問自己內心，這許多年來，即使最痛苦的時候，他那麼恨周富，可是他沒恨過周佳君，當年案發之後，他得知周佳君在學校被人欺負，他看到她在鎮上受到騷擾，他內心也有過同情。因為那時他自己跟家人也飽受流言傷害，有多少次在路上大家對他指指點點，因為他就是那個深夜將丁小泉約出去，還玷汙了她的人。

宋東年踩緊油門，在路上飆行了一下，立刻又慢下來，他搖搖頭，敲敲自己的腦袋，算了，往事太複雜，如今已經知道周富不是真凶，再去怪罪周佳君有什麼意義？周佳君已經成為了李海燕，他想好好破案，他跟她都需要知道解答。

回到警局，鐵雄說小柯查到凶刀的線索了，那把殺死柳敏秀的凶刀，是刀具廠商拿來當作贈品的特製款，鐵雄給宋東年看小柯查到的刀具贈品名單，宋東年赫然發現其中就有高茂集團旗下的三家公司，包含高茂基金會。

鐵雄說，鄭永祥幫他們約好了明天跟高岸見面，他又說：「小柯還查出了別的事。」

宋東年問：「什麼事？」

「小柯查出來了，李海燕就是周富的女兒周佳君，周富死後周佳君被她阿姨收養，改了姓名。」

宋東年說：「這件事她跟我坦承了。」

鐵雄氣惱地說：「靠，你為什麼不跟我講？」

宋東年說：「她也才剛跟我講，本來我就要跟你說的，反正你現在也知道了。但李海燕是誰不重要吧，她又不是嫌犯。她當時隱瞞身分也只是怕我們不肯幫她，現在都證明周富不是真凶了，她想為她爸翻案也是合理的。我們還是好好查案，趕快把凶手抓到。」

鐵雄說：「就知道你對她有意思！」

宋東年說：「我沒那個意思。」

宋東年想打電話給李海燕，告訴她明天跟高岸有約的事，但他拿起手機，一時之間不知道該怎麼開口，他想了又想，最後傳了訊息告訴她。

8

隔天他們三人在高茂總部接待處等候，由助理帶領進入基金會辦公室，辦公室樸素雅致，位於高茂總部的六樓，他們走向執行長辦公室，一個高大的男子走向他們，他就是高岸。李海燕沒想到自己會在這種情況下跟高岸相見，他們倆都改了名，但見面後她才確認，高岸的胎記都不見了。李海燕很難想像眼前這個衣著時尚、相貌俊秀的男子就是當年那個豆漿店的少年。

高岸舉手投足都是那麼優雅自信，他招呼大家坐，耐心詢問警官有何需要，他說他都可以配合調查。

鐵雄說明來意，首先就提到那台黑色休旅車，高岸看了車牌號碼，思考了一下，「公司公用車很多，我請祕書查一下。」

鐵雄又問他，「你知道李大衛這個攝影師嗎？還有一個叫作魔術時光的網站你聽過嗎？」

高岸搖了搖頭，說：「沒聽過，他跟我們公司有往來嗎？」

「這是你以前的攝影作品對吧！麻煩你看一下，這照片是我們從李大衛的網站上抓下來的，跟你以前的攝影集裡的照片幾乎一模一樣。」宋東年拿出那張大非樹的照片。如今再看，彷彿那早就預言了將來會是棄屍的地點，令人悚然。

高岸仔細地看了照片，笑笑說，「攝影是小時候玩的，後來我弟弟拍得比我好，我就很少拍了，現在大家都用手機拍照，誰還講究用底片呢，不過這張照片還真不是我拍的，只是構圖很像而已。」

宋東年又拿出吳月涵和柳敏秀的照片，問高岸是否相識她們，請高岸說明兩件案子發生期間他的行蹤。

高岸非常配合，他拿出行事曆，直接讓宋東年看，那本行事曆記得密密麻麻，是他自己親手寫的。高岸說：「這個女孩我有印象，她是桃花大使，另一個女孩我就沒有印象了。」

鐵雄說：「行事曆可以造假，還是需要有人可以作證才行。要麻煩你多配合。」

宋東年覺得高岸身上有一種說不上來的一股違和感，即使他面容俊秀，談吐得體，可是那張臉，好像太過精緻了，似乎連表情都是刻意練習過的，微笑該怎麼展開，講話時的手勢，以及聲音的抑揚頓挫，他口音特別標準，宋東年也想到，或許是因為出身貧寒，到了高家自然要裝模作樣。

李海燕突然開口問：「高先生，你還記得我嗎？」

高岸微笑望著她，想了一會，然後搖搖頭，「不好意思，我不記得，我們曾經在哪見過嗎？」

李海燕說：「友愛街上的豆漿店。我以前常去買豆漿和燒餅油條，那時我幾乎天天去，我媽就愛喝那家的豆漿。那時你叫作高淵。」

高岸說：「小姐怎麼稱呼？豆漿店的事我不太有印象了，那時年紀小，只顧著打工賺錢，豆漿店生意那麼好，人來人往，沒有把你記住真是抱歉。」

高岸嘴裡這麼說，可是宋東年在他臉上看到了一絲絲很奇怪的表情變化，像是突然閃過一道陰影似的，但是非常短暫，他不知道李海燕有沒有察覺。

李海燕回答：「我以前叫作周佳君，是周富的女兒。以前我常看到你掛著相機走來走去。你那時臉上有個胎記。」李海燕說著這些話，突然覺得自己跟高岸有著難以言說的關聯，因著這層關聯，所以她才會來到這裡嗎？高岸嘴上說不認識她，但眼神卻透露出對她的好奇與熟悉，他的眼瞳是淺色的，看著人時，好像直直望進你身體裡，讓人感覺不太舒服，但李海燕還是要跟他對視，他們倆誰也不肯先轉過視線，就這麼凝視著對方，許多往事回來了。

高岸請出他的祕書，跟宋東年一一核對兩件命案發生時他的行程，耶誕節那兩天，高岸都在外地出差，十二月三十一號高家有家庭聚會，家人可以作證，結束後高岸就回家了，回家後梳洗完大概十二點上床睡覺，一月一號早晨七點起床後就直接到了公司。宋東年都一一記下，準備回去再核實。

「我們也想找你弟弟高樹聊聊，跟他問些問題，我們打了幾次電話，他都沒接，能不能請你幫忙轉達。」鐵雄說。

高岸說：「這樣吧，明天晚上我們有一個義賣會，我弟弟也會來，我可以給你們邀請函，到現場後我再安排你們見面。不過我弟弟對陌生人比較防衛，也麻煩你們多包涵。」

「請問你有沒有你弟弟的照片？我們想看一下。」宋東年問。

高岸轉過身，從書架上拿下一張照片，裡面是某個酒會之類的活動，高岸身邊站著一個比他更高瘦的男子，男子一身高級西裝，一張臉異常白皙，高岸跟高樹都是長相俊美型的，兩人外貌非常出眾。

宋東年問高岸可否將照片轉拍，高岸大方地說，這張照片你拿著，之後記得還我就行。

這時祕書又走進來跟高岸耳語了幾句，高岸說，「祕書查過了，那輛車上週就申報遺失了，你們可以去查，有報案紀錄。」

鐵雄說，「還真巧。車子有涉案，你們就報遺失了。」

「警察先生，話也不能這麼說，我也沒想到多年後會跟以前群英高中的校友再見面。」高岸微笑著說。

「高先生，我們保持聯絡，以後一定還會再來拜訪你。」宋東年說。

「隨時歡迎，先打個電話給我就行。」高岸說，說完他對李海燕說，「老同學，我漸漸想起你了，想喝咖啡聊往事，記得打電話給我。」

李海燕苦笑不語。

祕書送李海燕一行人下樓。

李海燕臉色看起來怪怪的，下樓後，宋東年問她怎麼了，李海燕說，「剛才那張照片裡的人，很像在大非樹我看到的人，我懷疑我看到的人可能就是他弟弟高樹。但是我不能確定，因為兩個人髮型不一樣，李大衛一頭及肩長捲髮，又穿著寬大的外套，很難確定。」

宋東年說，「很有可能李大衛有經過變裝。不如把照片複印幾張，拿去黑灣跟咖啡店還有給陳茶他們都看一下。」

鐵雄突然說：「李海燕啊，你早該說你是周富的女兒啊，你為什麼要回到桃林鎮來，真的只是寫報導那麼簡單嗎？感覺你跟高岸關係很不一般，你知道的事情不要隱瞞，否則惹火上身，就不是那麼好玩了。」

李海燕跟鐵雄道歉，「對不起，我不該隱瞞身分，但因為我父親是殺人犯，我改名換姓已經很多年了，這次回到桃林鎮，我真的是想重新梳理一次自己的記憶，父親入獄後，我在桃林鎮生活的所有美好回憶都被改寫了，多年來我自己都很少回想，但我回到桃林鎮真的是為了命案而來，如今除了寫報導，我也想替父親申冤，希望你們再給我機會，讓我參與辦案，我真的很想親手抓到凶手，為父親洗刷冤屈。拜託你們。」李海燕低頭請求。

鐵雄苦笑說：「好啦，騙都騙了，我還能怎樣？以後別再騙我們了。」

李海燕拚命點頭，「再也不會了。」

宋東年送李海燕回家，兩人之間氣氛依然尷尬，誰也沒有能力打破沉默，白天查案時，因為鐵雄在場，還可以有所互動，鐵雄雖然怪李海燕隱瞞，說破了也就沒事，但一路上他們都沒有開口，他們一個不說，一個不問，對於那晚的事隻字不提，任沉默在小小的車廂裡蔓延。

9

夜裡李海燕想著自己來到這裡，好像做了很多事，但其實就算沒有她，鐵雄跟宋東年也可以辦案，她到底在做什麼呢？李海燕跟宋東年之間有一種說不清楚的感情，但那可能只是移情作用，宋東年是因為看見她想起了丁小泉，才會對她那麼關心，等他發現她是周佳君，那份感情就像泡沫啵一聲破碎，消散於空中。最終對他來說她什麼也不是，一點也不重要。

在宋東年的屋子裡，她一直聽見時鐘滴答滴答響，她來到桃林鎮幾天了呢？感覺像是過了好幾個月，為什麼她偏偏喜歡上宋東年呢？他是絕對不可能會喜歡她的人，可是為什麼那晚當他們擁抱著彼此，她感覺到一種對誰都沒有產生過的愛戀，她幾乎可以觸摸到宋東年孤寂的內心，他幾乎麻木的感情，似乎也在那一刻解凍，那一瞬間他們心意相通，即使宋東年知道她是周佳君，但他對她有感情，那是她真真切切感受到的，可是那又怎麼樣呢？她沒辦法改變過去，即使父親是清白的，那已經種下的仇恨，要如何解消？她默默地流著淚，心想，沒關係，只要能找到凶手就好，只要不要再有別的女孩受害，她已經習慣了孤獨、失望，習慣了美好的事物最不會發生在自己身上。但她又想到，其實發生過，儘管只有短暫的時間，但她擁有過了，那都是真的，誰也不能取消抹去。

到了深夜，所有人都離開了，宋東年獨自待在警局，睡不著，也不想閉上眼睛，因為只要一閉眼，那天在他家裡他緊抱著李海燕的情景就會浮現上來。

唉，他深深地嘆息。為什麼會變成這樣。

他還氣她嗎？其實已經不生氣了，除了一開始的錯愕，他沒有真正生氣，他只是懊惱，自己為什麼在她面前忘情，可是原因又是那麼清楚，只是他不敢面對，他牽掛著她，他對她有一種難以言喻的感情，他們共享著一段痛苦的記憶，甚至，他們也一起經歷了一個集體創傷，即使到了現在，那份創傷也還在傷害、影響著他們。他們如此賣力地追查凶手，這個過程也是在自我救贖，他們這兩天都沒有私下說話，有些不能言傳的東西，照理說他們應該可以懂得，可是現實不是這樣，無法言傳的，沒有說清楚的，都變成了距離。

正是因為那些無法用言語表達，他想過要回家，再一次地面對她，面對自己的感情，他想要試著溫柔一點，他想到她自己一個人在屋裡，或許非常自責、懊惱，就像他現在這樣，他們不是敵人，從來也不是，他們明明就是這世界上少數可以互相理解的人，如今卻無法面對面看著對方的眼睛。

到底要怎麼辦？他想到自己除了丁小泉，從來也不曾在深夜裡為了誰激動難眠，當年他只是個少年，他們的感情濃烈單純，可是十多年過去，他已經故障很久了，他早已封閉自己的心，變得猶如一塊硬石，是李海燕拚命地敲打，才把他的心敲出了一個裂縫，可是他一被敲開，就又立刻退縮了，那些事跟她是周佳君沒有關係，而是自己還沒有準備好，但他可能永遠也準備不好，他不知道要怎麼樣再去愛一個人。

想起愛這個字眼，他深深嘆了一口氣，他不確定，他不知道，他弄不清楚，內心裡那微微的波動，那好像即將掀起巨浪，又被他努力壓抑的東西，是不是叫作愛。

10

義賣活動在市區一家專辦婚宴的餐廳舉辦，李海燕開著車與宋東年跟鐵雄一起到達，高岸派了人來帶他們入場，台上的來賓正在致詞，他們在一旁觀察等待。活動很俗套，就是擺桌吃飯，舞台上有主持人拍賣一些高家的收藏，宣傳公司的性質高過義賣效益，但來捧場的人很多，據說都是縣裡的有錢人，有幾家傳產企業老闆性格都很傳統，喜歡低調，但是高東亮作風跟別人不同，很洋派，他似乎和各界關係都好，只要是他辦的活動，連一向低調的紡織業老闆也會出席。

李海燕先看到高岸，他一身深藍色高級西裝，經過吹整的頭髮時髦而有型，在他一旁的應該是高家人，李海燕在網路上查過，高東亮一張大氣的臉，年輕時想必很英俊，至今也都保養得很好，他兩旁左手邊是高岸，右手邊有個年輕男子，一張蒼白的臉，穿著合身的白西裝，頭髮理得短短的，他的鼻子俊挺，嘴唇很薄，臉型窄窄的，應該就是高樹，李海燕看著高樹，覺得很像，但是她無法確定他就是在大非樹現場看到的那個男人。高岸在席上談笑風生，幫父親夾菜，倒酒，跟桌上的人敬酒，而高樹則是靠著椅背，一臉百無聊賴，高東亮有時跟高樹說話，高樹才勉強拿起酒杯，兩兄弟跟他父親都有些像。

他們等了好一會。高岸如約帶著高樹來宋東年這桌跟大家認識，他們交換名片，宋東年說會場上很吵，能不能到外頭去講話，高樹盯著李海燕猛看，嘴上還輕薄地說，「哇，這麼漂亮的刑警，要問什麼都可以啊。」

高岸將他們帶到會議廳的休息室。高樹隨後也走進來。

「高樹先生，請問你見過吳月涵與柳敏秀嗎？」宋東年發問。

「沒見過。」高樹冷冷說。

「但是有人說在網咖跟咖啡店看到你跟他們分別見過面。」

「哪一天？我太忙了，見過也不記得。」高樹說。

宋東年出示二人的照片。

「長得滿正的嘛，不過有點土，我沒有印象。」高樹輕佻地說。

「你沒私下跟他們見過面嗎？」宋東年問。

「我這個人只記得今天的事，安眠藥吃太多的副作用，你問我也沒用。」高樹說。

「不要嘻皮笑臉，黑灣不是你這種公子哥去的地方，如果去過，肯定不會忘記。」鐵雄怒斥。

宋東年將黑灣調出的監視錄像照片拿給高樹看，「這分明就是你。還要說沒去過？」

「這個人又不是我。」高樹說。

「是不是你，只要跟我走一趟警局，我們安排證人指認就知道了。」宋東年說道。

「一張模糊的照片就想要我去警局，拜託。」高樹說。

高岸過來打圓場，說自己的弟弟個性比較直率，「警官，光是這張模糊的照片，就要傳我弟弟去問話，未免太牽強。」他說。

「不只是照片，有人看到他出現在柳敏秀的棄屍現場。」宋東年說。

「是我，我看到你出現在柳敏秀的棄屍現場，你還對我比出了開槍的動作，我不會看錯。」李海燕說。李海燕其實沒有完全的把握，但高樹身上散發的氣息，就像那個做出開槍動作的人，就是滿身邪氣。

「小姐，長得漂亮就可以亂講話嗎？沒憑沒據的，我找律師告你！」高樹說。

「警察先生，你們這樣亂栽贓真的行不通啊！」高岸出面緩頰。

「警察就是跑腿的，還真以為自己是福爾摩斯啊！」高樹說完甩頭就走了。高岸追上去試圖跟高樹說什麼，高樹甩開高岸的手，大步走開，高岸回頭看看宋東年他們，聳聳肩，百般無奈，他比個打電話的動作，說：「警官我們電話聯絡，有什麼需要就跟我說。」說完也離開了。

「你們在家等著法院傳票吧！」鐵雄激動大喊。

離開了會場，走出那棟建築物，鐵雄還在發飆，「對，我們沒有更具體的證據，可是看到他們兄弟倆，我覺得一定是他們，不是其中一個，就是兩個人合夥，你看他們一個囂張跋扈，另一個故作斯文，提到受害人還那麼輕薄，不是我要以貌取人，可是他們臉上就寫著犯罪兩個字。」

鐵雄說他還要趕回警局繼續追查，宋東年就跟鐵雄走了，臨別前什麼也沒說。李海燕看著宋東年跟鐵雄開車離去，那輛車好像把她某些希望以及寄託也帶走了，她感覺自己好像再也不會看到宋東年了，她一陣心酸，卻也有一種解脫感，不要妄想著不可能發生的事，不要去冀求不屬於自己的東西，她把曾有過的放在心裡，就像年少的時候，她偷偷喜歡著丁小泉的男友宋東年，那份情感私密而珍貴，正因為無人知曉，才可以安全地生長。她曾經經歷過那麼慘痛的遭遇，她都活下來了，現在她也可以堅強而獨立地生活下去。

她獨自開車離開，回到宋東年家，她突然覺得筋疲力竭，曾經感覺熟悉的公寓變得陌生，空蕩得讓人無法忍受，她想著，不要再打擾他了，她一直住在這裡，宋東年都沒辦法回自己家，這樣占著人家的房子也不好。

第五部

愛之罪

1

少年時期的他，極度孤僻，除了打工認識的照相館老闆一家人，他幾乎不與任何人往來，他習慣了躲藏，也習慣以半臉示人，他沒有談過戀愛，也自認為不可能有人愛他，母親對他忽冷忽熱，也不像是愛他。

記憶裡唯一使他動心的，是一個非常安靜的女孩。

十五歲時他得到了一部相機，是照相館老闆送他的，他開始學攝影，他總是背著那台相機到處去，他發現自己著迷於鏡頭底下的世界更甚於眼前的世界，只要有空，他就在鎮上到處拍照，有那台相機之後，他感覺自己被隱形了，他可以用相機作為防衛，使人們不再留意到他臉上的胎記。

後來有一次他在花季時去拍桃花林，他在那個桃花林看見一幅極美的畫面，桃花盛開時，許多遊客在賞花，其中一棵桃花樹下，有兩個女孩在喝茶，女孩說說笑笑，在繽紛落花中，一個清秀，一個亮麗，她們都像是從圖畫裡走出來的，他快速拍了幾張照片，他把鏡頭拉近，那個清秀的女孩皮膚像瓷器一樣，秀氣的單眼皮，笑起來會用手摀著嘴，亮麗的女孩正在比手畫腳，好像在模仿什麼，把單眼皮女孩逗笑了，那畫面美得他看傻了。尤其那個單眼皮女孩，不知為什麼，那張秀氣的臉，打中了他的心。

就此他記住了這片桃花林。

偶而，刻意或無意的，他總會路過那座林子，一日一日過去，花開花謝，桃花林有各種風光，最美的風景當然是女孩或女孩們的存在。

他用長鏡頭遠遠捕捉過女孩的身影，女孩在林子裡掃落葉，女孩走在通往村子裡的道路上，她總背著一個單肩布包，白淨的衣服，有點小碎花，她穿起來特別清麗，她的皮膚就像桃花一樣，是白裡透著紅，暈染似地，高個子女孩總是高聲談笑，穿著背心牛仔短褲高筒靴，活潑時髦，他們都說她是桃花仙子，他覺得納悶，照理說來，單眼皮女孩才更像桃花仙子吧，她纖瘦，白皙，安靜，充滿靈氣，但好像誰也沒注意到她似的，因此他很安心，就讓大家都去喜歡桃花仙子吧，這樣他就可以獨占這個屬於他自己的仙子。

他在家裡發現一張報紙，報紙上有來過他家那個西裝男子的照片，只不過報紙上除了西裝男子，也還有另一個女人的照片，媽媽用剪刀把女人的頭挖掉，貼上了自己的照片，她把報紙黏進一本雜誌裡，時常翻來看。

媽媽指著報紙上的人對他說，他是你爸爸，他並不想知道這件事，媽媽很嚴肅抓住他的手對他說，他是你爸爸，無論如何，你要記住這一點，這是誰都不能改變的。

後來媽媽病倒，得的是腎病，還住進了醫院。他一心給媽媽治病，為了賺更多錢，他辦了休學，拚命打工，媽媽病得糊里糊塗，有時還會把他名字喊錯，媽媽生氣或難過時，會大聲罵他，為何生得跟那人一模一樣？埋怨他的出生，把她的一生都斷送了。有時媽媽又會罵自己笨，說那時她才十六歲，什麼事都不懂，才會跟了他爸爸。媽媽說話顛三倒四，但他聽出個大概來，媽媽與西裝男子是遠親，媽媽十六歲被拐騙懷上了他，男人不要她了，她只好回到娘家，把他生下來，他十二歲才第一次見到那個男人，那時他還不知道那是他爸爸。

媽媽的故事聽起來像傳說一樣，媽媽總是哭，說，「自己才十六歲，什麼也不懂。」這兩句話媽媽至少說了一百次，在他耳裡嗡嗡地回響，媽媽對父親又是愛，又是怕，有時爸爸會打她，也會踢她，可那時候她又覺得爸爸愛他，「他有病，跟他那個兒子一樣。」媽媽說，「他瘋起來的時候，像鬼一樣。」所謂的爸爸早就遺棄了他們。

十五歲之後他一直都在打工，但後來不得不休學之後，就一天打兩份工，一早去早餐店幫忙，早餐店時薪很高，清早五點就得出門，得忙到十二點。下午就去照相館繼續工作。

在早餐店得接觸很多客人，剛開始他很不適應，站櫃檯的時候他總是半低著頭，準確做完客人交代的事，客人離開，然後下一位，他早習慣這樣日復一日地，人來人往，他只是一個早餐店的工讀生，將東西打包，收錢找錢，他動作俐落，盡可能不與客人對視。早餐店老闆是外公認識的，老闆知道他媽媽病倒後，幫助過他們，所以當他去應徵工作時，即使剛開始老闆娘對於他的胎記有所疑慮，但老闆還是爽快應允，知道他缺錢，讓他立刻上工。對他來說這只是一份賺錢的工作，對他來說，在哪打工都是一樣的，可是有一天桃花林的那個女孩來到他們店裡，那一天，徹底改變了他的生命。

2

宋東年絞盡腦汁還是想不通命案的癥結，想到休息室睉一會整理思緒，但躺了一下，還是忍不住起來回到桌前，他把案件的照片一一排列，三個受害者的照片一張張攤開，那些美麗的臉龐形成奇妙的圖案，恍惚之間，他突然看到李海燕走向他，她衣服都破了，臉上滿是塵土，宋東年看了心好痛，他突然醒過來，原來是做了夢。

過去的記憶，被現在的認知覆蓋，有了不同的意義，三樁命案特點是受害者沒有被性侵犯，這點宋東年百思不得其解，過往經驗中連續殺人最大的特點就是折磨與侵犯受害者，這似乎才是凶手要綁架、監禁女孩最大的原因，一種性的權力展示，以及透過身體虐待，達到替代性的性滿足。在這三件案子裡，都有那些刀刺傷以及脖子上的勒痕，凶手抓到了漂亮的女孩，為什麼沒有侵犯她們？生前死後都沒有，沒有陰部挫傷，沒有精液殘留。

她們三人都留有一頭長髮，瓜子臉，長相清秀。

吳月涵喜歡攝影，柳敏秀希望成為模特兒，兩人最大的關聯就是攝影。丁小泉與攝影有關的部分，只有因擔任桃花節大使而登上地方媒體，有一張很美的宣傳照。

這些日子，宋東年跟鐵雄查遍了吳月涵與柳敏秀身邊相關的人，家人，朋友，親戚，李大衛嫌疑最大，他分別跟吳月涵與柳敏秀約了見面，藉口都是攝影，拍照教學與當模特兒，他潛伏在網路裡，等著哪個女孩上鉤，他透過與她們通信，交換照片，找到他想要的女孩。

女孩失蹤前最後見的人都是李大衛。

問題是，李大衛到底是誰？根據李海燕的說法，從身形判斷，高樹跟李大衛長得很像。三件命案的手法跟模式幾乎一模一樣，但是動機呢？凶手與這些少女之間，有什麼恩怨？宋東年感覺這些案子是一團亂麻，那些看似無關的事，又似乎彼此相繫，如果能找到那個核心問題，就能破解此案。

宋東年對著天花板上的燈管發呆，有很多訊息湧堵著，他分辨不了。

吳月涵命案與柳敏秀案出現後，周富的嫌疑已經排除，但宋東年依然將周富列為關係人，他覺得凶手選擇棄屍在桃花林一定有原因，那原因跟周富必然相關，除了因為周富酗酒失常，容易嫁禍，恐怕也還有其他緣故，宋東年覺得私人恩怨的可能性很大，可是誰與周富有仇，誰又非要殺害丁小泉不可呢？假設高樹就是凶手，那高茂集團跟周富的那塊地之間是否存在什麼疑點？

種種謎團在宋東年重啟桃花案之後始終困擾著他，十四年前的凶手，為何十四年後再度殺人，而且一殺就是兩個人呢？他越是深入追查，越覺得陷入迷霧之中。他看看窗外，已經是早上了，他望著天花板，腦中浮現的卻是已經改名叫作李海燕的女人的臉。有什麼地方怪怪的，宋東年有點想不起來周佳君長得什麼樣子，他腦中突生一念，立刻站起身來，丁小泉的父母都死了，丁家舊居現在是她的姑姑在住，宋東年走出警局，跳上車子，直奔丁小泉老家。

3

李海燕在月影飯店住宿，她想過給宋東年打個電話，告訴他自己搬走了，謝謝他的照顧，但想到自己這段時間的欺騙與隱瞞，想到宋東年內心的悲傷，她覺得自己根本沒有資格再跟他聯絡。

她想著高岸與高淵，想著高岸與高樹，有些歪斜的東西卡在某個地方，她走進記憶深處。那個與她有關的人到底是誰？會不會是去年開始打騷擾電話的人？可是那個聲音聽起來不像高岸也不像高樹？或許聲音經過了變造，也或許是她記憶不全了。照道理講，會打來的一定是當年在桃林鎮認識過她的人，她曾想過，可能是丁小泉的親戚或朋友，但到底是誰這麼多年過去還不放過她？

她覺得往事好混亂，很多事物已被她深深掩埋，想要提取也提取不完整了。

記憶中，豆漿店那個沉默寡言的打工男孩，剛開始他總是刻意側過一邊臉，想以比較俊朗的那面臉示人，可是她真的不在乎，也不害怕那個胎記，在她眼中，胎記不過就是個記號而已。她記得媽媽身體還沒徹底崩潰前，她每天去買早餐都是開心的，只要是媽媽喜歡吃的東西，再遠她都願意騎單車去買回來，那時有些孩子已經會偷騎摩托車了，不過她家沒有摩托車，她也安於騎著單車遊走於鎮上各處。高淵那時幾歲她不知道，這個每天都要見面的男孩，不在她關注範圍內，只是看到男孩從陰沉著臉，到會跟她打招呼，到後來他們會簡單寒暄，早安，你今天好嗎？今天天氣真好。男孩說話聲音篤定認真。

當時那些簡單的互動，她並不以為意，多年後的李海燕才察覺到，那個男孩幾乎只會跟她寒暄，每當她買完早點，與男孩道別，他又變成默默地為客人點餐打包找錢那個陰暗的男孩，她記得有一次忘了拿找回的零錢，男孩叫住她，周佳君，你忘了找的錢。當時她不覺有異，鎮上誰跟誰都是認識的，豆漿店老闆就認識她爸爸。可是男孩知道她的名字，她卻不知道他叫什麼，李海燕接過早點，跟他說謝謝，男孩說不客氣，下次見。

是那個害羞的男孩啊，要如何將他跟殺人魔聯想在一起？

但高樹就不一樣了，高樹跋扈，狂妄，她聽鐵雄說過，PTT上有關於高樹的爆料，說高樹曾經對女人施暴，也曾住過精神病院，有沒有可能高樹追求過丁小泉但是被拒絕了，因此由愛生恨才殺人？但就算這樣，高樹跟柳敏秀與吳月涵的關係是什麼呢？為什麼挑選這兩人？為什麼在十多年後做案？不管凶手是高岸或高樹或兩人共犯，李海燕始終想不出動機何在。

十四年是很漫長的時光啊，十四年前大家都還是孩子，怎麼懂得殺人嫁禍這種事呢？而這些跟三不猿又有什麼關係呢？

但目前所有已知的證據都朝向高家，雖然還找不到犯案動機。

李海燕把所有資料攤開在桌上，大多都是當年的剪報，以及最近她訪談時對方給她的資料。以前她沒有參與過調查，很多案子都在短時間內就破了，她是破案後才到現場去做採訪，她專長是訪問受害者家屬，寫出家屬的心聲，她也曾到監獄或看守所訪談過嫌犯，不過她從沒遇過一位親自向她承認犯了罪的。

李海燕想不出頭緒，想說下樓到飯店的酒吧放鬆一下轉換思路。她在吧台坐下，點了一杯酒，她想了想，還是決定給宋東年傳個訊息，「這段時間很謝謝你的照顧，不好意思再打擾，我住到月影飯店了。明天見。」這麼一個簡單的訊息，刪來改去花了很多時間，最後才傳出去。她抬頭發現有人在看她，那人朝她走過來，是高岸。

「李小姐，我是高岸，還記得我吧。」高岸說，「能不能讓我請你喝一杯酒？」

「你怎麼會來這裡？」李海燕覺得納悶。

「鎮上像樣的酒吧也沒幾家，這家是其中之一，我常來。今晚剛好跟客戶約在這裡喝酒，剛談完事情就看見你坐在吧台，想過來跟你打個招呼，也算替我弟弟跟你們道個歉。」

高岸點了兩杯酒，李海燕心想，跟他聊聊或許也會有收穫。

「豆漿店的事我記起來了。那時你常幫家人來買早餐，你說你媽媽愛吃我們店裡的豆漿跟燒餅。」高岸說，「那時的我很醜吧。」

「我還記得，你總是很細心，會幫我把醬料裝在小袋子裡。你不醜，我覺得有胎記沒什麼，我媽說那是天神做記號，我的小腿肚上也有個胎記，是青色的，我媽以前總是說，這樣就不會找不到我。」李海燕說。

「不是每個人都像你跟你媽媽這樣想。」高岸說。

「我媽那時得了癌症，很快就走了。」李海燕說。

「我母親也過世了。失去母親是悲傷的事。」高岸說。

「好多悲傷的事啊。」李海燕苦笑說。

「人生總是充滿苦難的。」高岸說。

「怎麼說得這麼悲觀？回到高家後，你們應該日子就改善了吧？」李海燕問。

「後來媽媽換了腎，身體也逐漸恢復了，我的臉也治好了，感覺應該會變得幸福，但實際上並沒有那麼順利。」高岸說。

「怎麼說？高家人對你不好嗎？」李海燕問。不知為何，跟高岸聊天特別放鬆，或許是因為她喝了酒，也或許是她今天晚上特別感到脆弱孤獨。

「我爸爸脾氣很不好，我們剛相認的時候，他對我做了很多所謂訓練，後來想想那是變相的虐待吧。現在回想起來還會怕，我們家在天祥寺附近的樹林裡有個木屋，父親會帶我跟我弟弟去那兒，他說那是我們高家的男人屋，要變成男子漢就得經歷過那些考驗，那些考驗是什麼呢？比如一整天不能吃飯不能喝水，就是拚命砍柴。或者在非常冷的冬天叫我泡在裝滿水的大木桶裡練習憋氣，我憋不住了想起來吸口氣，他還會壓住我的頭。還有叫我繞著樹林跑步，跑個上百圈，回來再做交互蹲跳、仰臥起坐，我們屋裡有很重的啞鈴，他會叫我舉著啞鈴半蹲，我蹲到全身發抖，想站起來，他就一腳踢過來。我不知道父親要訓練我什麼，或許就是服從吧，只要是他下的命令，不管合不合理，都要服從，只要不服從，就是挨揍。」

「那時我曾想過幾次要逃家，不過，我媽需要醫藥費，我媽也很依戀我爸爸，所以我不可能離開。」高岸說。

「後來情況有改善嗎？」李海燕問。

「好幾次我都以為自己會死掉。」高岸搖晃酒杯，把剩下的酒一飲而盡，又跟吧台要了一杯酒，「不過總算熬過去了。後來我一直維持健身的習慣，身體變得很強壯，或許也是收穫吧。」

「那你跟你弟弟感情好嗎？」李海燕問。

「我大概就像他的保鑣吧，對我爸來說，我永遠也比不上我弟弟。即使我弟弟有點瘋瘋癲癲的。」

「怎麼說？」

「我想我永遠也無法理解我弟弟，雖然以前我時常跟他在一起，但他脾氣不好，很常失控，我聽家人說，是因為弟弟小時候家裡有個保母，保母會趁家裡沒人的時候虐待我弟弟，還會餵他吃安眠藥，後來弟弟開始跟人打架，破壞公物，在家裡也時常大發雷霆，佣人司機都被他打過，他很愛跟女生鬼混，有女孩子找到公司來，說被他毆打，我爸對這些事不太管，爺爺又很縱容他，就花錢了事，聽說我弟弟曾經去精神病院住了一陣子。我對他的感覺很複雜，因為那時我總是要去接送他，我也不知道為什麼不派我爸的司機去接，反正就是我，我好多次看過他發狂的樣子，不過想到小時候他很可憐，心裡也有點同情。」高岸說完又喝了一口酒，

「總算是熬到長大了，感覺就像脫了好幾次皮。我爸後來把基金會交給我管理，我覺得很感動，這也算是他信任我吧。」高岸說。「但是同樣是十八歲，我爸爸帶我弟弟去木屋，卻只是教他射十字弓，什麼訓練也沒有，那個木屋後來就變成我弟弟的遊樂園，他會在林子裡練習射擊，玩十字弓，射BB彈，有時候還會找些年輕男女來開派對，他很喜歡那種叢林冒險，那裡地點偏僻，大吵大鬧也沒人管。他曾經找我去參加過派對，不過我只要一回到那個木屋，就會感覺不舒服，以前不好的回憶都會跑出來，所以我很少去。」高岸說到這裡停下，「雖然是同一個爸爸，我覺得我跟我弟弟一點也不親，跟我爸也不親。他們都是很自我很冷酷的人。」

「你的人生真的也滿辛苦的。」李海燕說。

「沒想到跟你講了那麼多，希望你聽了不會厭煩。」高岸說，「都過去了啊，我現在滿好的。你呢？後來這些年你的生活還好嗎？」

「後來的生活滿平順的，讀書，就業，後來當記者，是我很喜歡的工作。」李海燕說。

「我沒想到你就是周佳君，但李海燕我是知道的，你是很有名的記者，我讀過你的犯罪專題報導。不過你這次來採訪要多小心，桃林鎮現在很危險。幸好你住在這裡，這家飯店管理得不錯，至少出入還算安全。」高岸說。

「謝謝你請我喝酒。我今晚還真需要來一杯酒。」李海燕說。

「我也很開心跟老朋友重逢，我很久沒這麼放鬆了。」高岸向李海燕舉杯，兩人都喝掉最後一口酒。後來高岸又聊起他母親癌症過世，拖到最後非常痛苦，父親把基金會交給他打理，但是老是催促他生小孩，「可是我太太不想要小孩。我很為難，她事業心很強，我又不想干涉她，夫妻常吵架。」高岸說完一大段話，突然就沉默了。

「竟然跟你倒了這麼多垃圾。真是抱歉。」高岸說。他倆握了一下手，然後揮手道別，高岸先離開，李海燕又坐了一會，也回飯店房間休息。

那晚，李海燕翻來覆去睡不著，她想打電話給宋東年，但宋東年一直沒回訊息，也沒有打電話，她不敢再糾纏。好不容易睡著，夜裡夢境紛陳，都是亂象，她夢見父親，夢見母親，夢見丁小泉，他們三人站在桃花林裡，父母拉著丁小泉的手，四周落花紛紛，好像丁小泉才是他們的孩子，她知道他們死了，因為生死兩隔，所以無論她怎麼叫喊，他們三人都沒有聽見，她被排除在那個樂園之外，桃花林變成一個無論如何都進不去的結界。

醒來後，她簡單梳洗，她覺得高岸說的那個木屋很可疑，如果高樹時常帶女孩子去那邊開趴，或許會有什麼線索。她上網搜尋天祥寺，寺廟附近真的有一塊雜木林，下樓時她問了櫃檯人員，桃林鎮的天祥寺是不是就是這一個？櫃檯人員說他不太清楚，可能是個小寺廟，建議她如果想拜拜的話，可以去觀音寺。

李海燕照衛星導航開車前往，到了天祥寺，繞了一會才看到那個樹林，她在林中道路摸索許久，終於找到那個山中木屋，樹林裡也只有那一棟房子。

李海燕在木屋四周繞繞，門是鎖上的，她每一扇窗子都去推推看，後面有一扇窗沒有上鎖，她打開窗子，爬上窗台，她鼓起勇氣才爬進木屋。

環顧四周，木屋內有簡單的廚房、浴室和客廳，以及一間大房間，客廳都是原木打造的家具，簡單粗曠，牆上掛有很多動物標本，有一片牆是用啤酒空瓶堆疊成的，真的就像是男人私下聚會的小屋，雖然有灰塵，卻並不髒亂，可是有一股奇怪的味道瀰漫著。李海燕打開房門，房間裡面除了大大的木床，還有一面牆上有個玻璃櫃，櫃子裡擺放許多打獵的工具，櫃子一角，有個擺放小東西的地方，她看到兩條項鍊跟一副耳環，還有一些可愛的手機吊飾和卡通圖案的零錢包等。她注意到房間一角有扇小門，她推開門，發現房間裡還有隔間，那是間更小的房間，很像暗房，她打開牆上的電燈開關，暗房裡除了沖洗照片的台子，其他牆面上，滿滿都是照片，有些貼在木頭牆壁上，有些還夾在夾子上。她忍不住走上前去，逐一審視那些照片，牆壁上有些照片很陳舊，吊起晾乾的照片巴掌大，而無論是在那一處的照片，都是清一色黑長髮瓜子臉的女孩，她心中一沉，胃像被重擊了一拳，嘔出了胃酸，那些照片她認得，大多是吳月涵跟柳敏秀的照片，她又仔細一看，竟然也有丁小泉的照片，李海燕這時候突然理解了。

木屋可能就是做案的地方。

一股濃濃的血腥味彷彿還在空間跟物品裡迴盪。

她小心翼翼挪動身體，卻還是發出了聲響，她逼自己再更仔細看那些照片，卻看出了一臉的眼淚。丁小泉，吳月涵，柳敏秀，有些是她們生前就拍的，少女的青春與燦爛即使黑白照片也能顯現，另一些照片則非常觸目，是她們受傷、哀號、驚恐的臉，她們赤裸著身子，既想遮掩身體，又希望保護自己，她們的傷口正流著血，臉上有眼淚，驚恐的神情讓看的人也感受到她們的恐懼，那些照片好像動畫一樣，從穿著衣服，到發抖著自己脫掉衣服，然後是閃躲著攻擊，尖叫著逃跑，然後是受傷後流血，最後是她們癱倒在地板上，有人從正上方往下拍的照片，照片一看就知道人死了，而且是死於驚恐絕望中，臉部表情都是恐懼，從昏睡，被捆綁，清醒，一臉驚恐地在屋裡奔逃，直到被制伏，被刺殺。拍攝者好像用連續快門拍下了每一個剎那，時間將她們的表情凍結起來，停留在那些照片裡，她感覺凶手就是為了拍下這些從生到死的照片，才抓住這些女孩，一刀一刀刺殺她們。

李海燕用手機拍下了這些照片，她一直在哭，她想撥打電話給宋東年，卻發現手機沒有訊號，網路也不通。她離開暗房，走回房間，看到床邊一個書架上有幾張生活照，李海燕走向前細細觀察，照片裡是年輕的高樹，有在木屋外的草地上拿著十字弓正要射擊的照片，也有他站在遊艇上炫耀似地展露他年輕壯碩的身材，李海燕想著，一邊的照片冷血地收集少女瀕死，一邊的照片展示自己男性的雄風，這就是高樹，他一定是那種毫無同理心、冷血、殘酷，徹底的心理變態。架上有一些書籍，還有一些小小的玩偶，她赫然看到，一整排大約十來個猴子玩偶，是用木頭雕刻而成，模樣粗糙，但看得出動作，猴子蹲踞著，有的用手遮住眼睛，有些用手摀著耳朵，也有用手遮著嘴巴。

李海燕拿起小猴子細看，突然有人從背後襲上來用手帕摀住她的嘴，她一下就失去意識了。

4

他感覺自己腦子裡住個一個小小的怪物，那隻怪物一點一點在啃食他的腦子，讓他有些地方被蛀空了，那個被蛀空的地方每天在提醒他，他是個沒有理智、會失去控制的人。從小他就常發脾氣，沒來由的怒氣從體內突然竄出，他總得用力砸東西，才能忍住想用頭撞牆的衝動。

有時他會想，可能是在醫院時腦子裡被植入了某些裝置，所以他才會腦袋被蛀空，但他又想到，其實是因為腦子被蛀，他失手掐了那個女孩子的脖子，才會被送進醫院去。

那會不會是更小的時候，家裡的保母對他動了手腳？這件事他沒有什麼印象了，但是身體記得保母會捏他，會用力打他肚子，他模糊記得保母的臉，但他應該不可能有印象，那些都是後來家人提過才變成他的記憶吧，可是他記得一個畫面，那景象非常清晰，保母拿著一條細長的東西塞進他嘴裡，那個東西會蠕動，鑽進他喉嚨時，他忍不住吐了？那時他幾歲？兩歲嗎？為什麼他不會說話，沒有反抗？

他爸爸說後來他找人把保母打斷了腿。

或許那隻蟲鑽進了他的腦袋，吃掉了他的記憶。

他幾乎無法自然入睡，一到夜晚，就會變得興奮，總是要到外頭去晃晃，他總是要鬧到天亮後，回到燈光敞亮的屋子，體力消耗盡了，酒精效力消退，還要加上很多安眠藥，才能好好睡覺。他的夜生活安排得滿滿當當，不愁沒有人陪他吃喝玩樂，出院後，父親不讓他跟以前的朋友見面，他很孤單。那些在夢裡出現，在清醒時幻生的事物，會讓他四處逃竄。當夜晚來臨，某種比黑更黑的東西會從心靈深處冒出來，他與那個臉上有胎記的人開著車在鎮上遊蕩，爸爸說那個人是他哥哥，家人對他來說都是束縛，可是這個長著恐怖胎記的人，很像是他惡夢裡會看到的人，他生著兩張臉，你不知道他轉過身來會讓你看到哪一張臉，可是坐在這個男人車上，他卻感到安全放鬆，好像他能將所有恐怖的事物都擋在車外，他們在夜裡商店都打烊的城鎮裡遊蕩，或許有胎記的人也是睡不著的吧。車上放著音樂，某種鋼琴曲，叮叮噹噹的鋼琴敲響，他小時候還沒生病，也學過鋼琴、小提琴，母親每天讓他聽好多音樂，那時他還能清楚感受音樂，還能清晰理解樂曲的起伏如何影響他的情緒，他還記得手腳潔淨，穿上漂亮的小西裝，跟鋼琴教室的人去禮堂表演，他覺得自己彈得不是很好，他很容易緊張，可是當他坐在舞台上彈奏鋼琴，手指飛躍，他還沒被惡夢襲擊，他曾想過，有一天，他想要成為鋼琴家，那時他還有夢想，他以為他可以完成很多事，人生還很遠很長，有各種可能。

後來他成為了一個在黑夜裡遊蕩的人。他成為一個腦子被吃掉的人。他成為一個，殺過了人，卻對那個夜晚沒有記憶的人。

快停止。他摀著頭，太陽穴有什麼腫脹得快要衝出來，他腦門脹痛，額頭像被鑽子穿透，都錯了，如果那一天，他們不要尾隨那個女孩，如果他們沒有看見她與一個男人在草叢裡做愛，如果他沒有看見她裸裎的身體，白得像雪，她的頭髮披散，一張臉妖豔得令人發狂。

後來他們時常去女孩家埋伏，總是暗地裡跟著她前行，這對小情侶愛得深濃，不知道黑夜裡有人尾隨、有人跟蹤，他們四下尋找，躲在每一個不應該躲的地方，肆意宣洩情欲。這好像變成了他們夜晚最重要的活動，如果能成功尾隨，目睹那一場夜間的偷歡，他感覺這個夜晚就沒有白費。

他不知道有胎記的男人在想什麼，那人從來也不曾在偷窺的時候自瀆，那個男人冷靜得讓人害怕，可是又溫柔得讓人放鬆，他記得那一天，男人擋在女孩前方，那個女孩近在咫尺，在車頭燈照耀下，她呆若木雞，像被嚇壞的小動物，不敢動彈，只要他下車，就能將她帶走。

他只記得自己興奮得不能控制，在車上就將她的衣服剝光，女孩失去意識，安靜得像是在睡覺，他反覆撫摸那具美得令人恐懼的身體，不知為什麼，他感到害怕，或許因為，長到這麼大，他碰觸過許多女人，卻從來也沒有遇到過一個女人已經完全失去意識，可以任他擺布。

他吃了藥，喝了酒，跟男人將女孩帶到他們家的木屋，他一直在想該做些什麼，什麼是他真正想要的，腦子太擁擠，腦子又太空洞，各種想法一出現就會消失。「她是我的嗎？」他問男人，男人點點頭，他伏下他的臉，貼在女孩身體上，那種溫熱鮮香，沒有脂粉味，沒有菸臭酒臭，有一股淡淡的清香，吸進鼻腔裡好舒服，她的肌膚光潔柔滑，像絲緞，也像是高級皮革，他在她的身體面前，突然感覺到自己其實也只是個少年，他沒有膽子做那麼多瘋狂的事，光是把臉埋進她的胸乳間，都激動得想要哭泣。

他將她擺放在木屋的床鋪上，她彷彿洋娃娃似地任他擺弄，他以為他會立刻進入她的身體，就像他渴望的那樣，但他只是安靜躺在她身旁，聞嗅著她頸子傳來那陣陣的清香，他與她緊靠著，彷彿做夢一樣。他感覺到一股安寧，平靜，彷彿聽到小時候彈奏的鋼琴，是啊這個女孩有著好聽的聲音，他想起許多久遠前的事物，他感覺眼前視線逐漸模糊，他把雙手放在她的頸子上，他不想這麼做，他還是做了。他感覺雙手的震顫，指尖用力，掌心發燙，所有眼前景物全部退去，只有女孩那潔白優美的脖子，像一個不斷旋轉的東西，開始左右左右搖晃，搖晃著，旋轉著，他加重力氣，女孩開始掙扎。

當他清醒過來的時候，她已經死了。

丁小泉的父母過世後，老家是姑姑在住，以前宋東年跟小泉的姑姑也滿熟的，小泉父親凶悍，管得很嚴，有時他們要約會，還會用姑姑當晃子。姑姑見到他很高興，但兩人都想起了小泉，不免又哭哭啼啼。後來宋東年問姑姑，小泉的相簿還在不在，他想看看。

「當然在，小泉的東西我怎麼都捨不得丟掉。」姑姑說。

姑姑下樓時，拿著幾本相簿。宋東年逐一翻閱檢視，小泉真是美麗，這些相簿有很多照片他都沒看過，他沒見過小泉的童年，也沒見過她小學與中學的樣子，她一直比同齡女生高，長得也特別出眾，不過宋東年要找的不只是小泉的照片。

等到他看到照片時，他幾乎要叫出聲來，太像了。

那是周佳君的照片。

小泉與周佳君以前就是好朋友，很多照片裡都有她，宋東年的記憶裡，她是個清瘦秀氣安靜的女孩，但記憶很模糊，好像她就是淡淡地存在著，一點也不想招人注意。有幾張拍得特別清楚，他赫然發現周佳君跟吳月涵與柳敏秀非常相似，對，特別是那單眼皮，挺立的鼻子，小小的臉，他發現周佳君與李海燕有著明顯的不同，她的鼻子眼睛都不一樣了，那些女孩長得像以前的周佳君，而不是丁小泉，他一開始就弄錯了。

他立刻撥打電話給李海燕，但手機沒有訊號，宋東年有不祥的預感，決定先回他家一趟。回到家，發現李海燕已經離開，他瘋狂撥打電話，李海燕的手機始終沒有回應，這時他才發現李海燕昨晚傳了訊息給他，看完訊息他趕到月影飯店，櫃檯人員說李海燕上午離開了，他再問櫃檯人員，知道這個客人要去哪嗎？櫃檯的人說不太清楚，早班的員工在午休，等回來再幫他問問。

宋東年請櫃檯調閱消費紀錄，發現李海燕昨晚有到酒吧消費，他再調閱酒吧監視紀錄，竟然看到高岸跟李海燕在吧台一起喝酒。

他到吧台詢問，調酒師說對李海燕有印象，他問調酒師有沒有聽到他們聊些什麼，調酒師說很像是敘舊，宋東年請他再想想，調酒師說，跟李海燕一起喝酒的男人說了一些有趣的事，他沒有聽到全部，好像有提到天祥寺附近的木屋，「男人說他爸爸常帶他到木屋，做一些魔鬼訓練。我聽到這裡就留意了一下，那些訓練聽起來還滿可怕的。」

宋東年立刻打電話給高岸，劈頭就問：「你昨天晚上為什麼去月影飯店？你跟李海燕說了什麼？」

「我是跟客戶約見面，恰巧去了那裡，鎮上可以好好喝酒談事情的地方不多，月影飯店我本來就常去，跟李小姐是巧遇，我請她喝了杯酒，兩人聊了一會，也沒什麼，就是聊聊往事，年少時我們見過，閒聊而已。」

「李小姐怎麼了嗎？」高岸問。

「這就要問你了。」宋東年說。

「宋警官，我不明白你為什麼要這麼說。」高岸說。

櫃檯人員說他問過早班的人，李小姐問了關於天祥寺的事，早班跟她說天祥寺是個小廟，如果想要拜拜，建議她去觀音寺。宋東年想既然李海燕去了天祥寺，應該就是要去找那個木屋。

宋東年開車前往天祥寺，一路上他一直在打電話，李海燕的電話就是沒有回應。他在天祥寺附近繞了繞，看到一個雜木林，林子不大，沒多久他就看到一棟木屋。那間木屋外表普通，就像是樹林裡農夫用來休息的屋子，只是更大些，看起來也不像度假的屋子。屋內的情況還不清楚，宋東年看到李海燕的車就停在旁邊。

宋東年在門外大喊著，李海燕，李海燕，你在裡面嗎？等了一會沒人回應，他把門鎖撬開，衝進屋裡，屋內有一股怪味，他四下搜尋，沒有發現李海燕。

木屋地上遺留一支手機，手機殼是天藍色的，跟李海燕的手機一樣，他知道有人比他早一步，把李海燕帶走了。

宋東年腦子又要炸開似的，該怎麼辦，他冷靜下來，想打電話尋求警力支援，卻發現沒有訊號，他仔細搜索木屋，發現了房間跟裡面的暗房。那間暗房裡滿滿都是少女的照片，那些照片記錄了少女遇害的過程，那些特寫鏡頭，女孩驚惶的臉，無助的眼神，以及攝影者詳實記錄的心態，讓他感到毛骨悚然。這裡一定就是命案現場。他很清楚，凶手收集戰利品，將自己的殺人紀錄在木屋裡收藏著，他一定是把少女誘騙後帶到木屋來，殘忍地一刀一刀殺死她們，暗房裡還掛有丁小泉的照片，丁小泉死前最後的樣子是那麼驚恐，凶手竟然這麼殘忍，連小泉死前的掙扎都要記錄下來，他心裡悲傷而憤怒，小泉死前到底經歷了怎樣的恐懼，他稍加想像就覺得心痛難當，如今，李海燕也正在經歷這些絕望與恐懼嗎？想到這裡，宋東年胸口一陣緊繃，他努力鎮定心神，繼續搜查。

木屋裡有很多高樹的照片，這裡是高樹的木屋，他幾乎可以證明犯案者就是高樹，但是當年十七歲的高樹，就有能力殺了丁小泉嗎？原因是什麼呢？他逐一細看那些女孩的照片，高樹似乎非常滿意自己的傑作，他保留了幾乎所有做案的過程，收集受害者的私人物品、項鍊、手環、髮夾等等小物品，都放在房間的一個玻璃櫃裡。他還在暗房架子上發現了十來個猴子玩偶。凶手鉅細靡遺拍下犯案紀錄，光是那些照片就能將他拘補。

他思考著下一步呢？高樹抓走李海燕，一定是因為李海燕掌握到什麼對他不利的證據，那麼李海燕被滅口的可能就大增了，高樹走得匆忙，從地上掉落的手機研判，高樹可能迷昏了李海燕，或者將她挾持，問題是，離開這裡，他們會去那兒？

「你不能再死一次！」宋東年大吼著。你不能再死了。宋東年大聲吼叫，自己都被吼聲嚇到，李海燕有危險了，他得去找她。

5

李海燕逐漸清醒過來，發現自己置身於一個陌生的空間裡，她慢慢睜開眼睛，看見自己躺在一張床墊上，身上蓋著厚被子，周遭空氣聞起來有霉味，她伸手想揉揉眼睛，但一個反作用力把她的手拉了回去，她才發現她的雙手被銬著手銬，手銬之間有一段鐵鍊，她逐漸看清楚自己在一個房間裡，房間沒有窗，天花板上吊著一盞日光燈，她試著起身下床，驚覺腳上也被上了跟手銬一樣的腳鐐，房間的所有牆壁上都貼著黑色的吸音棉。她發現自己被囚禁了，就開始大聲叫救命，有人在嗎？我被關在這裡，救命啊，快來救我！她發現自己的喊叫聲一下子全被都吸入了周遭牆壁裡，不可能有人會聽到她的喊叫。

喊叫過後，她努力鎮定下來，她努力回想，只記得自己在小木屋發現那些照片跟檔案，後來就被人摀住口鼻，接著就不省人事，是誰把她抓來這裡？這是什麼地方？

她發現自己全身的衣物都被人換過，她穿著一件很像袍子的東西，內褲好像是紙內褲，胸罩已經不見，只有套著一件背心式的內衣，袍子的布料很軟，還算保暖，屋裡有點冷，她試著走動，雖然有些吃力但還可以行走，這屋子四面都是黑色吸音泡棉，地板也加裝了塑膠墊，一切都像是精神病患居住的囚禁房，可以防止病人自殺或自殘。

屋裡一角有個馬桶跟洗手台，洗手台上有牙刷跟牙膏，一條毛巾，水泥地上有個水桶跟一個塑膠水瓢，她打開水龍頭，有冷水跟熱水。床邊有個木頭桌子，上面有三罐礦泉水跟一袋吐司。

她肚子發出了咕嚕嚕的聲音，身體感受不到時間，不知道自己昏迷了多久。她走到小桌子旁，拿了礦泉水跟吐司，狼吞虎嚥吃下去。

她感覺有人在偷看她，一種被窺探的感覺揮之不去，後來她發現右上方的天花板與牆邊轉角處裝了一支監視器，她把桌子拉過來，企圖爬上桌子去破壞監視器，但監視器太高，根本搆不到。她摟緊了身上的衣服，但知道沒有用，囚禁她的人已經看過她的身體了，她細細摸索著身子，沒有發現任何紅腫疼痛，下體也沒有什麼不適感，那人應該沒有侵犯她。還沒有。

她腦子在尖叫，她做過一個少女被囚禁的報導，嫌犯在網路上以打工的名義誘拐少女，他就是在自己的公寓裡加裝一個小小的囚室，把女孩關在裡頭。李海燕觀察四周，從氣味判斷，這裡可能是地下室，雖然開著暖氣，卻還是有股怪味，而且四周沒窗戶，房間門看來是厚重的木頭製成，但頂端有一個通風口，抽風扇不停旋轉著。這個房間到底是做什麼用的呢？為什麼有這麼多奇怪的設施。想到這裡，她突然意識到，難道這裡就是關押失蹤少女的地方？一種恐怖的感覺席捲全身，她拚命地敲門，踢門，希望有人可以聽見，過了好一陣子，她的喊叫，碰撞，踢門敲門，都沒有得到任何回應。她突然感覺好虛弱，好想睡，一下子就又昏過去了。

不知道過了多久，她醒來了。手腳上的疼痛提醒著她被關押囚禁的事不是做夢，她依然在那個小房間裡，她又開始喊叫，要把喉嚨叫破似地，發出畢生最尖銳，最高亢的聲音，高喊著救命，有人在嗎？救救我！

這些聲音彷彿射向四面的箭，卻瞬間都被牆壁吸收，完全沒有效應，不管做什麼都沒有用，不可能逃離這裡，也不會有人來救她！

她發現自己只要變得激動，會耗費很多體力，過後就會低落，疲憊不堪，想哭，恐懼，她知道自己應該要冷靜下來，因為恐懼或哭號都沒有用，而且恐怕對方正在監視器觀看她的一舉一動，她的哭泣哀號就是關押她的人想看的，於是她試著讓自己平靜下來，躺平在床上，她躺了很久，把這陣子發生的事都跑過一次，整理一下。高樹把她關到這裡來，是因為她發現了小木屋嗎？這個房間感覺像是存在已久，絕非臨時起意，這個房子到底藏在什麼地方呢？郊區？

市區？她毫無頭緒。

她昏睡了一下。醒來時，又喝了點水，吃吐司，她不知道以後還會不會有食物，但從這屋子的樣子看來，暫時她還不會死，她需要體力，萬一有機會逃走，可不能因為身體虛弱就失去逃生的機會。

她吃完東西就走去洗手台，她仔細刷了牙，突然感覺刷牙這個動作很奢侈，小小一條牙膏可以用多久？她看不到自己的樣子，但肯定很狼狽，她用手順了順頭髮，洗把臉，用檯子上的小毛巾把身體擦一擦，上洗手間時，感覺有人在看她，很不舒服。

她又去用力敲門，試圖發出各種聲音，但只要一用力，全身又感到虛脫。她又昏了過去。

昏睡，喊叫，敲門，反覆踱步，躺在床上思考，以及各種徒勞卻必須去做的事，李海燕感覺自己的腦子裡有些地方逐漸塌陷，好像被什麼蛀空，或許她會死在這裡吧，不管是因為什麼原因，這裡可能就是她最後的歸處。

當時那些少女們也被抓到這裡了嗎？她們是如何度過最後的時光？她們知道自己即將被殺了嗎？她們會後悔自己為什麼要跟陌生人走？後悔在網路上認識，就輕易相信了對方，後悔出門前沒有跟爸爸媽媽說明，後悔人生很多很多事都做錯決定，後悔像毒藥侵蝕全身，讓少女在死前痛苦不已，李海燕問自己後悔嗎？要後悔哪一件事呢？

迷茫中，她想起宋東年，那時他擁抱著她，她感受到長久以來的孤獨，好像漸漸融化了，為什麼自己要脫口說出自己是周佳君？可是她不能在那樣的時刻繼續欺騙他，她感覺那時候宋東年好不容易對她開放了自己內心的一小部分，她必須坦承。

想到這裡，她開始哭了起來，內心從恐懼變得悲傷，絕望，她不該來到桃林鎮，不該去驚動往事，可是她真的後悔嗎？她必須來到桃林，她只後悔自己沒有打電話告訴宋東年就去了那個木屋，可是她知道當時她的心情，她是那麼害怕宋東年討厭她。

想到這裡，她就昏過去了。

6

鐵雄帶著警力封鎖了小木屋，鑑識人員將屋子全部查過，沒有發現李海燕跟高樹的蹤跡，警員在木屋附近挖掘，動用警犬在樹林裡搜尋，有幾個可疑地點，後來挖出了幾具動物屍骸，判斷為小型貓犬以及兔子，也埋有幾件女性衣物，但大多已經腐爛。屋內有很多少女謀殺案的跡證，罐裝的氯仿、繩索、推車、行李箱、漂白水、大水桶、大型的透明塑膠布，木屋裡還有雨鞋、透明塑膠手套、棉布手套，鑑識人員在木屋浴室裡查驗到非常多血跡。那屋子簡直可說是一個殺戮紀念館，集滿所有犯案用的工具，以及案發時的照片，他們發現許多少女的飾品如髮夾耳環手鍊等，雖然還無法證實犯案人的身分，但這個木屋是高樹在使用的，架子上也有高樹的照片，床單上採集到的毛髮，以及物品上的指紋，雨鞋的鞋號，想來都是破案關鍵。

找到小木屋的證據，警局人心振奮。

種種證據都指向高樹犯案，連當年丁小泉的命案也因為有照片佐證，高樹被列為三椿少女命案的主要嫌疑人，警方發出通緝令，高樹的照片一下子上了頭條新聞。

只是高樹行蹤不明，李海燕也不知去向。

鐵雄在高樹的住家裡，查獲到很多性虐待的用具，頭套、嘴罩、面具、皮鞭，高樹在自家屋裡建了一間器械俱全的性愛娛虐室，裡面有大型投影機，還架設了攝影機，他們又查獲各類私密影片，有些影片看起來像是自己拍攝的，受害女子的臉都沒有被遮住，高樹將她們迷昏綑綁，讓她們在床上或八爪椅上擺出各種大膽的姿勢，警方也在清查那些女子身分，生怕還有其他命案發生。

警方向高樹發出了通緝令，宋東年與鐵雄兵分多路，進一步搜尋高樹其他的住處，高樹在桃林名下有三棟房產，但都沒有找到他的行蹤。

他們在追捕高樹的過程同時，也緊急追查李海燕的下落，每一天都在各種搜索行動裡，每一次的尋找失敗，都讓宋東年痛苦，他把從高樹木屋找到的猴子玩偶排列在辦公桌上，非禮勿言，非禮勿視，非禮勿聽，非禮勿動，他問鐵雄：「我們一直說三不猿，會不會其實李海燕是第四隻猴子？」

鐵雄說：「我們得快點找到她。」

宋東年懊悔自己那晚沒有第一時間看訊息，不知道李海燕離開他家，住到了飯店，他生命裡有很多陰錯陽差，而那些差錯曾經導致無法挽回的遺憾，他心痛地想著丁小泉，然後發現自己想起李海燕的時候，也是一陣心痛。

宋東年徹查高茂集團名下所有產業，高茂集團名下的工廠就有好幾處，宋東年和鐵雄帶著警員一一搜查，工廠的廠房內，倉庫，儲貨間，能找的地方都找遍，他們查了三天，這次他們沒有找到凶手留下的鏡像字，沒有與案情有關的線索，也沒有李海燕的任何消息。

時間越來越緊迫，宋東年覺得幾乎無計可施了，小陳說他查到一個可疑的地方，那是高家最早開設食品工廠的地點，廠房十年前轉賣給一家蜜餞代工廠，但後來那家工廠因為惹出違法事件而倒閉，廠房也廢棄，一直沒有改建，這個地方也可以查查看。

宋東年與鐵雄立刻開車前往，廠房位於西南區，占地面積不大，老舊的鐵皮屋，屋裡還殘留一些器具，宋東年跟鐵雄拿著槍，小心翼翼地搜尋，他們仔細搜尋了廠房，沒有任何發現，後來發現裡面有間合板加蓋的房間，他們打開門，空氣中瀰漫一股混濁的氣味，他們在那個房間裡，發現了倒在地上的高樹，高樹躺在一張睡袋上，看起來明顯已經死亡，應該死去有一兩天了，屍體已開始發臭。身邊滿地都是泡麵餅乾零食的空盒跟袋子，睡袋旁邊有幾罐礦泉水跟啤酒，一些藥物散落，幾瓶威士忌已經空了，還有一支用過的注射針筒。

「是藥物過量嗎？還是自殺？」宋東年問鐵雄。

「你看他藥跟酒一起混用，說不定是藥物過量暴斃了。」鐵雄說。

「那李海燕呢？」宋東年說。

他們徹底搜查整個廠房，但只有高樹的屍體，沒有李海燕的蛛絲馬跡。警方封鎖廢棄廠房，鑑識人員仔細地搜尋現場，將所有跡證全部取樣帶走，宋東年心急如焚，高樹已死，李海燕的下落沒有任何線索，他很擔心李海燕也已經死了。

7

分不清過了幾天，不知道自己身在何處，李海燕感覺精神越來越差，身體也變得虛弱，她知道自己昏睡時有人進來過了，因為屋裡總是會出現食物跟水，毛巾也換過了，她應該是被下藥了，但藥物是下在水裡還是食物裡？送來的大多是乾糧，吐司，麵包，有時是包子，以及礦泉水，李海燕試過不要吃那些東西，但即使不吃不喝，還是會昏睡，她不想失去意識，但是不吃又能堅持多久？有體力的時候，她還是會持續去拍門敲門大喊，但所有她努力發出的聲音，最後都消失在沉默中，誰也沒有聽見她的喊叫，沒有人知道她在這裡，那些求救的行為顯得越來越沒有意義，每次她這麼做，她就會面臨再一次的失望與崩潰。

她望著監視器那個方向，感覺就像一雙眼睛凝視，她大喊著，你想要什麼？你想要什麼？她大喊著，喊完之後又想，喊叫這些有什麼用呢？

她想著要怎樣才不會讓自己發瘋，她努力思考各種可能逃出去的辦法，但她連關押她的人都沒見到，要如何逃走？這個房間就像是已經被世界遺忘的地方，無論如何喊叫，敲打，踢踹，就是沒有回應，她茫然想到丁小泉死後那一段黑暗的時光，她把自己關在房間裡，那應該沒有超過一個月，可是感覺每天都好漫長，阿姨做好飯叫她出來吃，吃飽她就又躲在房間，戴上耳機，把音樂放得好響，可是音樂也阻隔不了那些在心裡喊叫的聲音，父親殺人，子女必須償還。她心痛的是，她最喜歡的朋友被自己最愛的父親殺了，她連哀悼的權利都沒有。

後來的人生，她看起來積極向上，她只想用力往前跑，甩掉過往沉重的記憶，她好像做得很好，可是，她的生命總有突然被按停的時候。她大學時代交過一個男友，人品長相各方面都很好，男友很愛她，男友帶她回家，對方家人也很友善，晚餐桌上大家閒聊，男友母親問她老家在哪，父親做些什麼，她如背誦般說出姨丈的職業，男友母親又問姨丈幾歲。她突然傻住，對啊，姨丈幾歲，她忘記了，她掐算父親的歲數，那時，如果父親在世應該是五十歲整，可是她這麼一換算，突然就陷入了關於父親的記憶裡，往事來得如此凶猛，她根本來不及回神，她在餐桌上突然全身僵硬，不能動彈，彷彿經歷夢魇，所有人都過來拍她問她，你怎麼了，你還好嗎？那種感覺永遠也忘不掉，她清楚看見身邊的人的動作，聽見他們說話，可是自己卻動彈不得，不能出聲，彷彿被凍住了一般，時間一分一秒流逝，她想要快點恢復正常，可是她沒辦法，她覺得再這樣繼續下去，別人就會看穿她內心隱藏的事，會看破其實她根本不是正常人。她越是緊張，越是焦慮，就越無法動彈，那感覺痛苦得像是一種凌遲，時間彷彿無窮無盡，她會被禁錮在自己的身體裡，再也無法恢復。

如今那種恐懼變成真的了，真相是她雖然可以走動，可以發出聲音，但她的一切移動，發出的所有聲響，喊出的所有句子，都被這個屋子全部吸收，彷彿她不曾存在過一樣。

8

他第一次發病時，他用手圈住那隻狗的脖子，狗拚命掙扎，他越發感到興奮，等他鬆手時，狗已經不動了，看著狗失去氣息的身體，他才意識到自己結束了一個生命，他只是想要試試看，可是當他這麼做時，他的情緒潰堤，記憶中斷，內心的罪惡感壓過了理智，突然間就讓他當機。那一次發作，他清醒過來之後，媽媽在一旁哭，哭的不知道是自己殺了狗，還是因為自己用拳頭撞破了鏡子，弄傷了手。那之後，他就知道自己內心有魔鬼，他無法確知自己想或不想，可是衝動一直都在，人人都說他是小霸王，他什麼都敢，可是他內心也有恐懼的事物，只是不能讓旁人發現。

但是那一晚當他哥哥說他是如何勒住丁小泉的脖子，如何用刀刺傷她，一刀接著一刀，直到將她殺死，他瞬間就崩潰了。

握著刀的手彷彿還感受得到鮮血的噴濺，他好像還聽得到丁小泉無助的喊聲，可是那些又好模糊，他什麼都不記得了，只記得他用手勒住她的頸子，看到她的臉漲紅，表情痛苦，他就興奮得不得了，那種興奮無可比擬，可是真的殺死人，還是超過了他的極限。

父親與哥哥策劃了那次的棄屍，他躲在車子裡，感到自己破裂成無數個碎片，為什麼非得追求這種快感？他並不明白，以前在醫院裡，醫生給他吃藥，做各種治療，他從沒對醫生說過，他渴望圈住女孩的頸子，渴望得快要瘋掉。

從此他是一個殺過人的人了，他終於釋放了內心的魔鬼。他再也不是他自己了。

高樹已死，李海燕下落不明。桃林鎮湧入大量媒體，高茂集團少東高樹涉嫌三起少女謀殺命案，網路上開始風傳各種關於高樹的流言，媒體也開始挖掘高東亮的背景，起底高茂集團的內幕。有人向週刊爆料，說高岸是高東亮的私生子，爆料者還將高岸入籍前的名字跟少年時代的照片刊登出來，高岸一向形象良好，高樹死後，他代表高茂集團出面開記者會向社會大眾道歉，面對鏡頭態度謙卑，記者詢問他身分的事，他沒有正面承認，只說民事賠償部分高茂集團絕對負責到底。

隊上組員開會協調分配尋找李海燕的細節，小陳跟宋東年和鐵雄說，前天他和朋友去一個茶行喝茶，在茶鋪裡遇到一個退休警察，大夥一起喝茶聊天，有人提到高茂集團的醜聞，退休警察就說他很多年前辦過一個案子，有個小孩在孔廟的廟會上與母親走失，路人把他帶去警局，那個孩子連自己家住在哪都不知道，也不知道媽媽的全名，他想辦法從孩子的描述裡找到他的住處，送回家的時候，他媽媽一臉詫異，看起來就像是刻意遺棄他的，後來他看到週刊報導，原來當年那個叫高淵的孩子就是高茂集團的高岸。退休警察說，高岸小時候那個胎記還真嚇人，看起來真的很刺眼。但因為胎記就遺棄自己的小孩，這個媽媽也真夠狠心的。

警局裡派了大量人手持續搜查李海燕的下落，局裡的記者會發布了李海燕失蹤的消息，請各界協尋。宋東年從高樹的交友狀態下去追查，高樹行蹤詭祕，家人都說不知道他有什麼朋友，毒品哪裡來的也不知道，宋東年找到兩個小模特兒跟幾個桃林富商的兒子，都說跟高樹一起玩過，高樹住的那個高級公寓時常開派對，玩得都很瘋，不過即使如此，也沒有什麼關於李海燕的線索，能找的地方都找遍了。

李海燕報社總編跟她阿姨陸續來到了桃林鎮，同事家人都很擔心，總編說李海燕失蹤是因為工作，他會動用所有資源協助調查。李海燕的阿姨一直在哭，她請求警察一定要找到李海燕。宋東年跟李海燕的阿姨說，「李海燕之前一直在協助他們調查命案，她真的是很優秀的記者。」阿姨說：「海燕說要回來桃林鎮，我就很擔心，一開始我擔心她觸景傷情，沒想到竟然出事了。警察先生，你們一定要找到她，這個孩子命太苦了。」

李海燕下落不明，生死未卜，宋東年吃睡不寧，他整天東奔西跑，夜裡就睡在警局，鐵雄忍了幾天看不下去，硬拉他出去吃飯，麵攤老闆以前也是個警察，大腿中過槍，走路不方便就改行賣小吃，鐵雄很常去光顧，他們點了許多東西，鐵雄要開車所以只吃飯不喝酒，宋東年只喝酒不吃菜，鐵雄罵他：「不留點體力怎麼找李海燕？你看你那張臉，跟鬼一樣，你回家好好洗個澡睡個覺，這樣下去不行啦！」宋東年眼神渙散，因他夜裡總是做惡夢，醒來後就再也睡不著。

麵攤在孔廟附近的夜市街，吃完飯他們走路去拿車，鐵雄站在路邊抽菸，宋東年也抽了兩根，宋東年要按熄香菸時，看見孔廟圍牆邊的空地上有幾隻猴子石雕像，鐵雄也看到了。鐵雄看宋東年失神的樣子，知道宋東年可能是因為看到猴子雕像，想起了李海燕，他怕宋東年觸景傷情，就說：「小陳上次說那個退休警察提到的，高淵就是被他媽媽遺棄在孔廟這裡吧！也真夠可憐的了！」

看著猴子石雕，宋東年像是突然想到了什麼似地說：「你還記得高樹死的樣子嗎？」

「記得啊，他倒在牆邊一個睡袋上，表情很痛苦，身邊散落很多食物空盒跟酒瓶。」

「你記得他的手怎麼擺的嗎？」宋東年問。

「他的手？我想想。」鐵雄說。「手好像放在肚子上？像這樣？」

宋東年指著第四隻猴子，問鐵雄：「如果李海燕不是第四隻猴子呢？」

鐵雄看了看第四隻猴子的樣子，激動地說：「我的老天！如果高樹才是第四隻猴子，那凶手很可能就是高岸！」

9

她來到他眼前。就像是突然降落一樣。

他沒有刻意安排，一切就這樣發生了，女孩每天提著兩個彩色的便當袋，豆漿，飯糰，蛋餅，燒餅油條，便當袋子裝得滿滿的，都是他親手幫她裝上的。女孩擁有這世間上最美麗的微笑，而且那微笑是對著他而來，是給予他的。他不知道自己如何鼓起勇氣與她攀談，還是女孩先對他問候呢？先後次序他已記不清，過程太像美夢了，他只知道，回過神來，他們已經是每天都會講一兩句話的關係了。

在他打工的那段期間，女孩幾乎天天都來豆漿店買早餐，他已經牢牢記住女孩早點都買什麼，他記得女孩總是把長髮散開，烏黑整齊的長髮襯得她潔淨的臉更白，在人群裡排隊，那張小小的臉像會發光似的，他感覺自己就像在黑暗裡，看見一盞小小的燈，發著光，慢慢朝他走近。

多年後他始終記得那些早晨的相逢，女孩是如何對他點頭，他跟女孩打招呼，然後女孩回應，他說天氣真好，女孩說是啊是啊，他說你好嗎？女孩說，我很好，謝謝你。他說，今天還是吃一樣的嗎？女孩說，是的，謝謝你，你真細心。每一句話他都記得，那無數個早晨，多少次問候，在記憶裡像是永遠不會停止的循環，女孩走進來，跟著人群排隊，他遠遠就看到，女孩總是耐心等候，排到她的時候，她會突然燦爛一笑，那時他的心臟就像被人捏住了一樣，女孩不該那樣對他笑，好像這是一件她期待已久的事，她不該那樣對自己溫柔，卻又好像這件事根本不重要，每一天他都覺得比昨天更好一點，人們會忘記他的胎記，他會忘記他的恥辱與痛苦，只會記住女孩美麗的笑臉。每天他回到家，又聽到母親的抱怨，感受到她的疼痛與不滿，感受到母親根本不愛他，甚至恨他，那些痛苦而羞恥的事，都被淡化了，他可以因為女孩對他的一個微笑，一個親切的問候，原諒這世間給予他的所有折磨與羞辱，他懷抱著那些甜美的記憶，晚上就可以安心地睡著，因為第二天，即使學校放假，女孩也會到店裡來，他不知道女孩為何而來，可是女孩來了，她如期而至，幾乎是準時的，只要店不休息，女孩一天不落，他也就一天也不請假不遲到早退的，在那個地方等著她。

照相館的小妹也是少數會與他說話的人，小妹說，喜歡一個人就要好好表達。不然會後悔的。

後來阿永叔叔來找他，說父親要帶他回家，讓他入籍，他與母親幾乎沒帶走什麼東西就上了那台車，被安置在那個新家。第二天他很早很早就起床，騎很遠的車，去早餐店等待，他花了一整晚寫了好久才完成要給她的信，他在信中寫著自己與她的相遇，寫著自己的傾慕，書寫她對他的意義，他約她下午六點鐘，到孔廟的石猿前面等待，他要送給她，他為她拍的那張在桃花樹下的照片。他寫著父親已經來接走他們，所以他不會再去早餐店打工，媽媽有錢治病了，自己也可以回到學校讀書，生活會慢慢變好的。

不見不散。

後來他非常後悔自己寫了那封信，但是信已放在放早餐的袋子裡送出，不能收回，那天傍晚女孩沒來，他在石猿前面等了好久好久。

他越等越心寒。

他知道女孩不會來了，女孩跟其他人沒有什麼不同，她的微笑，她的親切，都只是禮貌，只是客套。他應該死心，應該放棄。

等待越久，他失落越深，從失落轉變為仇恨，只是一瞬間的事，他突然開始恨那個女孩，恨她的辜負，恨她的虛偽，恨她用輕輕幾個笑容就瓦解了他的防衛，本來他早已棄絕期待，他以為自己不會去愛任何人，就不會受到傷害，可是他期待了，所以他跌落深淵。

那女孩也不過是個蠢笨的孩子，她不懂得他為她付出的是一份怎樣的愛，她不懂對於一個絕望的男孩，當時她的一舉一動對自己意味著什麼，她不懂就是因為那份期待太深，所以失落才會那麼重，他在孔廟前痴痴地等待，路人經過時，會對他投以奇怪的眼神，可是他一直等待著，他以為女孩就算不喜歡他，也會來親自告訴他，至少，她可以收下他拍的照片，可是她沒來。

那個孤獨寒冷的夜裡，陪伴他的只有那四隻石猴子。正如當年一樣，那四隻猴子不只是陪伴，而是詛咒啊，小時候，孔廟前舉辦廟會，媽媽帶他去逛廟會，後來就把他丟在了那個市集裡，他就站在那些猴子前面像傻瓜一樣，相信母親一會兒就會來接他了。

大家都說石猴子好可愛，可是它們矇著眼睛，摀著耳朵，捂住嘴巴，它們幫不了他，那天，經過了漫長的等待，他覺得自己也變成了石猴子，眼瞎目盲，不能動彈，他會因為等待而變成石柱。小時候是這樣，長大了依然，過去他媽遺棄他，而後來是他愛的女孩失信失約。

那都是遺棄。

他在冷風裡顫抖，所有記憶裡的悲傷，恐懼，痛苦，無助都回來了，媽媽遺棄他的時候，他還不會寫字認字，不知道自己住哪，不知道自己的全名，不知道家裡電話，媽媽是故意要拋下他，而不是她所說的自己走失了，他忘不了當她看見警察帶著他出現的時候，她眼裡的驚恐，就像他是她生命裡已經逃離的怪物，他又出現在她眼前時，她驚恐的表情，他永遠忘不了。

女孩也是這樣看待他的嗎？他只是個陰森古怪，臉上有個魔鬼胎記的人。

後來很長時間裡，他會做那個夢，夢中，粉色桃花紛紛落下，像柔柔的織毯，他與單眼皮女孩躺在花床上，談很多話，他大聲對女孩說，我喜歡你。

他聽見女孩笑了。

隔天，他去了桃花林，沒看見女孩，卻看見了那兩個人，丁小泉跟她的男朋友，在桃花林裡卿卿我我。

他心裡想著，再給她一次機會，或許她昨天有事，所以沒出現。再等等她吧。

他等了很久，等到丁小泉都在桃花林裡睡著了，那個大膽的女孩，躺在桃花樹下，雙腿敞開，短裙下幾乎都露出了內褲，他想起母親說過的，十六歲的女孩最無知，不知道保護自己，也不懂得廉恥。他恨恨看著那件隱隱約約的內褲，內心感到一種灼燒般的痛苦，那個黝黑的小子在桃花林裡閒逛，然後周佳君就走出來了。

他永遠無法忘卻那一幕畫面，周佳君原本愁容滿面，看到那男孩的時候，一張臉就像桃花一樣，臉頰泛紅，眼睛發光，笑得那麼燦爛，那麼甜美，好像看到了全世界她最想要的東西，那一個瞬間他突然懂了，女孩沒出現，是因為她喜歡的人是這個打籃球的男孩，是她好友的男朋友。自己無論給她寫多少信，她都不會理會的。

一種被雷劈中的感覺，瞬間改變了他的思維，愛有多深，恨就有多強烈，那一刻他心裡對周佳君滿滿的愛，突然化為憤怒，憤怒之火熊熊燃燒，可以燒掉全世界的桃花林。

後來的時間過得很快，他跟媽媽搬進爸爸幫他們準備的屋子之後，生活開始改善，他們擁有很多東西，他被司機載到爺爺的別墅，全家人一起吃飯。爺爺說，「找最好的醫生，把他臉上那個鬼東西給弄掉，我們高家可不能出一張鬼臉。」爸爸點頭說好。奶奶說，「身材倒是挺高大的，五官長得也像我們東亮。」爸爸點頭說是。

一離開那個屋子，爸爸就甩了他三個耳光。「別給我丟人。」爸爸罵他。

他被打得暈頭轉向。

回到家，爸爸狠狠地說：「要當高家的人，你還有得學勒。」又用力推了站在他身旁的媽媽，罵她說：「誰叫你生出這麼個鬼東西，不幫我把他教好，就讓你們回街上流浪。」

爸爸離開之後，媽媽一會哭，一會笑，媽媽拉著他的右耳，提得好高好高，大聲對他說：「快點變正常，你快給我變成正常人。」好像催眠似地，反反覆覆這麼說。

他想起那個女孩，那些個女孩，那些早晚要被男人禍害變成母親的女孩，都可能會變成他媽媽，會傷害可憐的小孩子，會辜負愛他們的兒女，那些女孩，都該死。

他在黑夜裡醒來，有風吹動窗簾，感覺屋裡有人，那人不出聲，他感覺得到黑影晃動，感覺得到那人的呼吸聲，感覺到某種溫熱的氣息，像豹子蹲伏在黑夜，靜靜等待著，他捏一下自己，很痛，所以不是夢。

可是這半年裡他遭遇到的每件事都像夢。寬敞的屋子，柔軟的沙發，有阿姨來屋裡幫忙煮飯，有司機開車帶媽媽去看醫生，他不用再輾轉公車拖拉著媽媽沉重的身體於醫院診間流連，他可以回去上學了。

陌生人在屋子裡，在陌生的家進行所謂家人的相聚，他不太習慣，男人剛開始會打他，他說那是一種教育，教他站立，坐臥，穿衣，行走，禮儀，彷彿訓練一隻猴子跳舞，那些他本來就會的事，不知道為何需要再學，男人伸出手刷地搧過他的臉，他最恨的那邊臉頰因此發熱泛紅，男人說，那是一種病，應該醫治去除，可是他又說不出那是什麼病，只恨恨地說，真骯髒。

媽媽聽了就哭，哭了想想又發笑，摟著他說，沒事了沒事了，那是愛你才教你。我們以後不愁沒錢了，還怕什麼？他熱辣辣的臉發痛著，他眼睛裡還有眼淚，媽媽說沒關係，沒有比窮更可怕的事，他心想，再怎樣窮，他從沒有讓媽媽挨過餓，醫藥費，生活費，他都拚命去賺了，他一直在努力讓她覺得快樂，可是這個女人從來沒有對他滿意過，這個女人，他心想，但是她是我媽媽，那個男人，我要叫爸爸，他想，他跟那個白臉少爺不一樣，爸爸媽媽並非天經地義，他還沒符合被愛的資格。

男人訓練他很多事，也包括喝酒、開車，與鬥毆，男人摔打他，教他防身，也教他忍痛，男人訓練他於黑暗中視物，把屋子燈全關黑，要他聽聲辨位，放一隻狗來追他，這有點超過了，他心想，我沒那麼笨，男人以虐待他為樂，卻說是那是在教育。

只是想要一個人簡單地、無所求地愛他，怎麼會是那麼困難的事，想要像一個人那樣被對待，被尊重，被當作會呼吸會說話會感受會有情緒有需求的人，為何如此困難，他想起那個女孩，曾經很簡單地對待他，彷彿他是個正常人，但老天連那個也拿走了。

通過考驗的話，你就是我兒子。

男人說。

弟弟丟來一包菸和一瓶威士忌，弟弟說，喝光它，我就認你當哥哥。

他早早就知道那屋裡的人有病，卻不知道自己根生於那個血緣，也共享著那份怪異，等他通過考驗，得到烙印，他彷彿也學會了如何蔑視，如何輕忽，如何錯待，把人分成階級，分成等級，人與次等人，非人，除了我以外都不重要，去除同理心。

那段日子裡，他時常跑去那座桃花林，遠遠地，還可以聽見女孩在笑，那笑聲迴盪他耳中，變得極為尖銳，他知道自己的聽覺、嗅覺、感官都逐漸改變了，變得高級，父親說，這才配得上你的名字。

他掩住了耳朵，因為裡面有迴盪不停的尖叫聲。他體內有很多感覺在衝撞，失望，委屈，後悔，憤恨，受到背叛。

那些來自黑暗的東西。

可是他們說那叫作愛。

他滿十八歲了，可以考駕照，他學車很快，一下子就可以上路，他開著父親給的車，握著方向盤，感覺自己可以掌控人生，但是，父親給他車，是為了讓他接送他弟弟，弟弟亂闖禍，就打電話給他，讓他去收拾。

那些跟弟弟約會的女人，都是些濃妝豔抹的女人，明明都很年輕，卻顯得老氣，他們總肆無忌憚在後座親熱，發出吵人的噪音，弟弟習慣於這一切，包括把他當作空氣，他也逐漸習慣後座的吵鬧，可以當成背景音樂，那通常是在深夜裡，安靜的大車行駛在路上，女孩很容易被這輛車吸引，有時弟弟去玩樂，他就在車裡等候，真的會有女孩子走上來，敲他的車窗，不過當她們看到他臉上的胎記，還是會忍不住後退幾步。

女人，都一樣！

等候的時間裡，有時等煩了，他就自己開車遊蕩著，有了車，哪裡都可以去，車子就像一個隱密的斗篷，躲在裡面，可以安全地觀看外界，他曾看過丁小泉坐在那個男孩的腳踏車後座，長裙隨風飄起，長髮也翻飛著，他看著那景象，突然想到弟弟說過的，當你親手捏死一個東西，你會突然感到生命的存在，感覺到自己可以控制一個生命的存活，那是最激爽的事。

但他要的不是激爽，他是要她後悔，後悔是比什麼都痛苦的，因為往事不可追回，已經發生的事無法挽救。

他在車窗裡望著外頭，他放慢車速尾隨那輛腳踏車，沒有人發現他，他就像一隻獸蹲伏著，他想過加速前進將他們撞倒，但一來這樣他就會被發現，二來那樣做實在太無趣了。他想到很多辦法，每一條都有危險，也都有可能，多有趣，路上行人來去匆匆，誰也不知道，自己即將成為這個蟄伏在車子裡，隨時要躍身而出的人的襲擊。

沒有人知道，他即將成為獵人。

第六部

樂園

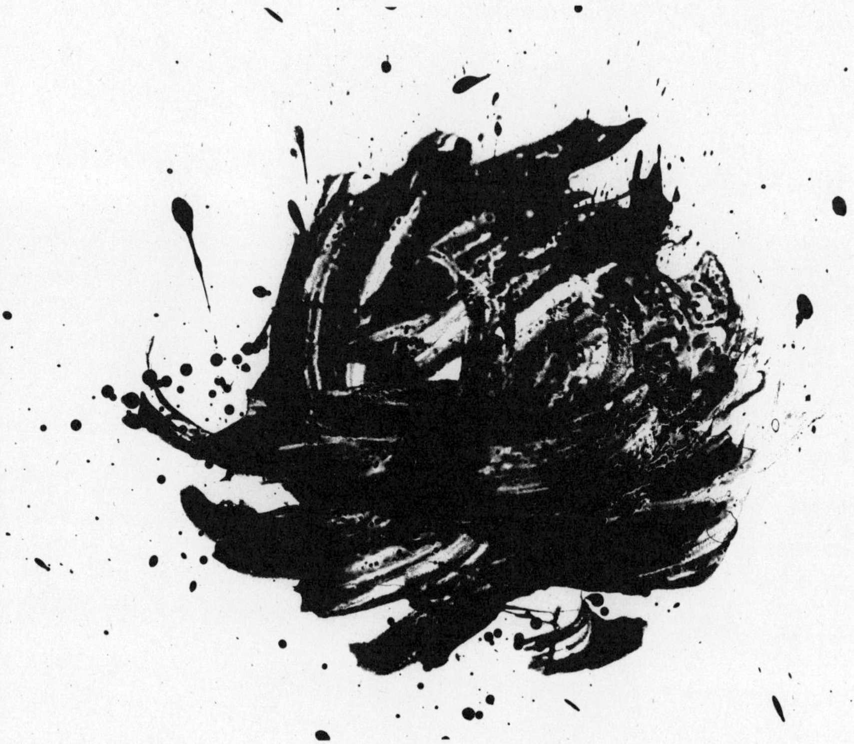

1

一切都不難，只是需要耐心。

而他有的是時間。自小他就有這種習性，比如觀察天花板上壁虎的爬動，比如在院子裡看螞蟻，或者，一隻蠹蟲在牆上，動也不動地，他就盯著看，非得看到牠動彈才罷休。

他喜歡一切需要時間的事物，比如等待，比如交換，比如替代。

漫長時間裡，他都在學習，學習父親的殘忍，學習兄弟的狂妄，學習從黑暗中現身，顯現一張可以示人的笑臉。最初時，他總感覺自己臉上肌肉僵硬，要模仿微笑，得需要多加練習。微笑，傾身，聆聽，交談，學習購買衣物，學習在百貨公司坐在沙發上等著服務員送上高級訂製皮鞋，以輕柔的動作幫你試穿。學習不卑不亢，學習威嚴，學習，溫柔。

這可能是最困難的一點，所謂的溫柔，是一種介於牽動臉部線條與內心糾纏的細微動作，可是他內心曾經升起過那種柔情的感覺，他還記得，只是難以複製。

臉上的胎記花了一段時間才去除，醫生還幫他做了微調，修復一些以前受傷留下的疤痕，母親讚美他長得比弟弟還帥，父親誇獎他說這樣才像高家人，爺爺歡欣地說，我們高家血統就是不一樣。不知為何，他看不見自己的帥氣英俊，他看到的始終是那張有著鬼頭的臉，心裡的印記或許是鐵烙下的，已經形成疤痕，再也無法去除。也或許是他緊緊握著那個印記不放，因為那是他還是他自己的證明。所有屬於過去的一切，母親都努力去除了，後來母親換了腎，恢復了健康，她每天精心打扮，等待丈夫上門。「像個妓女」，有次他聽到父親喃喃自語，他心想，可惜母親永遠不會聽到這句評語。他是妓女與惡徒生下的孩子，所以帶著魔鬼的臉不是很自然嗎？

難以想像胎記與疤痕都是父母替他製造的，他這個人的所有，是母親與父親的混合體，想起來就覺得恐怖，兩個男女在一起，就可以製造出生命，而且可以肆無忌憚，毫無責任地，任意對待這個孩子，想到這一點，他還是會感到戰慄。弟弟所說的掌握生殺大權，是不是也包括生育？詭異的是，這個什麼都敢做的弟弟，卻因為長期用藥，沒有性能力，他只能轉而追求更大的刺激，比如暴力，他會花時間，花大錢，去追求一個看起來很難追的女孩，然後在第二次約會的夜晚，給她下藥，將她帶去自己住的豪華公寓裡，等女孩清醒後，羞辱她，痛毆她。弟弟說，看著女人哀號慘叫，他才會有性快感。

但這些不是他想要的，他一直覺得他跟他弟弟不同，他不是精神變態，他只是個受了傷，內心有創痛的人，可是當他通過了考驗，變成高家人之後，他感覺自己內心好像有什麼力量被喚醒了，他如果還可以溫柔，那麼他也可以殘忍。

弟弟給他看一張照片，「這個女人你如果能給我弄來，我就叫爸爸讓你也搬到我們那棟大樓裡。」弟弟說。

那個女孩他認識，是桃花林女孩的好朋友丁小泉。

「我來。」他說。

那句話是一切的開端。

有些話語像夢囈，說出口就飄散成煙，有些話語像箴言，說出口就必須實現，有些話語啊，即使不說，在心裡光是用想的，都會成真，但是他說出口了，他必須做到。那個念頭從一句話變成一個畫面，然後是一連串的計劃，在腦中呼之欲出，他每天背負著這個計劃，開車在街上巡遊，有時他弟弟在後座上，翹著二郎腿問他，你找得到嗎？

他們在夜裡曾撞見丁小泉搭著她男友的腳踏車在街上閒逛，他們尋覓著隱蔽的場所，躲在無人的地方親熱，弟弟看了恨恨地說，好賤！

於是他跟弟弟夜裡總是開車出門，他們去丁小泉家附近徘徊，等著她逃家出門，他們發現丁小泉總是會先到約定的巷子跟宋東年會合，他把車開到丁小泉家附近等待，在路上攔截了她。從他停車在她面前，到他走下車走到她面前，丁小泉嚇得動彈不得，直到他迷昏丁小泉，她臉上那不敢置信，茫然又驚恐的表情，他到現在還記得。

後車廂裡總是有繩索跟氯仿，他查了很多資料，他去圖書館翻看醫學書籍，從中學習知識，他得做好萬全的準備。

他跟弟弟把丁小泉帶到父親的木屋，弟弟把丁小泉放在木屋裡的床上，脫掉她全部的衣服，弟弟興奮得發狂，他還不確定該怎麼做，那是個賭注，可是他知道無論如何他都會贏。弟弟把手放在丁小泉的脖子上，他只需要等待。他看著弟弟興奮得眼睛通紅，弟弟雙手勒緊丁小泉的脖子，然後又鬆開手，好像對自己的舉動感到恐懼。不知道是因為用藥或精神問題，弟弟好像有時自己做了什麼都不記得。

那個腦子有洞的弟弟，那個時常會記憶斷片的男人，其實內心還是個少年，可是這個少年內心盤踞著種種殘酷的思維，連弟弟自己都感到害怕，他後來發現與其跟弟弟競爭，與其想盡辦法贏得父親寵愛，不如順著他們，這些惡魔一樣的人，得用魔鬼的方法才能抵抗。

他什麼都順著他，處處幫他買單，什麼爛攤子都幫他收拾，他像他身後一個忠誠的影子，他像是他的衛士，可是他們不知道，只要給他足夠的時間，他就會開始反噬。

弟弟昏在一旁時，他還給他加了氯仿，讓他昏得久一點。

他那時還沒有具體的想法，當計劃要付諸實現前，他想再延遲一下那個過程，他以為他會興奮，他確實興奮，但他一點也不想侵犯丁小泉，他想要的是，結束她的生命。

差別在哪？他不知道，他感覺自己心裡深層的渴望不是性，而是一種凌駕於他人之上，可以掌握別人生死的權力，他想要擁有的，是看著一個人知道自己將死前的恐懼，看著那人知道自己無論做什麼都不可能得救，卻還要努力掙扎，努力求饒，奮力一搏的種種徒勞。丁小泉醒來後，他就實現了他幻想中的場景，丁小泉身體健康，強壯有力，赤裸著身體的她，在屋裡奔跑著，大叫著，她先是痛罵他，挨了一刀之後，就開始哀求他，她有時哭，有時叫，有時因為疼痛或驚慌而不發出聲音，小小的木屋彷彿變得無限寬闊，可以任她無盡地奔跑，可即使再寬闊，也跑不出他的手掌心。

他一刀一刀刺她，好像每一個下刀都讓她更接近自己想要的狀態，他拍下那整個過程，他從來沒有看見過那麼美的畫面，一個人如何從恐懼變成憤怒，然後開始悲傷，最後變得絕望，丁小泉死前那張美麗的臉終於潰散了，像是受到莫名的驚嚇，死亡來得比他想像還要慢，可是死亡卻發生在一瞬間，轉瞬她的表情就定格了。

他不知道自己如此擅長此道，他不知道這整個過程帶給他如夢似幻的感覺，他活了十八歲，生命裡只有挫敗跟屈辱，沒有人愛他，沒有人想要他，他是這世上最不重要，最卑微的存在，可是當他握著刀子，靠近那個哀號中的少女，他感覺自己就像神一樣。

不，或許是魔鬼，當魔鬼或許更好，魔鬼讓人害怕。

弟弟清醒過來，看見自己雙手沾血，以為自己殺了人，他耐心勸慰，說會幫他處理，他打電話給父親，他跟父親說，弟弟不小心殺了人，「我會善後。」父親說，「處理乾淨。」

那個過程裡，弟弟一直在崩潰，他冷靜地處理屍體，棄屍地點他早已選定，那時是開花時節，他幻想過無數次，如何布置那個絕美的畫面，如今更令他滿意的是，他一次可以完成好幾個願望。

半夜裡當他到了周富的小木屋，周富還在昏睡，他摸進農舍裡，用氯仿將周富迷昏，把事先準備好的證據都擺好，他拿出沾了血的凶刀，放在周富的手上。

他用周富農舍裡的小推車，把丁小泉的屍體推到桃花林，他真是費了很大的力氣才把現場布置得那麼美，那是一棵少女之樹，承載了所有少女的物品，像開花結果一樣，樹冠樹枝上，吊掛著女孩的衣裙，背包，襪子，內衣褲，他偷偷藏起了女孩的項鍊與髮飾。

當他布置好一切，他退到遠處，欣賞著那全景式的圖案，拿出相機拍下。

天快亮了，灰濛濛地，一棵長滿少女之物的樹，旁邊的草地上躺著一個睡美人，赤裸的丁小泉，死了比活著更美，因為她那雙傲慢的眼睛再也不會對他露出同情的目光。他不知道誰會第一個看到這個畫面，但即使再遲鈍的人，也能看到那種美，會受到震撼。

他內心完全地平靜了。

他不再是那個卑微低下，受人擺布的人，他可以決定很多大事，就在這一瞬間，他心中湧起了一股，近乎愛的感覺。

2

李海燕恍恍惚惚不知度過了幾天，食物都吃光了，她開始害怕起來，她感覺自己可能會被遺棄在這個誰也不知道的密室裡，被活活餓死。她越來越無助，越來越恐慌，但她努力保持清醒，維持理智，至少身邊還有水，她深信宋東年會找到她，但她也不知道這份深信是打哪來的。

或許，那是源自於絕望。

被囚期間，她想了很多事，是丁小泉死後她從未正面去思考的事，如今已經證明父親的清白，她在心中悼念父親，也悼念丁小泉，自己很可能是凶手的下一個目標，也可能凶手根本不用動手殺她，只是把她關著不理會，她也早晚會死掉。一種難以言喻的悲傷與恐懼從身體深處湧出，父親死後，她感受到的也是一種被遺棄的感覺。在母親死後，父親沉迷於悲傷與酒精中，她就感受到父親的遺棄，喪妻之痛她可以試著理解，但自己也因此喪母，失去母親同時又失去父親的關注，反而變成要去安慰照顧父親的人，就是因為如此她後來對父親也有不滿，如今她已經長大成年，她充分感受到父親當時的絕望，但她突然在想，父親如果是個會自殺的人，那母親死後他就會選擇自殺。

想到這裡李海燕從床上驚坐起來，父親會不會是在監獄裡被殺死的呢？死後被布置成自殺的樣子，對，不是沒有這種可能，感覺比父親畏罪自殺更有可能。

雜木林裡的小木屋，是父親以前打獵用的，父親交給他打理，後來小屋就成了他自己的天地，用來擺設他的收藏。要把他的作為替換成另一個人，竟然是那麼容易。或許到後來，人們已經分辨不出他跟他，誰是誰，或許分辨已經不重要，因為他的出現，就是為了彌補他的不足，他的存在就是為了要取代他。這許多年來，他一直這樣被教育著，你不是正牌的，你只是仿冒品，但是你如果做得夠好，或許你也有機會變成真的。

每天早上梳洗時，他從鏡子裡看到自己，他對自己說，這就是我。那張俊臉，放大再放大，是他得意的傑作，英俊，冷傲，理智，都寫在臉上，他很得意，這是用時間換來的，一張完美的臉。

他設下陷阱，她自投羅網。

可是過程比他想像中更漫長，當他第一次看到李海燕跟著那兩個警察出現在辦公室，那不像過往是偷偷的觀察，或者徵信社的人幫他偷拍的照片，而是真人實體，近在眼前，觸手可及的她。她早就換了一張臉，卻還是讓他激動，這麼多年來，他心心念念的，到底是李海燕還是周佳君，他已經無法分辨。她就是她，其他人無法取代，即使這些年來，他曾經在許多女人身上尋覓她的身影，無論是歡場上的女人，或者那些輕易對他投懷送抱的女人，每一個都會令他更加恨她，因為越過了那段青春純真的時光，最後她還是令他失望了。是失望沒錯，可能還有比失望更深的失落，終其一生他或許都會背負著這份失落，自己也無法參透，為何她可以傷他傷得那麼深，一個手無縛雞之力的少女，竟然可以將他整個人撕裂。

丁小泉死後他無數次想著，都過去了，她已經離開了，她已經死了，她無疑是跟死了沒兩樣，也是被摧毀過的人了，可是那依然無法平復他的憤怒與受傷，因為遺棄是那麼可怕的事，它會反覆出現在你的生命裡，用各種方式，在你在乎的人身上重現。

他不該相信她、喜歡她，把自己的心親手交給她，然後任她蹂躪。

可是他怎麼會懂得那些事呢？他只記得自己曾經活在黑暗裡，活在他人的輕蔑恥笑中，他是個連自己的母親都不愛的孩子，被遺棄在人來人往的大街上，苦苦地等候著母親回來，他是個連被親生母親拋棄了都不知道的孩子，他內心早就被損壞過了。可是他還沒有死透，那時他還有憧憬，還有嚮往，還有人足夠美好，讓他渴望一天醒來，有能力繼續呼吸，可以穿梭在人群裡，當個隱形人。他可以繼續隱形，忍受一切忽視，因為有人看得見他，只要那個人，僅僅有一個人懂得，知道，看得見他就夠了。在這世界上，在那段最絕望的生活中，他日夜打工，賺錢籌措生活費與醫藥費，母親即使病了也還會嘲笑他，辱罵他，母親也是個可憐的被遺棄者，他知道母親恨他，是因為他長得像他爸爸，他那一半俊美的臉，提醒著父親的殘忍，而另一半斑駁的臉，提醒著母親的軟弱。即使母親曾經遺棄他，他也想要賺錢把她救回來，因為除了他們倆相依為命，這世上他已經沒有其他盼望。可是她出現了，她清新，純真，美麗，她可以直視他的臉而面不改色，她看待他就像他是個非常正常的人，她好像看不見他的胎記，看不見他的醜陋，好像因為她看不見那些，或者她不在乎那些，他在她面前就變成了那個比較好的人。

他說不清楚那些渴盼是如何種下，如何生根，怎樣發芽的，等到他察覺的時候，她在他心裡已經無法動搖，不能抹去了，她變成他生存絕對必要的因素，每天早晨她的來到，是他一天所有的盼望。

是她親手毀滅了那一切。

3

「如果凶手是高岸，那麼四不猿已經完成，為什麼他要綁架李海燕？」鐵雄問。

「我有一種感覺，或許李海燕才是高岸的目標，但具體原因我還找不到，那些女孩都長得很像以前的周佳君，李海燕說她跟高岸以前在早餐店認識，我想可能是在年少時代他們之間發生過什麼，但那時他們都還是高中生，到底會有怎樣的恩怨實在很難想像。現在最重要的還是把李海燕找出來。」宋東年說。

「人海茫茫，怎麼找呢？高岸一定把她藏起來了。」鐵雄說。

「高岸如果藏匿了李海燕，他一定會去找她，只要我們暗中跟著他，一定有機會可以找到李海燕。」宋東年說。

「你覺得李海燕還活著嗎？」鐵雄問。

「我覺得李海燕還活著。」宋東年說。他說不上來那種感覺，他知道李海燕還活著，自從發現高樹才是第四隻猴子，宋東年就很確定李海燕還活著，高岸抓走她的目的不是要殺她，她不是四不猿，她是事件的核心。

可是她在哪呢？高岸會將她藏匿在何處？該如何去尋找？

他們查出高岸的住處，是在市區一棟高級大樓，共有十一樓，高岸與妻子住在八樓。鐵雄與宋東年一起監視高岸，他們開兩輛車，從早到晚輪流跟監，高岸不管去哪，他們都跟著，宋東年每天都會把大樓出入的車款車號與進出時間，一一記下。高岸生活規律，早上八點出門去上班，晚上六點準時下班，回家後有時還會再出門，應酬、回父母家、陪妻子參加某些活動，高岸名下有兩部車，他妻子也有一部，車牌車號都他們都掌握了，他們日夜守候，輪流休息，高岸總是開著那台銀色賓士進出。

鐵雄因為連日跟監太勞累高血壓發作，宋東年擔心他出事，要他先去看醫生。宋東年想起以前的搭檔就是因為跟監過勞，非常擔憂。鐵雄說：「那我回去休息一下就回來跟你換班。」

宋東年坐在車子裡盯梢時，時間好像無限延長了，有時他會覺得車廂變得很狹小，他會非常想下車去抽菸，或者隨意走走也好，可是很多時候他就是不能下車，連車窗也不能打開，生怕被人發現。

二十四小時盯人，宋東年幾乎沒怎麼睡，每次打了瞌睡，醒來就要懊惱，或許就是那時候讓高岸給跑了。有時他會用力捏自己的腿，有時他會打自己耳光，給我清醒一點！他想起李海燕可能正在某個地方受著無法想像的折磨，他就又醒了過來。

他比對著他記錄下的進出車輛，發現一個奇怪的規律，高岸如果是下午回到家，就會有一輛灰色的車子開出去，他查到好幾次都是這樣，他心想，會不會這輛灰色轎車，是高岸的另一部車？

這一天下午，高岸果然在兩點半離開公司，宋東年小心翼翼跟著他，回到了大樓，不久後那台灰色轎車開出了車道，宋東年立刻跟著那輛車，他一路跟隨灰色轎車開到了郊區，他發現車子前往的地方，是以前周佳君家的桃花林。

灰色轎車停下，車門打開，走出來的果然就是高岸。他渾身起了雞皮疙瘩，他知道了，李海燕一定是被藏在這裡。

4

如今她就躺在那兒，這個他親自打造的地下室。當初父親建造這些別墅時，地下室設想的用途可以唱歌、看電影、打撞球，是客人或家人娛樂的地方，那些別墅就蓋在她的老家，就蓋在他親眼見到她對男孩露出愛慕的表情，他的心碎之地。他在屋子落成，隨著家人去參觀時，就夢想著這樣一天，她會來到這裡，即使非出於自願，即使他得把她綁來，可是他會用漫長的時間跟她相處，他會對她無比溫柔，百般體貼，他一定會將她打動。

但是一開始，當然不能讓她知道。

時光沒有抹去他對她的感情，他依然只能愛慕她而不敢碰觸她，他記得少年時，有一次找錢時他不小心碰到了她的手，那短短一瞬間的接觸至今他仍記得，當時他抖個不停，指尖還殘留她手指的觸感，滑順的皮膚，細長的指尖，他們輕輕掠過彼此，像一陣風吹拂而過，卻留下了永遠的記憶。

她即使蓋著被子也縮著身體睡覺，閉上眼，她又成為了他喜歡的單眼皮女孩。不過，她變成怎麼樣，都無所謂，他認定了她，就不會再改變。他悄悄爬上床，躺在她身旁，他學她那樣縮著身體，才能靠著她，可是他又不敢真的貼近她，只要能這樣就好了，聽見她均勻的鼻息，他在食物跟飲水中放了安眠藥，她睡眠改善了很多，白天氣色也會比較好，他可以感受到她的呼吸，她的體溫，她的氣味，當時沒有改建一個浴室真是錯誤，她應該要好好洗個澡，即使他這麼愛她，她身上的氣味還是太糟了。

可是都沒關係，因為她屬於他，無論清醒還是昏睡，她終於屬於他了，這件事誰也改變不了。

他聽見她好像在說夢話，她低聲說著，不要，不要，不要。他的心又激動起來，他是個有原則的人，但她總是可以把他弄亂。

他又愛她，又恨她。在她面前，甚至只要想到她，他的情緒就會突然失控。

丁小泉死後，她也離開了，剛開始他很憤怒，不過生活裡有太多需要追趕的事，況且她也已經受到了最痛苦的折磨，他應該感到平衡了。

適應了高家的生活後，他很快成為一個優秀的人，母親與他度過一段堪稱平順的日子，他很少與女人接觸，父親給的錢，他存下很多很多，他將以前跟母親居住的平房長期租下，他只是想要保留住原本的他，即使，那曾經是他最想逃離的。

後來他甚至結了婚，多奇怪，不過那也是父親介紹，商界上往來的友人之女，他妻子沒什麼不好，聰慧美麗，配得上他，不過他決定結婚時，就去做了結紮手術，他不想要孩子，他不想要有任何孩子可能帶著跟他一樣的胎記，活在這個充滿惡意的世界裡。

可他也是惡意的一環，他做過的事他沒有忘記。

他也沒有後悔。

當時如果沒有殺死丁小泉，他可能早就自殺了。

多年後，當他在報紙上看到李海燕的犯罪專題系列報導，那張臉即使有了改變他依然記得，他一眼就認出她了。他找了徵信社去調查，那人果然就是消失的周佳君，周佳君改名成李海燕，脫胎換骨，成為了時髦知性的記者，他讀了幾篇，報紙都剪下來收藏。他心中愛恨交織，殺人犯的女兒訪問殺人犯跟受害者家屬，多大的諷刺，可是她寫得真好，一看見她的臉，往事就都又回來了，原來愛與恨相伴相生，原來遺忘與記憶也同時並存，他以為他可以放下她，沒想到他一直牢記著她，看到她鉅細靡遺訪問、書寫、描述著他人的犯罪，他內心又掀起巨大的浪潮。

為什麼你從來不肯來了解我？為什麼你可以了解那些人，卻不能了解我？

愛有多深，恨就有多強烈，他是個深情的人，他也是個記恨的人，無論如何，他都要找到她。

周富死後，父親買下桃花林那塊地準備開發，父親以為丁小泉的死與高樹有關，父親是個殘忍的人，他無意間聽見父親指使人到監獄加害周富，以免夜長夢多。他想，或許殺人的血液是會遺傳的，他一直以為自己跟父親與弟弟不同，但是，到如今，他們沒有不同，可是他知道，他的出發點是為了愛。

為了愛，當初父親殘酷對待他，也說是為了愛，父親已經完全把他打造成了他的複製品。後來他有點搞不清楚前後次序，母親是在何時又慢慢發狂，又開始謾罵他？是父親在外頭結交了新的女人嗎？但母親早就色衰愛弛，父親疏遠她不是一天兩天的事，母親勤做醫美，甚至還打算去開刀隆乳，最可笑的是，母親是在做手術的時候，發現了身體有惡性腫瘤，可是愛美的母親不肯切除乳房，就這麼拖著，任由病情加重，母親直到死前，都還不肯讓父親知道她有癌症，只有他陪著她去醫院治療。母親病重，到了最後住在安寧病房，母親臨終時，他問她，你愛過我嗎？母親神色淒然，苦笑著說，怎麼不愛。

你從來也沒有抱過我。他說。

那我現在抱你。母親說。

來不及了。

母親死後，他就開始動手改建那個地下室了，很奇怪，想起她，他總是有無限的創意，直到母親死後他才感覺到自由，但他也感受到了背叛，那個身為母親的人，只想守住自己的男人，她從沒有真心關愛過自己唯一的兒子。

他要把她召喚回來，他要犯下一個案子，讓她想起她父親犯的罪，他要讓她來追查這些案子，他要一點一點撒下誘餌，布下線索，要讓她自己循線來到他身旁，然後，再也不讓她離開了。

5

高岸手上提著一包東西，走向那排別墅的第四棟，打開門鎖走進別墅裡。

宋東年快步奔向那棟別墅，前門已經上鎖，他傳了個訊息給鐵雄，把別墅地址發給他。

宋東年四下搜尋，發現後門的門鎖比較簡陋，他設法用隨身攜帶的瑞士刀撬開門鎖，隨後潛入。

別墅不像有人住，但家具裝潢齊全，一樓廚房流理台有使用過的痕跡。他舉著槍小心翼翼地上下樓查看，每一個房間都是空的。他發現一樓轉角有個門，看起來那應該是通往地下室。他轉動門把，發現門沒鎖，打開後是一個樓梯，宋東年握著槍，小心翼翼沿著樓梯下樓，樓梯盡頭有一道厚重的門，他右手握著槍，左手輕輕試著轉動門把，門沒鎖，宋東年思考了一下，還是決定開門。他貼著門小心地轉動門把，門推開一個縫隙時，他隱約看到了屋裡有動靜，宋東年猝不及防地將門推開，高喊著：「不要動！我是警察。」房間裡高岸一手挾持著李海燕，另一手拿著刀子抵著她的脖子，李海燕看起來有點神智不清的樣子。宋東年把槍口對著高岸，說：「高岸，放下刀子！」

高岸說：「你把槍放下，不然我會殺了她。」

宋東年盯著高岸，說：「你敢輕舉妄動，我就開槍。」

「你想讓她死嗎？死了一個丁小泉還不夠嗎？如果我在你面前殺掉李海燕，你這輩子也別想好過了。」高岸冷笑著說。

「你放了她，我不會傷你一根頭髮。只要你放了她，什麼事都好談。」

高岸激動地說：「宋東年你現在馬上把槍放下，不然我立刻殺了她。」他稍微使力，刀劃破了李海燕的脖子，鮮血緩緩流出來。

李海燕因為疼痛逐漸清醒過來，她看見高岸與他手上的刀，情緒變得很激動。

宋東年喊著：「李海燕，你先冷靜下來看著我。高岸，我現在把槍放下，你不要傷害她。」宋東年慢慢把槍放在地板上，再緩緩舉起雙手。

高岸稍微鬆開抵住李海燕的刀，李海燕嚇得無法動彈，她驚愕地說：「高岸，為什麼是你？」

高岸冷笑著說：「為什麼是我？我也想知道為什麼是我？你什麼都不知道，你不知道你爸爸會死都是因為你。」

宋東年大喊著，「李海燕，別相信他的話，他說什麼你都不要聽。高岸，你別再囉嗦，放下刀，放了李海燕，警隊的支援隨時會到，你逃不掉的。」

高岸不理會宋東年的叫喊，他繼續對李海燕說：「為什麼是我？你應該問為什麼是你吧？一切都是因為你。那些女孩會死都是因為你，你爸爸會死也是因為你，如果不是你，那些人都不會死。一切都是你造成的。」

李海燕開始哭了起來。她的身體一直在發抖，她喃喃地說：「我有看到小木屋裡的照片，那些女孩都被高樹殺死了，我還看到了小泉的照片。」

宋東年大聲喊著：「李海燕，你快清醒過來，一切都是高岸主導的，從頭到尾他的目標都是你，是周佳君。李海燕，你快點醒過來，不要被他催眠了。」

「高岸，他說的是真的嗎？人是你殺的嗎？是你把我抓來這裡的嗎？」

高岸說：「你不會懂的。」

「到底為什麼？」李海燕問。

高岸說：「你永遠不會懂得那種被遺棄的感覺。」

李海燕茫然地問：「為什麼要這樣對我！為什麼？」

高岸說：「我做的一切都是為了你！」

李海燕突然激動起來：「你到底在說什麼？為什麼這是為了我？」

高岸大喊著：「你什麼都不懂，你就跟我媽一樣，女人都是一樣的。」高岸繼續喊叫著：「都是因為你！我做的每件事都是因為你。我寫了信給你，我跟你約了見面，我要送給你我為你拍的照片，可是你沒來！我等了你那麼久，你都沒有來！你把我遺棄在那些猴子前面，讓我被人嘲笑，讓我像傻瓜一樣在那裡等，你為什麼沒有來？為什麼你們總是要辜負我！」

李海燕神情茫然，低聲問著，「什麼信？你說的是什麼信？我不知道，我什麼都不知道！」話沒說完，李海燕突然喘不過氣來，她呼吸急促，臉色漲紅，聲音嘶啞地說著，「我，我不知道，我，我沒辦法呼吸了，我好難受……」她試圖舉起手抓著自己的胸口，「我，我，我吸不到空氣……」

宋東年大喊著：「李海燕你慢慢調整呼吸，你不要慌，慢慢呼吸。」

李海燕已經說不出話來，她的身體激烈地顫抖著，高岸發現李海燕很痛苦，好像快窒息了，他感覺到她突然腿軟要倒下，一時之間本能地鬆開了她，他彎下身想看看李海燕怎麼了，李海燕卻突然用手銬奮力揮開他，他憤恨地舉起刀子大喊著：「一開始就應該殺你，殺了你，別人都不會死。」

高岸揮刀刺向李海燕，宋東年抓準時機拾起槍對著高岸開了槍，砰，砰，連開了兩槍，子彈擊中了高岸的胸口跟肚子，高岸摀著身體，往地上倒下去。

宋東年衝上去，制伏了倒地的高岸，他拿出手銬將高岸反手銬上，「這次你逃不掉了！」鮮血不斷從高岸的身體湧出來，他身體抽搐著，突然發出了像垂死動物的哀號。

李海燕抓著宋東年的手，他們倆的手都在發顫，宋東年把她的手抓得好緊好緊，「到底發生什麼事了，我到底被關了多久？」李海燕說。

宋東年握著她的手說：「沒關係，沒事了，都沒事了。」

他們凝望著倒在地上的高岸，他的身體掙扎地扭動著，他的頭側向一旁，表情歪曲，張大嘴不停地嚎叫，那叫聲如此淒厲、痛苦，讓人感覺異常的恐怖，宋東年與李海燕死命地靠著彼此的身體，彷彿站在懸崖上，他們小心翼翼，不讓身體發抖，因為再過去一點點，若失足墜落，那兒就是深淵了。

高岸的嚎叫聲持續不斷，在屋子裡迴盪著。

遠遠地，他們好像聽見了警車的鳴笛。

6

死亡來到的一刻，他終於感覺到平靜，彷彿曙光逐漸從地平線升起，過程非常緩慢。他在醫院加護病房裡，意識昏昏沉沉，他好像看到他父親來過，最常出現的還是跟他最親近的阿永叔叔，他好像聽見父親對永叔說：「不管怎樣都要把他救活。」父親附在他耳旁低語著，「不准死，知道嗎？」

他不知道到了這一刻，在加護病房裡的相處，父親是否真如他表現的那樣，是真心的關愛他，父親終於承認他是他生命裡重要的兒子嗎？他不再只是用來替代瘋癲的弟弟，永遠是個備胎。他不確知父親以往為何那樣對他，好像他就是不夠格，什麼都不夠好，不管他如何努力，隨時都可以被踢開、被置換。父親與母親這一對男女，生下他，遺棄他，撿回他，卻始終不愛他，「愛」這個被弄髒的字眼，總是盤旋在他心裡，那是他永遠得不到的東西，到了瀕死前的最後，他希望父親低頭附耳對他說的，不是「不准死」，而是「活下來」。倘若父親可以愛他一分鐘，或更久一點，那一分鐘對他而言就會是永恆的。

但到了最後時刻，他回想的都是一些小事，他想起照相館的老闆送他相機那天，老闆細心教他操作，這些動作他都已經熟悉了，可是老闆是世界上少數真的關心他的人，彷彿一個實際意義上的父親。那時候他真的以為這部相機會改變他的生命，他可以用相機遮去臉上不願意示人的胎記，可以隱身於鏡頭之後，與這個世界保持安全距離。

他想起女孩在豆漿店對著他微笑，即使過了那麼久，那個微笑還像是印在相紙上一樣，沒有半點消損，他愛她嗎？他用這樣的方式愛她，最終，或許還是徒勞的。

他想起他透過監視器看到她在地下室的一舉一動，看到她的恐慌與無助，看到她因藥物作用而昏睡，他許多次到地下室去，帶食物給她，他凝視著她熟睡的臉，看著她憔悴的臉，他感到滿足，也覺得空虛，他終於擁有她了，可是他不想占有她，他想要等到她心悅誠服，他要她真的愛她，他可以等。但如今一切都不可能了。

到最後他真正擁有的，就只是那些顯現在相紙上的影像嗎？

可是人生已無法重來，那千百張相紙捕捉的影像，標誌了他的一生嗎？他的名字會被以「四不猿殺手」這樣的稱謂記錄下來，那是他想要的嗎？到了死前最後時光，很多事都顯得多餘，他一直努力找尋的，他戮力追求，甚至不惜殺伐以對的，最後似乎都融化在濃霧裡了。他載著丁小泉的屍體去桃花林棄屍那天也起了濃霧，他記得很清楚，他走下車子，從後車廂抬出屍體，走進桃花林時，他就有一種自己逐漸消散在霧色裡的感覺，溼涼的空氣包圍著他，丁小泉變得很重，他曾半途停了一下，思考著要不要繼續，那時如果他沒有繼續往前走，他的人生，周佳君的人生，是不是還有機會挽救？

為什麼殺人？這個問題他也問過自己，殺死丁小泉是非做不可的事，那後來那兩個少女呢？他好像只是在聽從內心的呼喚，他要喚回李海燕唯一的方式就是製造出類似的命案。可是當他鎖定那些少女，老天，他才知道他依然恨她們，他曾經給過她們選擇，這些女孩，當他在網路上仔細挑選，他就是辨認得出來，那些貌似清純無辜的女孩，內心有著無法抑止的騷動，就像他那愚蠢的母親。他精心挑選，然後傳訊息跟她們互動，為什麼這些女孩那麼蠢，會笨到跟網路上認識的陌生人出去？會相信某個男人會讓她成為模特兒？變成明星，她們或有才華或有美貌，都想要不凡，成為某個名人，想要更大的舞台，想逃離桃林這個小鎮，她們想要去哪呢？她們不知道男人不可信，男人用完她們美麗的身體，就會狠狠甩掉她，男人就算不甩掉她，也只會在她的身體裡製造出嬰孩，然後拋棄她跟那個孩子。

當少女答應跟他出去，等於簽下自己的死亡通知書。他想過，只要在第一次約見面時她懂得拒絕，他就會放過她，可是那些女孩不懂拒絕，她們甚至興奮地期待，他看到女孩寫著「期待已久的見面」，內心的憤怒又開始如海浪翻騰，那種想要把手放在女孩頸子上慢慢勒緊，看著她掙扎，逐漸氣息喪失的欲望就無法抑制。

事隔多年，當他再一次將女孩迷昏，當他一步一步完成所有擺設，當他站在果園裡凝視著樹下的女屍，感覺生命彷彿又重演了一次，所有景物那麼相似，當他完成最後一個步驟，感覺到全身虛脫，陷入極度滿足後的鬆弛，第一次不熟悉，第二次逐步加強，第三次就近乎完美了。當李海燕真的循著線索逐漸逼近他，當他終於把她騙到了小木屋，當他終於擁有她了，起初他是那麼狂喜，期待了多年的事終於成真，他計劃的每一步，實現得比想像中更加完美，李海燕一步一步踏進他設計的陷阱，每一步都沒有差錯，當他在小木屋將她迷昏，他躺臥在她懷裡，他的人生到此刻真有美夢成真的感覺，彷彿這才是他的新婚之夜。

他為她做了那麼多啊，那些漫長的等待，那些無止盡的自棄，那些巧妙安排的殺戮，他將她帶到精心設計的地下室，這是計劃的最後一步了，他等待著她甦醒，然後就要把多年前沒有親口告訴她的話一次說盡，可是當她雙手輕微地晃動，她好像要甦醒過來了，他突然感到心慌意亂，他彷彿又回到過往，還在豆漿店工作，是那個人見人厭的鬼臉，他想到她並沒有回覆他的邀請，他想起那封情真意切的信，可能被她看完後隨意丟棄，根本不當一回事，他又將氯仿手帕覆蓋在她臉上。

那時他就知道自己恐怕還是沒有能力對她表白，他期待這一天太久了，他無法接受另一次地拒絕，倘若她又拒絕他，他只能將她殺死，沒有其他辦法，可是他不想要她死，倘若她死了，他恐怕就沒有繼續活下去的理由。

所謂的結局，竟然變成這樣，他永遠只能當那個影武者，他不知道還可以再做些什麼。

如果時間可以重來，他希望時間停留在飯店酒吧那一晚，他看到李海燕在吧台喝酒，他走上前去，他們就像老朋友那樣喝酒聊天，他們談著許多事，李海燕是真的關心他，如果這是他們第一次相遇，如果他的生命真的如李海燕眼前看到那樣，他是個俊帥的男人，事業有成，充滿自信，他會約她出去，一次又一次，像老派男人追求女人那樣，送鮮花，買禮物，多年來他去過很多國家，那些地方他都要帶她去，他們可能會相愛，他有機會幸福。他想過可能當年她因為某些緣故沒有看到他的信，一切都是陰錯陽差，他們還有機會重來。

可是當他走出飯店，走進他的車裡，當他發動車子，他想起自己曾經在後車廂裡放置女孩的屍體，他車上還放著綑綁女孩的繩索，這一切都發生過了，不可能取消，李海燕早就認識他了，她曾經離棄他，背叛他，這件事無法抹消，不能去除，她不可能會愛上他。

他每次走進那個地下室，都覺得可能會是最後一次看見她，即使他那麼謹慎，但他可以感受到警方天羅地網逐漸向他包圍，他知道如果他不去看她，就不會暴露在危險中，但是他不可能放她一個人死在那個地下室，那時他才意識到這個計劃最大的問題就是李海燕，只要他還想要擁有李海燕，他就無法全身而退。這多麼荒謬卻也無比真實，他所構思的這整個計劃的核心就是李海燕，而李海燕卻也成為了計劃失敗的根源。最後那天他沒有不好的預感，他如常帶著食物去看她，直到他聽見奇怪的聲響，知道有人來了，他知道這一天終於到了。

直到最後她總是可以擾亂他，當他發現她喘不過氣來，知道她的喉嚨正在緊縮，呼吸越來越急促，他感覺得到她身體顫抖，幾乎窒息，他忍不住鬆開架著她的手，她全身癱軟下滑，他直覺地探身想看看她怎麼了，她卻突然用手銬揮開他，她的舉動令人措手不及，等他會意過來舉起刀子刺向她，心裡知道已經來不及了，槍聲響起，一切都太晚了。

終究她還是辜負了他。

受傷後，他腦子昏亂逐漸記不清楚前因後果，只記得那好像是他必須完成的拼圖，是維持生命最重要的指標，每一個步驟他都非常謹慎，每件事他都嚴格管控，可是他真正控制不了的，卻是嚴格執行計劃的自己，那像是被某種力量牽引著不得不去做。從第一次在丁小泉嘴裡插進那朵桃花開始，那屬於他自己特殊的風格就已經建立，他本以為殺了丁小泉，讓周富坐牢，內心就可以平靜，然而他內心有個黑洞，可以把現實世界所有東西都吞噬，即使他變得成功變得富有，他內心深切渴望的卻都要不到，他追逐著早已離開小鎮的她，彷彿追逐一個渴望而不可得的幻影，他得讓她再回來才行。

如果沒有殺死第二個女孩，事情會不會有所不同？如果他沒有去召喚李海燕，沒有試圖把她引回小鎮來，如果後來的事都沒有發生，他就可以全身而退，可以繼續過著他改造後的人生，可以泯滅過去所有罪惡，彷彿什麼事也沒發生過。

可是他控制不了自己去追尋。

如果他不去追逐幻影，他就會意識到自己的生命其實才是一個幻覺，一座建築在流沙之上的城堡，無論多華美，都可能隨時崩塌散逸。

有太多事需要追悔，他最後悔的是，他沒有機會好好對她表白，沒有認真的，清楚的，告訴她他為什麼做了這一切，使得最後所有事情看起來都像他是一個瘋子，所有精心籌劃，設計，布局，完美再現的，只不過是一些瘋狂殘忍的罪行。

他感覺胸口漲滿了液體，讓他逐漸快要窒息，他想起在地下室裡的一刻，當他對她提起那封信，她臉上的表情彷彿什麼都不知道，那時他感覺很錯亂，為什麼呢？難道周佳君根本沒有看過那封信，甚至不知道有那封信存在？他忍不住想笑。

他在臨死前才知道，一切根本無關周佳君或李海燕，他想殺的人一直都是他媽媽，可是他垂死掙扎，無論媽媽怎麼對他，他還是愛著她，媽媽的愛才是他真正的，唯一想要的。是因為得不到那份愛，是因為媽媽不但沒有愛他，反而還遺棄他，虐待他，在漫長的童年裡，他總是挨打，挨罵，他那麼努力，媽媽還是把他當作鬼臉，說後悔生下他，說如果沒有他，自己會活得多快樂。

他想起許多不堪的畫面，那是他已經遺忘的記憶，他想起，母親曾經把他推到床底下，要他躲著別出來，叫他乖乖的，就像孔廟的小猴子那樣，母親用布矇住他的眼睛，在他嘴巴上貼膠帶，還用棉花塞住他的耳朵，他躺臥在床板下，他知道屋裡有人，有陌生的男人跟母親在床鋪上，他感覺得到床板的震動，他依稀可以聽到男人混濁的聲音，以及母親發出像野獸的呻吟，那些男人自由進出他家，也自由進出他母親的身體，他知道，原來母親不只在賣花，也出賣了她自己的身體。

母親在破舊的屋裡接待那些男人時，就把他塞在床底下，可是他知道發生了什麼，在床底下的他，眼盲耳聾口啞，他感覺自己陷入真空，靈魂彷彿一點一點被吞噬了。在那漫長的時間裡，他逐漸變成了石猴，他逐漸失去了人性，失去了記憶，可是那些記憶滲入骨髓，侵入內心，逐漸將他分裂，有一部分的他，因此變成了魔鬼。

到了生命的盡頭，他才驚覺他一直想要逼近的，試圖再現的，死亡前一刻人的表情，其實就在他自己的臉上。可惜他看不到自己的臉。

起霧了。濃霧包圍。他走進迷霧中。

濃霧完全瀰漫了，視線越來越渙散，有一些人在身旁走動，腳步急切，他病床旁邊的儀器嗚叫了起來，死亡就是這種感覺嗎？是走進迷霧再也走不出來的感覺，他不驚慌，可是非常痛苦，之前他所製造的死亡，每一個他都看得到顏色，丁小泉的死是白色，吳月涵是綠色，柳敏秀是粉色，那他的死亡是什麼顏色的呢？他所見過的那些少女的死亡，光彩奪目，耀眼萬分。那麼高樹呢？高樹的死是一種暗黑，黑得發亮，高樹只是個外表好看的空心蘿蔔，連自己做了啥都搞不清楚，這種人不值得同情。他殺死高樹就像捏死一隻蟲子那麼簡單，沒有半點猶豫，可悲的是那天當他去見高樹時，高樹竟然還以為他是去救他的，這麼多年來，他一直等待著的不就是完全取代高樹，並且將所有罪行轉移到他身上嗎？高樹死得那麼驚恐，彷彿做夢也沒想到，自己會死在他手上，高樹對他的信任令他懷疑，自己對高樹是否也有某種感情？可是感情這種東西，在他身上都是反效果，這些年來他像灰影一樣跟隨在高樹身後，高樹從鄙視他到依賴他，進而信任他，這個過程也只是加深了他對他的厭惡，高樹生下來就富貴，不管多瘋多壞，身邊的人總是愛護他，高樹的存在只是讓他更深刻理解到自己不被家人所愛，他是個贗品。

他感覺自己的死亡，恐怕正如他活著的時候，無論表面上多麼燦爛，底色都是灰暗的。

他聽見，長長的一聲嗶，他好像看到了儀器上那條平直的線。

太陽出來了。

終章

1

宋東年一直認為生命是不可捉摸的，任何禍事都可能突然出現，將生命全面改寫。悲劇發生之後，他的人生全然失落，陷入深深的無力感之中。以前他對付無力感的辦法，是賣命地工作，他鑽研最難的案件，讓自己深陷其中，彷彿走進迷宮，他越陷越深，就越感到茫然，而這種茫然卻不會讓他害怕，反而可以將他生命裡的黑洞給填補上，以茫然對抗虛無，每次辦案都像是困獸之鬥，他任自己被蛛網般纏結的命案糾纏住，然後奮力一點一點抽絲剝繭，把自己拉拔出來，等到破案時，就會體會到一種重生般的快感，他的生命好像就是靠著吸吮那一點點快感，一日一日苟且活下去。他感受不到意義，也沒有什麼快樂，有的只是破案的承擔，只要能破案，他就還能活。只要世上還有需要捉的嫌犯，他就有事得做。生命巨輪不停滾動，推動他的不是為自己，而是為了某個不認識的，已經死去的人。

他偵破許多命案，動機大多並不複雜，為錢為情，衝動或預謀殺人，從身邊的人下手，總能找到一點線索，凶手最後總是跟死者有那麼一點關聯，像是一根命運的絲線，指引警方找到方向。

可是他沒有自己的人生。他把生命投擲向這些永遠還會再發生的事，凶案，命案，搶劫，竊盜，詐欺，人性中必然或偶然為惡造就的結果，這些非日常的現實，卻無比真實，取代了他的日常。

四不猿命案偵破後，警局士氣大振，宋東年還得到了獎賞，報章媒體每天都在報導，網路上繪聲繪影各種揣測都有，桃林鎮湧進了大量的媒體，高茂集團派出最強的公關跟律師，力圖控制案情對於集團的衝擊。輿論風向也轉向同情當年冤獄自殺的周富，桃花案的細節又被重新提起，但諸多線索之中，高岸可能是因李海燕而殺人的重要細節警方一直嚴守得很好，李海燕心神失常，鐵雄勒令警局的人絲毫不能暴露李海燕的身分，「不能再讓她變成媒體焦點了。」鐵雄激憤地說。

宋東年感覺自己突然陷入了奇怪的狀態，過去以案養命的方式被破壞了，往事在他生命裡復活，他忘不了他跟李海燕站在高岸倒臥的身體旁，他們兩人相依的感覺，他忘不了自己把車子開得飛快，拚了命想去找李海燕時內心的焦躁與恐慌，他已經很久很久對誰都沒有這種感覺。某個人，不再只是個案，編號，是需要解決處理的問題，而是活生生，握在手裡會發燙，會讓人心跳加速，會讓人心生憐惜，想要保護，想要擁有，想要彼此相依不再放開的人。對，想要相依不再放開，是那樣具體的感受，不是移情，不是因為她長得像丁小泉，其實她們長得不像，李海燕擁有的是一張被摧毀過的臉，即使五官亮麗，妝容美好，還是看得出那張臉的悲傷，周佳君變成了李海燕，她無父無母，無有過去，是毀滅後重生，自己長出自己的女子，是這點打動了他嗎？他不知道。他是在什麼時候愛上李海燕的？他不記得了，李海燕是通往過去的鑰匙，李海燕是他生命尚未崩壞前唯一的見證，他們相處的時間那麼短，可是死亡像黑影一樣跟著他們，每一天都可能是最後一次，宋東年說不清楚，李海燕走進他無人可以穿透的生命裡，強烈地撼動了他，這是愛嗎？他知道，是一種愛，是他廢墟般的人生長出來唯一一點點有生命力的東西，跟十七歲少年的愛那麼不同。他愛丁小泉時，愛來得理所當然，小泉美麗，燦爛，開朗，奔放，只要跟小泉在一起，彷彿就允諾了幸福與快樂，他那時什麼也不用想，在丁小泉面前所有規矩都可以被打破，所以他很快樂，但是那份快樂被奪走了，此後他陷入深深的絕望與虛無中。

可是李海燕將他救回來了，非常詭異，看起來像是他衝進別墅地下室去救李海燕，但實際上卻是李海燕挽救了他虛無的生命。

過後的日子裡，他總是會想起李海燕在地下室裡那種心神潰散的樣子，以及他們在桃林鎮相逢的許多日子，相處不多，可是每次見面，她總是以某個方式不斷敲打他的生命，她喚起他想要好好生活下去的感覺，他想起自己熬夜監視高岸，他一心一意要將那個他在乎的女子搶救出來。這不只是解決一樁命案，而是將他生命的虛無給擊碎了。

他想要好好活著。

他記得他們靜等著警車到達，鐵雄帶人來別墅支援，他等著其他人將高岸架上救護車，其他警員陸續到達，鑑識科的人逐一清查屋內，各項證據開始收集，宋東年看著那一切很熟悉地發生，可是自己卻像不在現場似地，他只想握著李海燕的手，不讓她繼續發抖。

救護人員將宋東年跟李海燕送上救護車，他們兩個一直沒放開彼此的手，救護人員設法要他們分開，李海燕立刻哭了起來，他安慰她說：「沒事，我在這裡。」

高岸到底為何犯案，一直是個謎，解開一點點，就又糾纏在一起。

高岸內心究竟想些什麼，動機是否真如他說的，一切都是為了李海燕，宋東年是存疑的，但他必須讓李海燕鎮定下來，他要協助她走出這些事的打擊，她過去十多年已經活得夠苦了，不能讓高岸再將她摧毀。她的精神似乎已經達到極限，脫離險境之後就崩潰了。

那天他一路陪著李海燕到醫院去，李海燕的刀傷很輕微，醫生謹慎地處理了，她有些脫水跟營養不良，但身體並無大礙，只是她不言不語，誰叫她都沒反應，點滴治療過後，李海燕嘴裡喃喃只有宋東年三個字，她的現實好像只剩下宋東年，其他人她都不接受，警員要問她話，她也只是喃喃著要找宋東年。宋東年感覺她受到的打擊實在太深了，這一連串的過程好像把她逼進了現實與妄想的邊緣，囚禁期間，高岸不知道用了什麼方法，讓她迷失了現實與虛構的分際，她失去了現實感，恐怕需要專業的精神科協助才行，但第一時間，宋東年也只能先讓醫院給她打鎮定劑，讓她睡一覺。宋東年跟鐵雄說，他要等李海燕醒來，跟她問話，局裡的人似乎都很理解，反正高樹已死，高岸重傷，很多證據都在別墅找到了，破案就在眼前，鐵雄說，「你好好照顧她，她不知道受了多少折磨。」就讓宋東年繼續留在醫院。

李海燕出院後，神智一直不太清楚，被囚禁的事她也回憶不完全了，宋東年請警局暫緩對李海燕的訊問，讓她有機會休養。

高岸有嚴重槍傷，內臟破裂，出血很嚴重，經過手術急救，一直住在加護病房，一天後傷勢惡化，最後不治身亡。高岸死後，接下來的調查，只能靠鑑識科將所有證物逐一清查，佐以李海燕的些許證詞，要釐清十四年前的桃花案，以及後來兩案到底是高樹或高岸所為，或者是他們聯手合作？高樹跟高岸都已經死了，真相很難釐清，但警方派人大舉清查高岸名下的房屋，終於在他與妻子同住的公寓書房裡發現了一間狹窄的密室暗房，暗房內有保險箱，裡面有大量的底片，那些底片都是放在小木屋的照片，相機也在，指紋清清楚楚屬於高岸。暗房牆上有四張放大的照片，四個死者，丁小泉，吳月涵，柳敏秀與高樹，組成四不猿的景象。另外還搜出一疊剪報，都是關於李海燕的犯罪報導。

高岸的太太得知高岸犯案，並沒有太崩潰，她到警局接受調查，說她其實一直懷疑自己的丈夫有什麼問題，因為丈夫婚後就很少與她親密，他們家書房裡有暗房，她根本不知道，丈夫晚睡早起，是個意志力很強的人。

「後來我變得有點怕他，說不上來什麼原因，或許是因為他好像有兩、三種不同的面貌吧，我曾經在半夜醒來，發現他站在床邊看著我，看得我毛骨悚然。那之後，我就以失眠為理由跟他分房睡了，我一直以為我們會離婚，我以為沒生小孩是因為我的問題，一年前有次我們發生口角，丈夫失控說溜嘴，我才知道，婚前他就做了結紮手術，他根本不想要生小孩。他受傷後，我去醫院看過他，他早已昏迷，他終於放下了所有防衛，他看起來好脆弱，我就在想，當時我愛上他哪一點？其實就是他的脆弱，我們是家人介紹認識，他給我的印象一直都是謙恭有禮，事業有成的樣子，可是有一次我們約會，我遲到了很久，我趕到的時候，他臉上流露出一種深深的失落，他的神情憂傷而絕望，但是看到我的時候，他黯淡的神情突然亮起來，好像我是什麼救命恩人，他那轉瞬間的變化，不知為何打動了我，我真傻，我那時還以為是因為他喜歡我，在乎我，所以我遲到才讓他那麼失落。結婚後，我再也沒見過他溫柔或柔軟的一面。他很完美，完美得不像真人，他每件事都要做到完美，有時真會讓我感到無法喘息，他什麼都要控制，我根本不理解他，知道他殺人後，我對他的心已經死了，我什麼也無法相信了，枕邊睡著一個殺人狂，幾年婚姻什麼也沒有留下，他那麼愛拍照，卻從來沒有拍過我一張照片，或許超過十六歲的女人，他就不可能去愛了吧。我現在日日都是悔恨，倒也不是恨他，而是恨自己白長了一雙眼睛，卻什麼也看不清楚。」

流浪漢陳茶後來在廟口市集裡賣茶葉蛋，有個 YouTuber 拍了介紹他的影片之後，他生意變得很好，宋東年有時也會去給他捧場，李海燕很喜歡吃陳茶賣的茶葉蛋，陳茶常跟他聊天。高岸死後，陳茶打電話給宋東年，說萬老大酒後對人吹噓，說他知道周富是誰殺死的，當時他跟那個殺手都在同一個監獄，教唆那個殺手的人是高東亮，說周富擋人財路，才會惹禍上身。鐵雄把萬老大找來問話，萬老大卻死不肯承認自己說過這些話。這條線索鐵雄決心查下去。

但宋東年假想，如果周富真的是高東亮派人殺死的，會不會高東亮也其實早知道丁小泉的死因，但他們搜索過高東亮家，沒有查出什麼疑點。

動機到底是什麼？高岸想要殺掉高樹的動機可以理解，爭奪家產，私生子的復仇計劃，但丁小泉命案發生時，他們才十七、八歲啊，難道是早在十四年前就預謀這一切嗎，想起來就讓人驚恐。而高岸與周佳君的關係到底又是什麼，會不會是因為高岸喜歡周佳君，可是會有人因為這樣就殺人嫁禍嗎？

宋東年後來查出高岸的母親在去年八月因為乳癌去世，他打電話向高東亮求證，高東亮說直到高玉如病重，他才知道她得了乳癌，「那個女人就是喜歡作怪，沒有心教育小孩，滿腦子都是虛榮妄想，高岸這孩子都被她給毀了。」高東亮提起高玉如，咬牙切齒的。安寧病房的護士說，高玉如死前一直在哭號，不斷地跟高岸道歉，她最後的時刻非常不安寧。

可是真相到底是什麼？宋東年並不確知，高岸那精密又瘋狂的腦子裡擘劃的犯罪計劃，旁人理解不了，他不禁想起他們最後的對決，如果他失手，高岸會囚禁李海燕多久呢？宋東年從心底感覺到恐怖。

但繼而他又想，高岸這樣的人，是誰也摸不透的，如果高岸在地下室殺死了他，或許高岸最後還是會殺死李海燕，他可以掩蓋一切，拋下對李海燕複雜的感情，繼續過他成功而富裕的人生也說不定。

有些罪行的根源就是謎，高岸與高樹的犯案核心到底是因為邪惡還是復仇，或者其他更為複雜幽微的人性，宋東年越想越覺得案情有太多可能性，在高樹跟高岸都已經死亡的狀態下，可以繼續追究的，恐怕就是周富到底是不是高東亮派人殺的，高東亮到底涉案到什麼程度。

犯罪者心裡真正怎麼想，外人是無法得知全貌的，但可以釐清的是，高岸一定有涉案，高岸想要將罪刑全部推給高樹的計謀已經失敗，然而，他們兩個的死亡，或許可以給受害家屬些許安慰，但未知的真相還是會困擾著家屬以及所有相關的人吧。

對宋東年來說，目前最重要的，是協助李海燕恢復正常。因為李海燕只對宋東年有反應，對其他人則不言不語，宋東年向李海燕的阿姨請求，讓他照顧她一段時間，他說他會請長假，他想陪李海燕慢慢把自己重建起來，他深知高岸已經摧毀了她對自己以及對世界的認知，他對她所做的事太殘酷了。

剛開始日子很難熬，李海燕時而清醒時而混亂，她行為嚴重失能，好像退回了少女或更小的時候，她有時連話都說不清楚，夜夜被惡夢驚醒。宋東年看著她被記憶糾纏，被高岸的話語迷惑，卻束手無策，精神科診斷，說是創傷後壓力症候群，但他感覺還不只這些，最可怕恐怕是內在價值的崩潰，以及嚴重的罪疚感，他自己也曾經經歷過那種罪惡感，他花十四年時間也沒有好起來，可是李海燕經歷好幾次，父親坐牢，父親自殺，好友被父親殺害，三個女孩可能因為自己而死，以及被囚禁在地下室的恐怖與絕望，這些光是想，就讓人頭皮發麻。他不知道李海燕內在經歷了怎樣的折磨與破壞？她已經碎裂的自信，要如何重建？可是他知道，他將要守著她，他即使丟了工作也不要緊，他要保護著這個就在他眼前，被傷害被摧毀的女子，這是他可以把握、他願意把握的，他的人生已經毀棄太多，他一路丟一路拋，把所有責任義務全部拋卻，只想著破案，其實他最想要的，是回到當年，一切發生之前，阻止悲劇發生，但那已經不可能了，現在他可以做的是保護李海燕，他知道他可以，無論要付出什麼代價他都想去做。

其實他還有什麼代價可以付出呢？十多年的荒廢生命算不算代價？可是他現在心有所屬，想到這句話，他感覺心好痛，對，他的胸膛裡有一顆心，當他衝進地下室看到李海燕的時候，那時他一心想著的，就是要救李海燕，他要毫髮無傷地，把她拯救出來，那時他還不知道，高岸對她做了那麼殘酷的事，他還不知道，他眼前看到的女人，神色恍惚，那時的她內在已經完全崩潰了嗎，可是他想救她，無論如何，他要活著把她帶出去。

這是愛嗎？他不知道，在日復一日的陪伴裡，李海燕總是失魂落魄的，即使如此，她也美得讓人心碎，不是面容上的美，她日漸憔悴，瘦得臉都凹陷了，但是他感覺得到，她正在和生命搏鬥，即使看起來很像憂鬱低潮，彷彿魂不附體，可是他既感受到她的迷失也感受到她的努力，她陷入了高岸為她架設的迷宮裡，她時常會變回那個被高岸囚禁，在沒有出口的地下室裡哀號的女子，李海燕正在跟事實奮力纏鬥，十多年前的她，還是周佳君時，就是個無比堅毅的少女，那時宋東年沒能幫她一點忙，現在，他有能力，他一定要去做。

漫長的陪伴時光，他感覺自己好像也需要這樣一場長假，一次對自己全面的修整與回顧，他看似在照顧李海燕，可是他卻找回了所謂的生活。他去買菜，他學做飯，他甚至還救了一隻流浪貓，他從一個什麼都不想承擔的男人，變成一個每天上市場，每天清貓砂，每天帶著那個鄰居以為是他老婆的女人，進進出出，他變成一個比誰都顧家的男人。

別人說什麼，他都不以為意，他感覺沒有什麼比此時此刻與李海燕的相聚相守更重要，他在愛著一個人，這個人可能都不知道，可是他知道她會好起來，生命不會如此殘忍，她一定會找到出路，他只要守著她，盡全力照顧她，惡魔已經死了，重點是，如何把被摧毀的生命救回來，面對絕對的惡意，除了純然的愛，別無其他辦法。

於是他守著她，像星星守著月亮，像月光守護著夜晚，他願意穿過最漫長的隧道，穿過扭曲的記憶、熬過靈魂墜落的黑夜，他要去地獄裡把她帶回來。

2

李海燕感覺周圍一切都是濛濛的，像是天剛乍亮，或者是起了大霧。丁小泉被殺那天，她身邊就起了大霧，濃霧將她包裹起來，等待人們發現，周佳君的命運就是在那個濃霧的清晨改變的。

她的世界破碎了，她的眼睛變得像萬花筒似地，隨意一搖，就會發生變化，什麼是現實，什麼是幻覺，她分辨不了，她的時間一直停留在某些時刻，很多細節反覆格放，頭被按到馬桶裡，噁心的髒水灌入鼻腔與喉嚨。殺人犯的女兒，血債血還！被噴漆的大門，紅色的字跡歪歪扭扭。他們逃離桃林鎮那天，有一隻狗一直追他們的車，越來越遠的狗吠聲，好像伴隨著很多笑鬧與穢語，車子全速向前狂奔，好像也拚不過那些聲音的跟隨。

最恐怖的，還是當她發現囚禁她的人其實是高岸。

她還記得一些片段，她去到那棟小木屋，看見了少女們的照片，她聞嗅到血腥味，她記得突然領悟到小木屋就是做案現場時，全身起了雞皮疙瘩，然後有人從身後摀住她的嘴，她就昏迷了。

她醒在那個房間裡，她不管怎麼踢門敲門，不管如何喊叫，聲音全都被吸進了四面牆壁裡，那種咻一下就什麼聲音都沒有的感覺很像惡夢，她活生生被困在那個無止盡的惡夢裡，只要一想起那個房間，她的腦子就會崩潰，她想到她昏睡的那些時間，高岸都對她做了什麼呢？不知道的事情最恐怖。她變成什麼了呢？為什麼高岸要為她殺人？那些女孩真的都是她害死的嗎？想到這裡，她的頭就會爆炸似地疼痛。

她記得自己開車到小木屋，她記得木屋裡看到高樹跟那些少女的照片，所有事都變得斑駁不堪，像白牆被潑上黑漆，點點滴滴都是黑暗的，越想去喚起，就越躲進黑暗裡。

宋東年衝進屋之後的事，李海燕幾乎全忘了，事後在精神科診間，醫師一點一點引導她回想，她感覺恐慌症要發作了，呼吸急促吸不到空氣，有很多東西壅塞著腦子，思考無法作用，回憶也片片斷斷。

可即使是最混亂的時候，她也還記得宋東年，要拉著他的手，才不會跌入無邊的黑暗中。

那時起她就很依賴他，如果沒看見他，就會恐慌得想尖叫，她感覺高岸在她腦子裡植入了病毒，病毒慢慢發散，開始起了作用，記憶被清洗，過去十四年的時光，她一點一滴建立起來的自我，瞬間就被摧毀了。

自己是害父親坐牢的人，自己是害好朋友被殺的人，這個自己，不管做了或沒做什麼，她出現在那家店，她胡亂對男人微笑，她說了自己都遺忘的話語，她可能表現出比自己想像得到還多的善意，那些都是暗示，如果沒有她，後來的人不會死，如果她不是這樣或那樣，不小心或刻意做了什麼，事情不會一發不可收拾。

可是她做了什麼？

高岸說他曾經給她寫過信。每次想到這件事，她的意識就會變得混亂，她沒有收到什麼信，她一點印象也沒有，如果她看到了那封信，那些女孩是不是就不會被殺？

他是寄信給她嗎？還是用什麼方式遞給她？把信塞在裝早餐的袋子？還是放在她腳踏車的籃子？會不會被別人拿走了？是她爸爸把信收走丟掉？或者回家的路上車身搖晃弄掉了？她努力回想，在模糊的記憶裡打撈，想到最後一次看到那個男孩，那天她如常買了早餐，可是回到家時，門口有救護車，媽媽被送進了醫院，那天早晨非常混亂，他們都沒有吃早餐在醫院度過了一整天，如果就是那一天，男孩把信塞進早餐袋裡，那她根本就不可能看到，因為那袋早餐，不知道被誰丟掉了。

她覺得全身僵硬，腦子好像突然當機了。

她越想越痛苦，她想告訴宋東年，可是開不了口，那封信的存在太過恐怖了，僅僅是因為一封信就造成這滔天大禍，她到底要怎麼面對自己？一想到這裡，莫名的愧疚感又侵蝕著她的心，讓她陷入恐慌中。

後來的她，什麼都說不出來了，字句到了喉嚨，就會化為烏有，她記得吃藥，打針，睡覺，休息，記得醫生護士在她身邊走來走去，很多事她都記得可是不能說出口，好像只要一說，妄想都會變為真實，那些少女是因她而死，她可能在地下室被高岸占有的事，這些事一旦成真，就永遠也擺脫不了了。

宋東年一直在照顧她，她不知道為什麼，可是沒有宋東年的日子，她一天也過不了，她就在他的屋子裡住著，吃喝拉撒，敏感而麻木地，憑著動物的直覺過生活，奇怪宋東年好像理解她，他什麼也沒問，只是陪伴著她，她需要什麼，就給她什麼。

往事太傷人了，一說出口就會後悔。他們倆都曾經活在罪惡感中，一日復一日，無法被救贖。他們就靜靜依偎著，坐在客廳的老沙發裡，有一天宋東年在警局附近撿到一隻貓，帶回家來，李海燕對小貓有感覺，她把貓當成自己，小小的貓咪只有三隻腳，來的時候眼睛感染，兩眼都被眼屎跟膿糊住了，宋東年帶著貓去看了好幾次醫生，李海燕也是一樣，每週宋東年會帶她去看一次精神科，做各種治療，醫生說她驚嚇過度也有，創傷反應也有，還有一些人格解離徵狀，最主要還是自我的認知碎裂了。她感覺自己跟外界隔著一層玻璃，她聽得見別人說什麼，可是她說的話旁人聽不見，但她又明白自己其實什麼病也沒有，是她的心碎裂了，語言能力被取消，只剩下吃喝拉撒，和無止盡的啼哭。她有時一哭就哭好久，哭起來時，就像迷了路，內心被一片黑霧籠罩，看不到眼前的事物，等她回過神來，往往已經過了幾個小時。

李海燕在屋子裡，總是抱著那隻貓，三腳貓也是受虐貓，起初非常驚惶，一週過去，牠就能在李海燕懷裡安睡，宋東年把貓命名為海鷗，宋東年外出時，她就抱著海鷗，在客廳沙發上躺著。後來宋東年請了更長的假，他每日做三餐給她吃，下午帶她出去散步，那段時間，警局也沒人來問話了，宋東年也不主動問她什麼，他給她讀書，宋東年帶她去運動，走很遠很遠的路，走到流汗，他們一圈又一圈地在桃林鎮街上走，走到郊區，去爬小小的山，好像只是為讓身體移動，發熱，流汗，讓眼睛可以有景物觀看，讓風景流過眼前，取代生命裡那些僵固了的傷痛。

慢慢她開始可以到廚房幫忙，因為會恍神的緣故，她只幫忙洗菜，洗碗，或者拿這拿那的，有時她會在動作間突然暫停，就是腦子空掉，什麼都動不了，宋東年趕緊過來把她手上的活接下來，扶她去沙發休息。

起初夜裡，她睡臥室，宋東年睡沙發，後來因為她夜裡會驚醒，時常在夢裡大哭，宋東年就在臥房地上鋪了一床棉被陪她。

有時李海燕會擔心這樣的日子沒有盡頭，找不到出路，她不知道自己怎麼了，內在四分五裂，無法整合起來，阿姨來桃林鎮看過她幾次，給了她一些錢，阿姨說父親留下的遺產管理得當，還可以用很久，要她放心休養，暫時不要上班也無所謂。阿姨看李海燕失魂落魄，說話都說不清楚，難過得哭了，李海燕內心有話卻無法組織起來，她周遭一切看得明白，只是籠上了黑霧，顯得黯淡，話語被奪走了，內心的感受變成一些拆碎了的零件，組合不成形狀，可是她有很多複雜的感覺，感受像海浪般來了又去，有時巨浪滔天，有時是餘波蕩蕩，她的心每天都被記憶轟炸數十次，要一層一層撥開，才可以探頭出來呼吸。

宋東年一直在陪她。

為什麼對我好？李海燕心裡想，卻無法開口問。因為我長得像丁小泉嗎？可是丁小泉是我害死的，你不恨我嗎？她張開嘴，就哇一聲哭出來，遲來的悲傷，好像要連當時父親坐牢，她被同學凌辱，被鎮民痛罵，被媒體侮蔑，那些往昔裡受到的傷痛都一一吐出。她有時像嘔吐那樣地哭，哭到筋疲力竭，肝腸寸斷，有時，她只是無聲地哭，眼淚幾乎是洶湧而出，哭到口渴，她轉頭，宋東年就會遞給她一杯溫水，她咕嚕嚕喝下，又繼續哭。她時常想，有天醒來，宋東年一定已經離開了，沒有人可以忍受一個女人這樣哭，這樣頹喪，這麼迷惘，但或許那樣也好，如果沒有宋東年，說不定她就可以一了百了。

有一天夜裡，她惡夢連連，夢裡高岸勒著她的頸子，說，「一開始就應該殺你，殺了你，別人都不會死。」她在窒息前朦朧想到，對，他應該殺死她，別人就不會死，可是她又想到，憑什麼殺死她，重點是，高岸憑什麼恨她？或許垂死掙扎會產生一股力量，她突然看清楚那些來龍去脈，她記得那些買早餐的日子，她對他笑了，因為高淵跟她說話，許多時間過去，每天都會見面的沉默男孩對她說話，她很高興，她的微笑打自內心而起，是因為知道要鼓起勇氣對陌生人微笑有多麼困難。那全然是一份善意，不容許任何歪曲。

「那不是我的錯！」她大喊。

她發現手上的手銬解開了，她猛地一下在夢裡推開高岸的手，打開房間的門，跑了出去。她喘得很厲害，可是感覺喉嚨有聲音了，剛才的大吼，猛推，那份力量，好像把她內在封住的什麼衝破了。

她張眼醒來，眼前沒有高岸，他已經死了，李海燕輕聲對自己說，那些事都結束了。

高岸說，一切都是為了她，他說那些女孩會死都是因為她。她曾經覺得那是她的錯，人是她害死的，如今她知道，那只是高岸的說法，那些事都是高岸做的，不是她的錯。不管高岸到底為什麼這樣做，不管他對她到底有著什麼複雜的感情，那都不是她的責任。在那個地下室房間裡到底發生了什麼事？她昏睡之後高岸究竟對她做什麼，她已經無法得知。可是，那又怎麼樣呢？他沒能夠殺死她，她還好好活著。

她腦中有很多聲音在迴盪，都是宋東年的聲音，他跟她說了好多話，即使她無法好好回答，宋東年還是對她說著，說自己內心的荒蕪，空洞，說他失去了整整十四年的時光，終日在與罪犯追逐，可是當他把她救出來之後，他想停下來了。

「我想要跟你一起，好好重建生活。」

宋東年曾這樣對她說。

「無論在那個房間發生過什麼，都過去了，重要的是以後，我們可以好好的一起生活。高岸已經死了，沒有人會再傷害你了，你要原諒你自己。」宋東年說。

她回想著他磨咖啡豆，燒開水，煮咖啡，那些器具的聲音，咖啡的香氣，她想著自己茫茫然地被他帶去好多地方，她像隔著一層紗那樣看著世界，很多事情發生，很多事情結束，宋東年在切菜，煮飯，他們面對面坐著，舉起筷子，夾菜，喝湯，咀嚼。窗外可以看到天色變化，陽台上種著植物，那些都是宋東年為她買的。

還有一隻貓。跟她一樣茫然迷失，宋東年收養了貓。就像收養她。

這世上只有這個屋子，是她想留下的地方。

宋東年就像一個農夫，他在她已經被揉爛的心上面，刨掉舊的土，蓋上新的土，重新耕種。

她應該記得的不是自己犯了什麼錯，她是個想要生存的人，所以生命找到了出口，不管高岸對她做過什麼，都玷汙不了她，那不是她的錯誤，她不該再自責，她應該慶幸自己存活下來，所以還可以跟宋東年這樣每日相對，安靜地吃著晚餐，她似乎找到了正確的方式思考，記憶就慢慢重建了。被高岸一刀一刀雕刻切鑿過的記憶，終於找到了它自己的路徑，對，她循著路徑走，遠遠地看到出口，一開始，什麼也沒有，他們是一群少年少女，青春懵懂，各有心事，她不知道高岸為何走上殺人之路，或許高岸也是受過傷的人，但無論如何都不該殺人，不能分辨善惡，只聽憑內心的欲望而行，只會帶給自己與別人不幸。

父親好可憐，被人栽贓嫁禍，孤獨地死了，她一直在逃避對父親的感情，現在她可以為他而哭泣了，可憐的父親，因為喪妻而喪失人生動力，但他不是禽獸，他沒有殺人。李海燕為父親而哭，她要好好為父親哀悼，她要在內心長長久久地思念他。

悲傷或許會蔓延很久很久，可是沒關係，她已經不害怕了。

她用手摀著臉，眼淚流出來，她無聲地哭著，哭了好久好久。她擦乾眼淚，轉頭看到躺在地上的宋東年，他睡得很熟，幸好自己沒驚醒他。她輕輕走下床，躡手躡腳到他身旁，這個陌生又熟悉的男人，他照顧了她那麼久，她都沒有好好看過他，宋東年臉上都是鬍渣，身上穿著破舊的T恤，臉頰變得很瘦，她忍不住躺在他身側，很近很近望著他，他的呼吸裡沒有酒精的味道，他很乾淨，很疲倦，他好像只有在睡夢中才是輕鬆的，她慢慢撫摸他的臉，年少時，她多少次夢見過這張臉，她曾經那麼羨慕丁小泉，她曾經在每個男孩身上尋找這張俊朗的臉，如今那張臉變得好滄桑，不管他為什麼照顧她，不管他為什麼還留在她身旁，有他在真好，他均勻的呼吸，聽起來都像是音樂。

李海燕感受到了生命的真相，就是這樣，呼吸，喘息，顫抖，活著太難了，他們的生命太悲傷了，太多死亡跟傷痛了，那已經是絕境的絕境，竟然有人愛著你，有人願意留在你身邊，有人陪你晨昏日落，三餐飲食，有人給你一隻柔軟的小貓，只有三隻腳也活得那麼好。海鷗蜷縮在宋東年懷裡，這些日子，或許只有海鷗有能力陪伴他，海鷗不說話也能傳達情感，李海燕又想哭了，管他的，想哭就哭，她懂了，即使哭到頭腦昏亂，她也沒真正瘋掉，高岸死了，很多關於罪惡與瘋狂的事，不是她想得透的，她不要去想那些，她要重新建構自己的真實，已經發生的事無法挽回，只有接下來的生命才是可貴的。她想要好好陪在宋東年身旁，她想跟他一起生活，無論多久，只要他還願意，她就會留下來，沒有什麼可以嚇跑她，她已經死過一次，後來又差點瘋掉了，生命還會出現什麼光怪陸離的事，她想她都接得住，她只要活下來，就是贏了，贏什麼呢？她心想，愛永遠比恨更強大，她想要去愛眼前這個人，想要好好把握與他在一起的時光。

她依靠著宋東年，他突然摟緊了她，用雙手把她包裹起來，他們緊緊相依，彷彿有什麼將他們連繫在一起，他們要一起穿過黑暗，穿過瘋狂，穿過那些被揉碎踏髒的記憶，找到可以走下去的路，而現在最重要的，是去感受生命帶給她的真實，用那些去抵禦惡魔帶給她的損害，她知道，非常清楚，她的生命繼續在流動著，有具體的事實可以證明，她沒有瘋掉，有人守候著她，她也要去守護他。

長夜裡，遠方有淺淺的蟲鳴，她感受到深夜的重量，記憶會在此時甦醒，傷痛總是在這種時候來臨，她從來沒有像此刻這麼堅信過，自己會像夢裡那樣，再一次穿越黑暗，逃離那個房間。她做得到，她必須要去做。她感覺到貓咪翻轉著身體，一陣溫暖在他倆之間瀰漫，他們調整姿勢，還是緊緊擁抱著彼此，李海燕突然臉紅了起來，她感受到宋東年的心跳與脈動，好像這個身體本來就與她相連，她可以清楚感知，他對她充滿善意，他，是愛她的。

有一種愛，說不清楚原因，而她不打算去釐清，她只是想要好好去感受，經過了那麼多事，他們那份想要互相照顧，相互憐惜的心情，他們經歷過別人沒有經歷的，他們將會扶持著彼此，攜手走過比黑暗更黑暗的路。

遠遠的天邊，漆黑夜空中，將會亮起一顆非常亮的星星，李海燕感覺那是丁小泉的眼睛，小泉看到他們在一起，小泉會微笑著說，「那是屬於你的生活，你要好好珍惜。」

你不能再死一次

作　　者：陳雪
協力編輯：早餐人
責任編輯：孫中文、張瑜
責任企劃：劉凱瑛
整合行銷：黃鐘憲
副總編輯：劉璞、鄭建宗
總 編 輯：董成瑜
發 行 人：裴偉

封面設計：低低低設計工作室
內頁排版：宸遠彩藝

出　　版：鏡文學股份有限公司
114066 台北市內湖區堤頂大道一段 365 號 7 樓
電　　話：02-6633-3500
傳　　真：02-6633-3544
讀者服務信箱：MF.Publication@mirrorfiction.com

總 經 銷：大和書報圖書股份有限公司
242 新北市新莊區五工五路 2 號
電　　話：02-8990-2588
傳　　真：02-2299-7900

印　　刷：漾格科技股份有限公司
出版日期：2022 年 6 月 初版一刷
I S B N：978-626-7054-57-4
定　　價：420 元

國家圖書館出版品預行編目 (CIP) 資料

你不能再死一次/陳雪著. -- 初版. -- 臺北市：鏡文學股份有限公司, 2022.06
面；14.8×21 公分. -- (鏡小說；59)
ISBN 978-626-7054-57-4(平裝)

863.57　　111005333